ハヤカワ文庫JA

〈JA1518〉

なめらかな世界と、その敵

伴名 練

JN047896

早川書房

8795

目次

なめらかな世界と、その敵

なめらかな世界と、その敵

「どっちがパパだかわかんないよう。どっちもおんなじなんだもん」

——R・A・ラファティ「町かどの穴」（浅倉久志訳）

「ユキ……って誰のことよ　私の名前はミスズでしょ？」

——ユエミチタカ「マルチヒロイン」

1

うだるような暑さで目を覚まして、カーテンを開くと、窓から雪景色を見た。

青々と茂った庭の草木に、今もちらちらと舞い落ちている綿のような雪は、いずれ世界を一面の白に染めるだろう。路上に人の行き来は絶えている。昨日、川向こうの花火大会を見届けた窓にぺたりと頬をくっつけ、あたしはその冷たさと静寂に、ひとつ震えた。

夏も盛りになってきたけれど、朝起きて真っ先に、降り積もる雪を窓から眺めるのが、あたしの日課だ。半年ほど前に、大雪のせいで高校が休みになったことがあって、それ以来の習慣になる。七月であろうと八月であろうと、異常気象による大積雪の可能性が絶対絶無のゼロ、なんて日は存在し得なくて、だからあたしは毎朝、窓の外に雪を積もらせる。そのまま目先を変えなければ、実際、あの冬の日のように学校を休むこともできるけど、本当にそうしたことはまだ四、五回しかない。結局のところ、よし大雪だ！　今日は学校休めるぜ！　という選択肢を自分に見せておくことで、なんとなくラクな気分になる。とりわけ今日のように、汗だくで暑苦しい目覚めを迎えた朝はなおのこと。つまるところ、雪見物は、朝、布団から這い出す気力を生み出すための儀式なんだ。

パジャマから制服に着替え終わる頃には、すっかり窓の外は真夏の日差しに煌《きら》めいていて、そうだ、布団にこもり続けたまま一生を終えるのも魅力的だけれど、そんなことをすれば部活もできない、放課後に友達とも遊べないじゃないか。くらいの殊勝《しゆしよう》な気持ちにはなっている。

「はづきー！　ご飯冷めるわよ！」

「今いくー」

階段を下りてキッチンに辿《たど》り着くと、既にお父さんは食事を終えて、テーブルの向かいで雑誌を読んでいる。そんなに時間の余裕があるわけでもなく、あたしは「おはよう」の挨拶《あいさつ》もそこそこに、朝食を摂《と》り始めた。今日の味噌汁の味付けは少し塩辛かったので、食べ終えるとお椀を視界から消し、苺ジャムをたっぷり塗ったトーストにかじりつく。もう半分くらいしか残っていなかったけれど、デザート代わりにはこのくらいがちょうどいい。

向かいに座ったお母さんが言う。

「やよい、今日はお父さんの命日だから、早めに帰ってきてね」

「はふぁっふぁ（わかった）」

そうか。交通事故で四年前にお父さんが亡くなった、そんなこともあったかなあ。パンの最後の一口を押し込んだら、茶碗をちゃぶ台に置いてすぐさま立ち上がった。鞄《かばん》を肩に引っ掛けて、

「いってきまーす」

「いってらっしゃい」「いってらっしゃい」

両親の声に送られながら、あたしは家を飛び出した。

ゆらり、陽炎《かげろう》の立つアスファルトがあたしを迎えた。

三十度近い熱気に炙《あぶ》られた坂を勢いよく下って、いい感じに汗をかいたら、異常気象で狂い咲いた桜のしだれかかる並木道を駆け、途中からは路面の早過ぎる紅葉をサクサクと踏みしだいて、季節外れの雪化粧を纏《まと》った橋を、凍った川面《かわも》に目を眇《すが》めたりしつつ走りぬける頃には、丘の上に高校が見えてくる。

四季のパッチワークを横目に学校までの道を走破するのが、何となくの自分ルールではあるけれど、走る時は、少し肌寒いくらいの風が一番心地いいので、自然と、気温の低い中を走ることが多くなる。学校近くで友達と合流したりしなかったりして、クラスメートだったりそうじゃなかったりする常代《とこよ》とか藍那《あいな》とかマコトとかと談笑しながら、一人、バラバラのタイミングで校舎へ駆け込んだ。

「ハヅキン」

教室の扉を開けるや否や、クラスメートの新谷《しんたに》常代が声を掛けてきた。

「ヴァルトラ6ちょー面白いよー。ストーリーマジ泣ける」

「あれ、もう買ったんだ?」

「うん、明後日発売だけど、待ち切れなくて、けさ並んで買ったよっ。今ガッコ休んで最速で三つ目の村に突入したとこ」

「じゃああたしもやろっかな」

「ハヅキン」

教室の扉を開けるや否や、クラスメートの時田《ときた》藍那が声を掛けてきた。

「うちな、昨日付けで、あちこちからの借金が累積一千万超えたんやけど」

「またポーカーかよ? いくらなんでも貸せねえぞそんな額」

「それを記念して、パーティーでも開こうかと思うて」

「そこでもポーカーやるつもりだろ。いい加減返せなくなるぞ？」

「やよい！」

コンビニの扉が開くや否や、バイトリーダーの柴峰《しばみね》さんが声を掛けてきた。

「明後日のシフト代わってくれなあい？　デート入っちゃったからっ」

「あれ、医大生の彼氏って、別れたんじゃなかったでしたっけ？」

「よそと勘違いしてない？　あたしは熱愛三年目なんですけど！　ほら証拠に見なさいよ、この写メ」

「うわぁ……この暑いのに暑苦しい……」

「何よその言い方」

反射的にあたしは窓の外の雪を見やったあと、けさ朝一で買った『ヴァルトライン6』をプレイする。評判通り、物語は序盤から泣かせにきて面白い。しかし。

あたしは少し首を傾けて、常代に訊く。

「ヴァルトラ、確かにストーリーは面白いけど、難易度調整ヘタくないかぁ？」

「スタートキャラ、女剣士でいけば一番バランスいいよ！　……って！　忘れてた！　剣《けん》崎《ざき》せんせーが、HR前に職員室来いって」

「うえっ。マジ？」

クラス担任の剣崎先生は、アナウンサーやらアイドルもしているくらいの器量よしであるが、切れ長の目と細い眉がちょっとキツめの印象を与える、女剣士から連想されるのも無理からぬ女性だ。何かしでかしただろうかと戦々恐々《きょうきょう》としながら、あたしは職員室へ向かう。部屋では毛布を被って『ヴァルトライン6』のプレイ環境を更に快適にした。もしお説教を喰《く》らうことになったら、ゲームの方に集中していよう、という魂胆《こんたん》だ。

職員室のデスクで、剣崎先生はコーヒーを片手に書類に目を通していた。

よし、向こうが気づく前に、全身でかしこまって、「失礼しますっ！」と大仰に挨拶しよう。怒られる前に出鼻をくじいてしまえ。と目論《もくろ》んでいたのに、先生は背中に目があるかのようにこちらを振り返って、

「架橋《かけはし》か。座りなさい」と丸椅子をすすめた。「怒られる前に勢いで謝る」作戦は失敗。もう撤退しようかな？　と思案していたら、剣崎先生は意外な言葉を口にした。

「今日、転入生が来るんだけど」

「はぁ。そうなんですか」

予想していなかった内容に、だいぶ間の抜けた返答をしてしまった。

「調べてみたんだけど、昔こっちに住んでたらしくて、小学校でお前とつるんでたんだっ

て？　厳島《いつくしま》マコト。ここでの彼女、覚えてる？」

「ホントですか⁉　幼稚園の時からもう親友でしたよ、あたしたち！　確かお父さんの仕事で引越してったんですよ」

「もう長いこと会ってない？」

「見方によっては。今日いっしょに登校したりもしましたけど。転校しちゃってからは、三年間、一度も会ってませんね」

驚きのあまり、あたしはマコトを小突いた。

「今日、マコトが転入してくるんだって！　ほら、中学校の頃、転校するかもって言ってたじゃん。あの時はそれであたしが大騒ぎして」

教室の窓から部の後輩に叱咤《しった》の言葉を送っていたマコトはこちらを向き、

「そうか。確かに、そんなこともあったな」

としみじみ懐かしむように腕を組んだ。

剣崎先生はコーヒーに手を伸ばしながら、続ける。

「じゃあ、架橋に頼んでおきたいことがある」

「はい」よくわからないが、真剣な語調に思わず頷《うなず》く。

「できればでいいから、いや、別に強制じゃない。あくまで、架橋自身が、厳島をどう思うか次第だ」

お説教をするときにはズバズバものを言う剣崎先生にしては、妙に歯切れが悪い。

「支えになってやってくれないか」

「支え、ですか」

「転校してから、事故に遭《あ》ったらしい。そのせいで、今も身体《からだ》に影響が残っている」

「え？　具体的に、どんな？　……もしかして、足？」

「ではないが。本人が、クラスメートには伏せておいて欲しいと言っていたから、私からは伝えられない。プライバシーの問題もある。もしかしたら、本人からお前には明かしてくれるかもしれん」

松葉杖《まつばづえ》を突いていたり、車椅子だったり、盲目だったり、身体に不自由のある人がクラスメートになることはいくらでもあるし、わざわざこうやって事前に伝えなくても、みんな手助けしてくれるのは間違いないだろう。

「お前、どんな怪我したの？」

「さて、知らないな。そっちを見てなかったから」マコトも首を傾《かし》げた。

妙な話だ。クラス担任の石崎《いしざき》先生や末広《すえひろ》先生に聞いてみようと視線を移したけれど、よく考えればマコトが転入してくるのは剣崎先生のクラスだけだから意味が無い。

「あたしにできることがあれば、頑張ってみます。友達ですから」

その言葉に剣崎先生は、ありがとう、と頭を下げた。調子を狂わされることこの上ない。

教室に戻ったあたしは、そわそわしながら、その来訪を待ち構えた。ゲームやお喋りやバイトにも、あまり心が乗っていかない。

HRのチャイムとともに扉が開かれた時、あたしはうっかりお客さんから受け取った小銭をレジカウンターにばらまいてしまった。剣崎先生に伴われて教室に入ってきた少女を見て、尋常じゃない違和感を覚えたからだ。

袖の長い上着は、主に冬の間に用いられる制服で、この時期着るには蒸し暑いだろう。マコトは子供の頃も今もおさげ髪が常だったのに、転入生の彼女は、ベリーショートといえるくらい短く髪を切っていて、凜々《りり》しい顔立ちも相まって、高校生女子というより中学生の美少年と錯覚しそうだ。もともと可愛いよりもかっこいいという印象が先行する奴だけれど、やり過ぎに思える。

しかし何よりも、きびきびと軍人のような歩調で教壇の方に向かっていくその表情の硬さに、新しい環境へ飛び込む時の怯《おび》えだけでは説明のつかない何かを、あたしは感じた。

「じゃあ、クラスの何割かは顔見知りだと思うけど、自己紹介を……」

先生が言い終わる前に、

「名前は、厳島マコト」

マコトは、鋭く、刃のような言葉を発した。

「これからの高校生活、必要がなければ私に近づかないでくれ」

しん——とクラスが静まり、空気が張り詰めた。流石《さすが》に聞きとがめた剣崎先生が改めて自己紹介をさせて、HRが終わるとすぐ生物の授業が始まったものの、皆、集中などできなかっただろう。そこからの五十分間、クラスは異様なムードだった。

「これらの視細胞にはおのおの異なる役割があり、それぞれ錐体《すいたい》細胞・桿体《かんたい》細胞・量辺《りょうへん》細胞という名前がついています。その役割の違いと分布についてですが、えーっとこっからテストに出ますので注意ね」

とかいう、老齢の東宮《とうぐう》先生のしわがれ声を聞き流している最中も、多くのクラスメートが教室や廊下やマラソンのルートを駆けまわって噂話に花を咲かせている。調理実習中の常代が、パウンドケーキの砂糖の分量を盛大に間違えてえらいことになったのも、この教室で常代の真後ろの席がマコトだったからかもしれない。

いきなりの拒絶に面食らったあたしは、五十分間、よそ見にもあまり身が入らなくて、休み時間のチャイムが鳴るとすぐ、マコトの席に近づいていった。座席から一歩も動かず、参考書を開いている彼女のもとへ。

周りから視線を浴びているのが分かったけど、だからこそ自然体で話しかける。

「よぉ！　さっきの自己紹介すげーロックだったな。いきなりあんなジョークかますなんてあんたらしくないじゃん」

けれど、マコトはこちらを一瞥したかと思うと、すぐに参考書へ視線を戻した。

「聞いていなかったのか？　用が無ければ私に話しかけないでくれ」

拒絶の言葉は、あたし以外の全員が黙然《もくぜん》と耳を傾けていたせいで、一気に教室の気温を下げた。

「まいったね、どうも」大げさに頭を掻《か》きながら、あたしはつとめて明るい声を装う。

「あんまつれなくしないでくれよ。ここでは三年ぶりの再会だぜ？　それとも先月のラブレター騒ぎ、まだ怒ってる？」

「架橋」

名前ではなく苗字で呼ばれたことで、あたしは一瞬怯《ひる》んだ。

「あいにくだが、私は――転校してからこの三年間、どのお前とも再会したことがない」

「……そうか。馴れ馴れしくしてすまん」

あたしは一瞬だけ、しおらしく俯《うつむ》いてから、

「しかしだ！」

マコトの机を両手で叩いた。

「だったらなおのこと、今までどうしてたか聞きたいし、積もる話もあるってもんじゃないか?」

あたしはにかっと笑う。今度は、マコトの方が僅《わず》かに怯んだようだったけど、すぐにこちらをにらみ直した。

「用件を話せ。何もないなら、もう切り上げさせてもらう」

「いや、あんたがここに戻ってきて、足に怪我もしてないんだから、ここでも入りたいだろうと思ってさ、陸上部。ちなみにあたしが今副部長やってるけど、マコトの運動神経ならきっと大会だって」

「断る」

「よし、じゃあ、さっそく入部届貰いに行くぞ。昼休みに生徒会に申請出せば、あしたの放課後のグラウンド練習には間に合うから、って、え?」

「聞こえなかったのか。断ると言ったんだ。部活などに割《さ》く時間は持ち合わせていない」

あんぐり、という音が出るんじゃないかってくらいに口を開いてから、あたしはどうにか我に返ると、マコトに詰め寄った。

「冗談だろ!? あんたみたいに毎日何キロも走ってた陸上バカが」

「ああ、確かにそんな頃もあったかもしれないが」

マコトはきょう初めて笑ったけれど、それはぞっとするような、冷たい薄ら笑いだった。

「もう私の人生には、脇道も寄り道も無い」

2

結局マコトは、休み時間に何度声を掛けられても拒絶を続けて、帰りのＨＲが終わると逃げるように教室を出ていってしまった。

あたしも急ぎ、荷物をまとめて追っていったのだけれど、校門を飛び出した途端に、門の近くに立っていた誰かとぶつかりそうになった。慌てて身を翻《ひるがえ》し、落っことした鞄を拾い上げてもう一度走り出そうとしたのに、相手が空気を読まず話しかけてきた。

「あの、すみません、この学校の二年生の方ですか？」

二十代半ばくらいの、ひょろっとした優男《やさおとこ》だった。うちの制服は徽章《きしょう》の色で学年が分かるようになっているから、それを見てあたしを二年と判断できたのだろう。

あたしは「ええ、はい」と頷きながら、一歩、距離を取った。

「でしたら、厳島マコトさんが今どこに居るかご存知ですか？」

男の言葉に、あたしは思いっきり身構えた。改めて相手をまじまじと見つめる。服装こそごく真っ当なスーツ姿だが、どこか体調が悪いんじゃないかと思うほど顔色が青い。初出社当日に体調を崩した新社会人みたいだ。

「あんた、何なの？　保護者とか知り合いじゃないよな。ストーカー？」

「いえ、いえ、とんでもない。僕は、こういう者です」

男が慌てた様子で手帳大の黒い身分証を開くと、顔写真の下に、こんな文言が記されていた。

《梶川《かじかわ》警察署巡査長　須藤準《すどうじゅん》》

「警察の人が、なんでマコトのことを……？」

「いや、それはその、あまり公《おおやけ》にはしづらいのですが」

相手は、ハンカチで汗を拭き、迷うような表情を見せていたけれど、

「仕方ないですね」

辺りに目を走らせてから、声をひそめて言った。

「厳島マコトさんは、三年前にとある事件に巻き込まれて負傷されたのですが、仮釈放されていたその時の犯人が、先日姿をくらませたんです。この男に、見覚えはありません

か？」

　見せられた写真の男は、肩幅の広さといい、彫りの深い顔立ちといい、ヴァイキングの末裔《まつえい》を思わせる容姿で、右頬から下顎にかけてざっくり刃物の傷が入っている。まるで、演劇部が〝海賊〟のメイクを作ったみたいに、ステレオタイプで現実味のない人相だった。一目見たら忘れられないような顔でもある。あたしはぶんぶん首を横に振る。そもそも、そういう事件にマコトが巻き込まれていたというのが初耳だ。

「なんで、そんな奴が逃げて、ニュースになってないんですか？」

「脱獄したのではなく、あくまで仮釈放中の失踪なので、全国に指名手配する訳にもいかんのです」

「マコトの周りを警戒してるのは、どうして……」

「一番、狙われそうだからです。服役中も、彼女について調べようとしていたとか。逆恨みもいいところだと思いますけれどね。あの事件のせいで、厳島さんは乗覚障害を負ってしまった訳だし……」

　言ってから、いかにも「しまった」と言わんばかりの表情になったのが、とても間が抜けていた。警官には向いてなさそうだ。

「ジョウカクショウガイ、ってなんだ？」

慌てて自分の口に手を当てる彼を尻目に、あたしは振り向いて、藍那に事情を説明し、その言葉について尋《たず》ねた。

「乗覚障害なあ。ふむ。合点《がてん》がいったわ」藍那は生徒会室の壁にもたれかかったまま、ひとり頷いていたけれど、引き出しから四角いケースを取り出して、テーブルの上に置いた。

「ここに一組のトランプがあります」

そして賭けポーカーで鍛えたマジシャンのようになめらかな手業で、ケースから出したトランプを扇状に広げる。

「一組五十四枚しかない訳やけど、まあ、無限の枚数があると思ってくださいな」

表を向けて並んだカードは、ジョーカー二枚に挟まれて、綺麗にスペードのエースから、ダイヤのキングへと順に並んでいた。

「どれでもええから、どれか一枚に指、乗っけてみ？」

言われるがままに、ハートの5の上に指を乗せた。

「その指が、ハヅキンの意識。そして指を乗っけてるカードが、今うちらが話してるこの現実な」

カードに乗せているあたしの指を、藍那がつまみ上げて、今度はクラブのキングの上に乗せ替えた。

「ここがまあ、たとえばハヅキンがバイトしてて、うちとハヅキンの繋がりがクラスメート同士やなくて、コンビニの常連客と店員の関係である現実として」

また指を動かされ、今度はダイヤの7の上へ。

「ここがハヅキンとうちが別の国に暮らしてて、面識も接点もない現実とする」

お分かりかね？　と尋ねられて、ひとつ頷く。

「うちらは、無限に種類があるトランプの上を、行ったり来たりしてる。『外は雨が降ってるけど、濡れとうないなあ。雨が降ってない現実へ行こっと』『お祖父《じい》ちゃんこの前死んじゃったけど、まだ聞いておきたい話があったなあ。お祖父ちゃんが生きてる現実行こっと』『事故で手を怪我してゲームできん。事故らんかった現実へ行こっと』『最近、刺激が足りんなあ。核戦争が起こって荒廃してる現実へ行こっと』……こっちに行ったり、あっちに行ったり。あらゆる可能性の中にいる自分に移って生きている。乗覚が正常に働いているうちらは、全ての可能性を、見て、聞いて、触れることができる」

あたしはこくこくと頷いた。

「ところが！」

そう言って、藍那は、あたしが指を乗せたままのカードを除く五十三枚全てを、テーブルの脇へ押しやった。

「そのカードしか残らんかったら、どうなると思う？」

あたしの口から、うげっ、という言葉が漏《も》れる。

「与えられたカード一枚で勝負するしかない。自分から別の自分へ動けない。よそに目移りさせることができない。そのマコトに起きとるのは、つまりそういうこと」

指の下に残された一枚に視線を落とし、あたしは藍那の言葉を聞くままになっている。

「当然、自分が転校せんかった現実で、ハヅキンとどういうふうに過ごしとったか知る訳ないし、ハヅキンとずっと会ってなかったってのも、言葉通りなわけ」

「人生に脇道も寄り道もないってのは、乗覚障害でそうなってる、って意味だったんだな」

あたしが向き直ると、

「なるほど。乗覚障害か。合点がいったよ」と、マコトが頷いた。

「今まで知らなかったんだな」

「私は、その『厳島マコト』と入れ替われないからな。気づいていなかった」

確かに、さっきの藍那のトランプのたとえで言うなら、今あたしの目の前にいるのは、五十四枚中五十三枚、あるいは、無限中の無限マイナス一枚を自在に行き来できる方のマコトだ。デッキの中から失《な》くしてしまった一枚に気づかないのも無理はない。

「――申し訳ありません。これ以上は、捜査上の機密に当たりますので。ただ、ご自宅にも連絡しますが、厳島さんを見かけたらできる限り一人にならないようにして、気をつけてご帰宅されるよう、お伝えください」

あたしが頷くのを見て、警官もほっとしたように汗を拭き、しきりに礼を言いながらその場を立ち去った。

とはいえ、彼に足止めされてしまったからもう追いつけないし、マコトの今の連絡先も知らないので、伝えようがない。あたしは念のため携帯で先生に連絡を入れてから、改めて下校の道を辿る。

それにしても、とあたしは独りごちる。

手足を怪我しようが視覚聴覚を失おうが家族を失おうが、少し居場所を変えればいいだけだ、何も苦しまなくていい。いつでも戻ってきていいし、戻ってこなくてもいい。けれど、乗覚障害になれば、全ての「逃げ」が不可能になる。

しかも、乗覚障害者の世界では、起こりにくいことは、起こらない。

確率の低い可能性が実際に起こった現実を認識することができないのなら、真夏に雪を見ることは難しいだろうし、壁を抜けるなんてのはもってのほかだ。それは、今までその能力を持っていた人間には辛《つら》いだろう。

たとえば、大きな事故で足の機能を失ってしまった時、そもそも事故に遭わなかった現実や、奇跡的な回復を遂げた現実、治療の方法が見つかる現実を知れないのであれば、その一ヵ所に選択権なく留まるのは——留まらざるを得ないのは、どんな気持ちなのだろうか？

そこで、はたと気が付いた。

今この現実には、乗覚障害を治す技術は存在しない。じゃあ、乗覚障害の治し方が存在している近くの現実をあたしがチラ見してきて、その治療法をあのマコトに施せばいいんじゃないか？

あたしは素早く視線を切り替える。ソファに座っていて、あたしの周囲三百六十度に書棚が浮かんでいる。眼前の本棚から一冊を引き抜いて、開く。それは乗覚治療の専門書だ。何しろあたしはその著者だ、ページを繰《く》ればすぐ、何を書いたのか、記憶と理解が蘇る。

そして、また通学路にいる架橋葉月《はづき》に戻ってきて。

……駄目だ。持ってこれない。

確かに、乗覚障害の治療法は、遠くのあたしにとっては既に確立された、自明のものだ。けれど、その詳細を記憶したまま、ここに戻ってくることができない。まず、ここから最短距離にある「乗覚障害の治し方がある現実」なのに、こちらとは言語も文字も、化学式の体系も全く違う。そして、直感的にしか分からないけれど、技術レベルに開きがあり過ぎる。あちらにいる時は理解できても、こちらにいる時は理解できない。

学生鞄を胸の前で抱えたまま目を閉じて反芻《はんすう》しても、その知識を、理解を再現できない。重要なはずの図形や文字は形のみが頭にかろうじて残っていたから、試しに、スケジュール帳の隅にペンで書きつけてみるけれど、それらが何を意味するのか分からない。

覚悟を決め、通学路脇の川べりに座った。そして鞄から昨日買ったばかりのノートを取り出す。

あちらへ行って、少しでも多い行数を目に焼き付けて、こちらのノートに記す。見て、戻って、書きつけて。見て、戻って、書きつけて。まるで門外不出の魔術書を、記憶を頼りに盗み出そうとする異端者になった気分だ。いいや、それよりずっとハードルが高い。図書館を盗み出そうとするようなものなんだから。あちらにいる時、あたしは知っている、この一冊の医学書では足りなくて、異質に発展した医療技術の理論体系を丸ごと移植するには、医学や工学や生理学の入門書、専門書、辞書、技術書、治療器具の設計書、マニュアル、そういったものを、膨大な冊数、持ってきたうえで、こちらで実際に運用しなければいけないのだ。

なんだか、頭痛がしてきた。作業を続けたせいか、ミッションの達成不可能性のせいか。両目の周りを指で何度も強く押す。座りっぱなしだったので、腰も痛くなってきた。

日が傾いて、もうそろそろ、薄闇の中で文字を書くことが難しくなってきてしまって、ふと、顔を上げた時だった。

「マコト」

小川を隔てた道を、今日見たボーイッシュな髪形のマコトが一人歩いていた。

あたしは慌ててノートを鞄に詰め込み、既に黒い闇に沈みはじめた川の上に足を踏み出して、そのままざんぶと水の中に転げた。

「ぐは」

脳を酷使したせいでぼんやりしていた。川面を走って、まったく濡れずに対岸まで着くことはできる。偶然、それが可能だった現実を選び取ればいいだけだ。でも川面を走り抜けて「あのマコトのいる」向こう岸に辿り着くのは不可能だ。なぜなら、乗覚障害になって切り離されたマコトは、ただ一通りしか存在しないから。

大きな水音に、マコトがこちらに気づいた。

「何をやってるんだ」

冷たいその言葉に負けじと、あたしは身を起こして、声を張り上げる。

「そっちこそ。早く帰ったはずなのに、こんな時間までどこをうろついてたんだ」

「塾の帰りだ。誰かに心配してもらう筋合いはない」

「そうはいくか。警察の人に、お前を一人にするなって言われたからな」

警察というワードに反応したんだろう、マコトが僅かに眉根を寄せたように見えた。

「なんか、お前が巻き込まれた事件の犯人が失踪したらしいぞ」

「……なら、聞いたんだな。私の身に何が起こっているかを」

「ごめんな、でも――」

「分かったなら！　もう、私に付き纏《まと》わないでくれ」

マコトはあたしの言葉を制すると、さっきよりもいくらか歩調を速めて、そのまま住宅街の方に姿を消してしまった。

あたしはひとり立ち上がって、纏わりついた水草を払い落としながら、ふと昔のことを思い出していた。

幼稚園の頃、あたしとマコトのどっちが足が速いかで言い争いになって、幼稚園の中庭を三周だか五周だかで競走したことがあった。あの時はヒートアップし過ぎた挙句《あげく》に最終周で二人ともがコースアウトし、中庭の池に落ちた。飛び越せるつもりでいたからだ。いつも優しい幼稚園の先生に、二人してこっぴどく叱られてしまったあの時も、服に付いた水草をひとつひとつ剝がしていったっけ。

あの時と似ているようで、似ていなかった。

……それから数日間、あたしは情報収集につとめた。

陸上部の練習メニューもこなしつつ、図書館で事件当時の新聞記事を調べ、ネットで検索して、なんとか事件の概要は摑《つか》めかけてきたけれど、一方でなぜ今までこの事件を知らなかったのかという思いが募《つの》っていった。

製薬研究所の所員の男が、薬品を積んだタンクローリーを奪って建物に突っ込んだ事件。所員の数人が負傷して、マコトが障害を負った。マコトが巻き込まれたのはたまたまだった。学校の授業で、地域の企業で働く人にインタビューする課題があって、親戚が働いていたその研究所を訪問していたのだ。横倒しになったタンクローリーから漏れ出た薬品を全身に浴びたマコトは、即座に乗覚障害を負った。

事件の内容を知れた一方で、マコトに近づこうとする試みは、なかなか成功しなかった。あたし以外にも「他のマコト」と友達であるクラスメートは何人もいて、頑《かたく》なな方の彼女に挑んでは玉砕《ぎょくさい》していた。それでもいつの間にか乗覚障害のことは知れ渡っていて、マコトがこういう風になったのはきっと、失敗できない人生のために勉学に没頭することを決意したからだという共通認識が出来上がりつつあった。

「でも、やっぱりもったいないし、納得いかないんですよ」

あたしはグラウンドに白線を引きながら、部長に言った。

「あたしよりスリムで陸上向きの体だし、あたしと同じくらい走るのが好きだったし」同時に似たような質問を投げたら、常代は「まあ人生のバックアップデータなくなるのはつらいよね」、

藍那は「残った一人の自分に不満があるんやない？　家庭とか、境遇とか」、

柴峰さんは「男ね。男に『筋肉のある女とか嫌い』って言われたのよ」、

そして部長は長考の末、こういう答えを返した。

「そういう人がそういう風に変わったっていうのなら、やっぱり、その製薬研究所だかの事件に何か隠れたトラウマがあるんじゃない？」

3

地図を見れば、ここが藤堂《とうどう》製薬の第二研究棟であることは間違いないのだけれど、壁面には一部だけ凹《へこ》んでいる箇所があって、そこに看板が取り付けられていたのだろうと推測できるくらいで、蛇腹《じゃばら》式の門は固く閉ざされている。警備員が詰めていたんだろうか、すぐ内側にある入館管理の建屋は無人で、駐まっている車もない。暗灰色の建物に目をやれ

ば、いくつものガラスの窓越しに空っぽになっている部屋が見えて、施設が既に使われていないことは明らかだった。

――バイトと部活をこなしながら電車に揺られること数十分、そこから徒歩で二十分、あたしは辿り着いた目的地の前で腕組みしていた。

「当事者に聞くのが一番だったんだけど」

仕方なくあたしは、手分けして探ることにする。目先を変えて、『藤堂製薬　第二研究棟』との看板が壁面に掲げられた、開かれた門をくぐった。

建屋にいた警備員は、あたしの顔を見て怪訝《けげん》そうな顔をしたけれど、

「一陣修輔《いちじんしゅうすけ》の起こした事件に巻き込まれた、厳島マコトの関係者です。マコトから伝言を預かってきたのですが、どなたかお話しできる方はいらっしゃいますか？」

警備員はあたしの言葉に慌てた様子で内線を掛ける。

「はい。受付です。三年前によそが起こした事件の、被害者の方の、えー、関係者の方が。伝言があると。はい、はい。学生さんです。はい」

回線の向こうの相手と何やら相談していた様子だったけれど、やがて受話器を置いた。

「少しお待ちいただきますが、担当の者が対応いたします。入って右に応接室があります。そちらへお願いできますか」

逆に不安になるくらいの丁寧な対応だった。

応接室に通されてすぐ、事務員らしい女性がコーヒーを淹《い》れてくれた。けれどあたしは苦いものが不得意だったので、担当者がやってくるのを待ちながら、廃墟となった研究所の探索を続けた。裏の方にあった通用門を乗り越えて忍び込み、運よく外れていた窓から中へと侵入する。

照明も外された廊下、窓外から差す陽光にのみ照らされた薄暗がりの先に、人影があった。一瞬ビビったけれど、その背格好に見覚えがあった。

「あ、刑事さん！」

びくりと肩を動かして、こちらを振り返ったのは、校門で出会った彼だった。

「ああ、厳島さんのご友人の方ですか。脅かさないでください」

よほど驚いたのか、とても情けない声を絞り出して、そのまま発作のように咳《せ》き込んだ。割とこの人も面倒くさい。

「お待たせしました。厳島マコトさんの関係者の方ですね？」

応接室に入ってきたのは、工場で働く人のような、灰色の作業服を身に着けた初老の男性だった。

「はい。マコトの友人の架橋葉月です」

立ち上がって挨拶する。果たして現状、あのマコトの友達を名乗る権利があるのかは分からないけれど、厳島マコトの友人であることは間違いない。

「研究主任の者です。本日はどういったご用件でいらっしゃったんですか？」

少なくとも、子どもだからといって侮《あなど》るような目つきではなかった。腰が低い対応はかえって警戒を感じさせて、あたしは慎重に言葉を選んだ。

「よそで一陣修輔が逃走して、マコトが狙われています。警察の追跡をかいくぐっているみたいで。何か手がかりになりそうなことはありませんか」

「申し訳ありませんが、うちの社員の話とはいえ、よその話ですから、なんとも」

あたしはほとんど残っていないコーヒーに口をつけ、その動作の間に思考を巡らせる。

「そもそも、おかしくないですか。なんでマコトが、大した縁もない犯罪者に付け狙われてるんですか」

「それについては、厳島さんが一番ご理解されているはずですが。一陣も乗覚障害だったんですから」

思わず、むせそうになった。

「――どういうことですか？」

「ご存知ありませんでしたか。厳島さんと同じ薬品が原因です。一陣は作業中、実験器具の破損事故でまともに薬品を浴びてしまったんです。不幸な偶然が重なってのことでした し、もちろん、『ここ』ではその事故は起こっていません。『ここ』での一陣は乗覚障害になりませんでしたから、犯罪を起こすこともなく、去年、一身上の都合で退職するまで、真っ当に働き続けていましたし」

この人、小娘相手に喋り過ぎじゃないだろうか。逆にあたしは身の危険を感じて、念のため目先を変えて保険を打った。

「――ですから、ごほん、一陣がこの廃墟に隠れている可能性も考慮している訳でして」

まだ咳が止まっていないその相手に、こう伝える。

「刑事さん、よそのあたしに何かあったら伝えるので、その時は助けてください」

「は、はい？」

当惑しているような顔を尻目にもう一度応接室に戻ってきて、

「――じゃあ一陣修輔は、自分が乗覚障害になった腹いせに、例の襲撃事件を起こしたんですね」

被害者が乗覚障害になっただけでなく、犯人も障害をきっかけに起こした事件だったのなら、表立った報道が少なかったのも当然だ。

「でも、そんな危ないだけの薬、何に使うつもりだったんですか」

「恐らく、実用化できたとして真っ当な用途はなかったでしょう」

あたしの口は、間抜けな感じに大きく開かれたと思う。

「なんで使い道のない薬を作ってたんですか」

「そもそもその薬品――K056という薬品自体が、用途がないばかりでなく、どういったメカニズムで乗覚を停止に至らせるのか不明なのです」

大人相手だけれど、頭を抱えそうになった。自分たちの作っていた薬の用途と正体が分からない？　何を言っているのか理解できない。

「我々の研究所では、正攻法で研究が進んでいるもの以外に、特殊な薬品も分析対象として扱います」

こちらの不審を見て取ったらしく、プレゼンでもするように手を広げた。

「よその、異質な現実からこちらに少しだけ立ち寄った者が、自分の足跡を残すためとか、単なる遊びとかで、こちらでは知られていない物質の組成や化学式、作成方法を書き残すことが時折あります。その、我々にとってはどういう用途に使うかも分からない、どういう副作用があるかも分からない、それらの薬品を、生成し、動物実験し、なんとかこちらでも使えるようにする、という研究です」

あたしは、自分が遠くの医療技術を盗み出そうとしたことを思い出した。あたし自身が困難に直面したように、恐らく、文明の低い側から高い側の技術を奪うのは難しいのだろう。もしかしたら、よそに技術を持ち出されないように特殊な情報管制が敷かれている可能性だってある。

しかし逆に、文明が高い側の人間が、低い側に、気まぐれでもって情報を与えることはずっと簡単にできそうだ。

「それで難病の治療薬が開発されたこともありました。ほとんど天恵のようなものなので、当たりを引くか外れを引くかの博打《ばくち》に近いのですが。そして今回は、」

「外れだった、という訳ですね」

主任は申し訳なさそうに頷いた。

「K０５６の組成は、インターネット掲示板への書き込みという形で見つかりました。広範囲に知られるように残してあったことを考えても、我々の『ここ』に混乱を引き起こすための悪意ある悪戯《いたずら》だったのでしょう。作るのにはそれなりの時間を要するので、世間に出回ったりはしていませんが」

「……結構ヤバい情報ですよね。あたしに全部話して良かったんですか」

「厳島所長から、包み隠さず教えるよう申し付けられましたので。もうすぐ所長本人が来るはずなのですが」

「ああ、すみません、マコトさんの叔父《おじ》に当たる、こちらの所長をしている者で」

「い、厳島所長？」

そう言えば、そもそもマコトが事件に巻き込まれたのは、社会科だかの自主学習で親戚の仕事場に出かけたことがきっかけだったはずだ。

ちょうどその時、ドアにノックがあった。

「ああ、噂をすれば」

室内からの返事を待たず、ドアを開けてのっそりと入ってきた人物を見て、あたしは飛び上がった。特注らしい大きめの作業服に身を包んでいるのは、顔面に大きな傷がある、あたしがこの前「逃亡犯」として見せられた、人相の凶悪な男だったからだ。

しかし、主任は平然とその男に話しかける。

「厳島さん、こちらがマコトさんのご友人の、架橋さんという方です」

「初めまして、所長の厳島です」

野太い声とともに、ごつごつした手が差し出されたけれど、あたしはその手を取ることができなかった。まじまじと見つめたネームプレートにも確かに「所長　厳島竜雄《たつお》」と書かれている。頭の中で警報が鳴っていた。

「あの、一陣修輔の写真って、ありますか」

あたしの不躾《ぶしつけ》な態度に、厳島所長が一瞬、少し眉を上げてから言った。

「それなら、確かあっちのデスクの方に……」

主任がデスクを漁って、写真を応接テーブルの上に置く。あたしの目が釘付けになった。数年前のものらしき社員の集合写真に写った、「一陣」というネームプレートを付けた男は、当然ながら、あたしが逃亡犯として教えられた男ではなかったからだ。しかし、顔に見覚えはあった。

逃亡犯を探しているという、刑事の顔。

全てを悟《さと》り、目先を変えた瞬間に――

あたしは、ロープで縛られ、転がされている自分に気づいた。

4

観察しよう、落ち着いて状況を把握しよう。首の後ろに、熱を伴った痛みを感じながら、身動きせずに思考を巡らせる。スタンガンか何かで気絶させられたらしい。頬に伝わるごつごつした感触と、ゴム製品の匂い。狭い空間に差し込む陽光。エンジン音と振動。そうだ、あたしは今、きっと車の後部座席下のゴムマットに寝かされている。拉致《らち》られたんだ、マヌケなことに――

「こんなことをして、逃げ切れるとでも思っているのか」

マコトの声だ。そして、

「さて、どうでしょうかね」

応じたのは、あの刑事――いや、刑事のふりをしていた逃亡犯、一陣修輔の声だった。豹変《ひょうへん》したりはせず、あくまであの、人が良さそうな口調のままだったので、顔を見ずとも分かった。

一陣が車を運転していて、助手席にマコトが座らされているらしい。この感じだと、マコトは縛られていないんじゃないだろうか、だったら隙《すき》を見て脱出すれば――

馬鹿か、あたしは。

ロープで拘束されているあたしを置いて一人、逃げ出す訳にはいかないんだ。あたしは人質、足手まとい。一陣はおそらく、マコトを自分に従わせるため、あたしに狙いをつけたんだ。最初に学校近くに現れたのも、人質に利用できそうな者を見定める目的だったのかもしれない。その上で、あたしという人質を見せつけて、マコトを車に引き込んだのではないだろうか。

このままいいように使われてたまるか。助けを呼ぶ先は、さっきの研究所……いや、もっと適切な相手がいる。あたしは車の内装を睨みつけ、ぎゅっと口を閉じて、

「助けてくれ！　誘拐された」

あたしの大声に、カップ麺の商品棚を整理していた柴峰さんが驚いて顔を上げた。

「ゆ、ゆうかいぃ？」

「よそであたしとクラスメート、厳島マコトって子が誘拐された。車に乗せられて、あたしはこんな風に、全身ぐるぐるにロープで巻かれてる」

身振り手振りを交えてまくしたてるうち、柴峰さんはいつものぽやんとした表情をきっと引き締め、力強く頷くと、

「分かったわ。それであなたが捕まってるのはどこでなの？」

「一陣修輔ってやつが、乗覚障害がきっかけで犯罪起こしたところだ」

「その車が走ってる場所は分かるかしら？」

「太陽の方向的には、東に向かっているみたいだ。信号で止まらないから高速。窓の外が見えないから、把握できてないけど、探ってくる。分かり次第、また連絡する！」

車内では、一陣と、マコトの対話が続いていた。

「ぜひ、落ち着いて聞いて頂きたいんです。あなたは僕のことを誤解してらっしゃる」

「お前は突入事件と誘拐事件の犯人だ。それ以外の何者でもあるか」

「ええ、多くの人間にとってはね。しかし、あなたにとってはそうではありません」

「――何を言っているんだ」

マコトは強い口調だったけれど、答えるまでに一瞬の不自然な間があった。それを恐らくは一陣も感じ取ったのだろう、小さく笑ってから、また続けた。

「誰よりもあなた自身が、気づいているはずですよ。今やこの僕は、あなたにとって唯一無二の理解者なんですから」

「馬鹿を言うな！」

「こっちは真剣ですよ。何せ先天的に乗覚を持たない人間は百万人に一人のオーダーで存在するが、後天的に乗覚を完全喪失した人間は、それよりも圧倒的に少ない。K056の影響を受けて、望まず失ったのは僕らくらいだ。だから僕にはあなたの苦しみが分かる」

「犯罪者に分かってもらおうなどとは思わない」

「そうは言いますけれどね、厳島さん」

それこそ刑事が万引き少女を諭《さと》すような柔らかい口調だった。

「あなたも、誰かと話す時、相手の目が気になるんじゃないですか？」

そして流れた沈黙に、あたしは得体の知れないものを感じたけれど、車の「外」の情報を、振動と音から摑んだので、それどころではなくなった。

「高速を降りた。近くで消防車のサイレンが聞こえる」

「分かったわ！　今向かうから」

お客さんにくじの賞品を手渡すあたしの横で、柴峰さんはレジを打ち終え、もうひとつの職務にうつる。

「――まあ、あなたが何と言おうと、他の誰にも、そこで転がってるお友達にも分からないですよ。僕とあなただけが、この世界へ復讐する権利を有した人間なんですから」

「復讐？　人殺しでもする気か」

今度は、マコトもすぐさま返答したが、一陣はため息を吐いた。

「殺人なんてくだらないですね。どうせ他の人間たちは、殺されかけたら意識を別に飛ばして逃げ果《おお》せるだけなんですから。それよりもずっと、適切な報復ができるでしょう――こいつを使えばね」

バッグらしきものを開くジッパーの音。マコトが息を吞む。車体が揺れて、かちゃかちゃと音を立てて何本かがマットに滑り落ちたようだ。横たわっているあたしのお腹あたりにも、ひとつ転がってきた。ひやっとした感触で、何かの瓶らしいと分かる。

「全てＫ０５６です。大量生成は、時間こそかかるものの容易です。乗覚以外には何らダメージを与えず、害がないのは僕らが証明済み。汚染できる水は一瓶で四十万リットル。こいつを水道局の貯水槽や川の源流に、大量に流せばいい。経口摂取ばかりでなく、そう、シャワーや洗顔、プールの水に使ったりしても、即座に乗覚が死ぬという寸法です」

「……この障害を、ばら撒《ま》くつもりか」

ええ、と、どこか嬉しそうな声音で、一陣は応じる。

「この、なめらかな世界の人間は、誰もが絶対の理想郷に生きている。苦しみや悲しみを感じても、その苦しみも悲しみもない可能性を担保していて、実際いつでも行使できる。愛されなければ愛される現実に行けばいい。永遠の命が欲しければそれを達成できている現実に移ればいい。彼らにとって、唯一の可能性を生きざるを得ない僕たちは、低次元の生物であり、理解できない存在であり、恐怖の対象であり、何よりも世界の敵なんです」

「それはお前の――」

マコトが反論しようとしたが、一陣が咳き込み、言葉は遮られた。ひとしきり咳を零《こぼ》した後、ひゅうひゅうと喉奥から息を洩らしながら、囁くような細い声で一陣は続ける。

「だからこそ、僕たちはこの楽園を破壊する権利がある。世界を煉獄《れんごく》に落とす資格がある。僕たちは選ばれた人間なんです」

そこまで言うと、一陣はまた咳き込んだ。

その騒々しさに紛《まぎ》れて一瞬気のせいかと思ったけれど、徐々に大きくなり、近づいて来る音は、……今度こそパトカーのサイレンだ。

「ふむ、もう少しかかるかと思ったんですがね」

感心したように一陣が独りごちた。

拡声器ごしの、停車を求める警告が聞こえる。それでも、まるで慌てる気配が無い一陣に、あたしは警戒を強めた。もしもあいつがあたしを、警察を振り切る人質にしようとしたら、あたし自身でぶっ倒してやる。

縛られたまま、かろうじて自由な指を動かして、気づかれないように細い薬瓶を手元に引き寄せようとする。思いっきり頭に叩きつければ、気絶させることくらいできるかもしれない。

でもそこで、甲高いブレーキ音とともに車体ががくんと震え、止まった。あたしは座席に頭をぶつけて、呻き声が洩れそうになるのを何とかこらえた。

「もう逃げられないぞ。お前の計画もここで終わりだ」

「それは、一面的な見方ですよ」

奴は、あたしに手を出すつもりか、マコトに手を出すつもりか。息を止め、全身を耳にして一陣の動きに備えた。シートベルトを外す気配があって、ドアのロックを解除する音。

「むしろ、ここからが始まりです」

その言葉とともに、まるで、帰宅して玄関の戸を開けるような何気ない雰囲気で、一陣が車のドアを開け、外に身を出した。すぐさま警官隊が殺到し、一陣が路上に引き倒される間、あたしはあっけにとられて動くこともできなかった。

ヴァルトラのレベル上げをしているうちにあたしの事情聴取が終わった。小さな会議室からやっと解放されると、扉の外に見知った顔の女性警察官が待ち構えていた。

「お疲れ様でした。お手柄だったわね」

「そういうのはいいんで、結局、一陣が何であんなことができて、何をしたかったのか教えてくれませんか。聞かれるばかりで答えてはもらえなかったので」

「ごめんなさい。守秘義務というものがあるから、ね」

「なるほど。警察官ですもんね。じゃあ、こっちでならどうですか」

柴峰さんは、コンビニの制服をロッカーに仕舞うと、こちらを向いてため息をついた。

「一陣修輔は、K056を浴びる前から死病を患《わずら》っていたらしいわ。刑期中も治療を受けていたけれどその進行を止められなかった。出所後すぐ入院していて、その病院から姿をくらませたみたいね」

かった。


唖然《あぜん》とした。あの顔色の悪さや咳で、何かの病気、それこそK０５６の未知の後遺症か何かを抱えているかもしれないとは思っていたけれど、それ以前の重病だとは想像もしなかった。

「ああやって誘拐を実行できたのが奇跡的なくらいで、逮捕されてすぐ倒れて、また病院へ搬送されたらしいわ。あと数週間の命だって」

つまりは、自暴自棄《じぼうじき》になって世界を巻き込もうとしたってことか。そんな状況なら、犯罪に手を染めるより他にすべきことが絶対にあるだろうに。いずれにしても、この先、あの男がマコトの人生にちょっかいを出すことはできないだろう。あたしがほっと胸を撫で下ろしていると、廊下の向こう側から、別室で事情聴取を受けていたらしいマコトが、ほとんど、床を見つめているような俯き加減で歩いてきた。あたしは、駆け寄りながら大きく手を振ってマコトを呼ぶ。

けれど、顔を上げてこっちを向く、その動きは、ひどく機械的で、そして――

「すまない……一人にしてほしい」

ぼんやりとした瞳は、まるでこちらを捉えていなかった。あたしの足が、凍りついたように動かせなくなった。全てが解決したっていうのに、幽霊でも背負ったみたいにマコトの表情はここ最近で一番暗かった。そのままマコトはあたしの横をすり抜け、玄関の方に向かっていく。

「ご両親が迎えに来てるから、そっとしておいてあげて」

そう警察官の柴峰さんに耳打ちされただけでなく、マコトの態度にたじろいでしまったこともあって、あたしはその場に立ち尽くして、ただマコトの後ろ姿を見守るしかない。

あたしの頭の中で、警報が鳴っていた。マコトの尋常ではない様子に、級友が抱えている何か得体の知れないものに。

考えろ。あたしの考えは今、マコトの考えに届いていない。何かが決定的にズレている。

「あの、柴峰さん、一陣が余命少ないってこと、マコトは知っていたんですか?」

「最初の事件の裁判で、被告人側の弁護士が喋ったと思うから、知ってるんじゃない?」

あの男は、死が近い上に、乗覚障害のためにそれが避けられないからヤケになっていた。

そして、マコトは、数十年は先だろうとはいえ、同じく死が避けられないからこそ自分の将来を垣間見て、あの車内で一陣への返答に窮していた。そういうことなのだろうか。いや、きっとそれじゃない、あそこまでマコトを追いつめる何かが、今日、あったのだ。

水道局襲撃の話か? でもK056の生成には時間がかかるし、一陣は余命いくばくも無い。てことは、奴が口にしていたテロ計画も、実行できるわけ――

その時、不意に理解した。マコトが何を考えているのか。何に気づいたのか。

マコトは分かってしまったんだ。一陣修輔が何をしようとしていたのか。自分の残り僅かな余命を使って、大立ち回りをやらかして。恐らくは、敢《あ》え無く計画が失敗し、捕まることまで見越して。

あれは共犯の誘いですらなかった。

この世界への復讐を、自分と同じ障害を抱えたマコト一人に託そうとしたのだ。K056の組成はネットにあるのだから、調べて用意することは、時間をかければ可能だろう。水道局に忍び込むことも、準備さえすれば。

ただそれは、マコトがそれを思いつき、かつ実行に移す意思を持たなければ成立しない。その「知識」と「選択肢」を効果的に渡すため、この誘拐を決行したんだ。

自分自身が、この世界の人間に容易《たやす》く捕えられるのも織り込み済みで。

背中に汗を感じた。あたしはきっとあの時、よそに助けを求めて安全に助かろうとするのではなくて、ロープが解けなくても、一陣に体当たりでもして倒すべきだったんだ。今のマコトや一陣と同じフィールドで立ち向かわなければいけなかったんだ。

マコトは、あたしを置き去りにして車から逃げ出してもよかったのに、危険を冒してその場に留まった。あたしは、よその柴峰さんを通じてゆうゆうと警察に通報し、自分の身を一度も危険にさらすことなく、その場を切り抜けた。

去り際の一陣の余裕ありげな声を思い出して、あたしは拳を握りしめた。

5

照明が落ちるまで、あとだいたい三十分。

夜のグラウンドは、昼間や、放課後の練習中に見るよりも、ずっと広く荒涼としていて、街中《まちなか》に突然現れた砂漠のように、魔法じみて静かだった。

そこに、ぽつんとひとつ、影があった。

「よ」

片手を上げて、そちらへ近づいていく。

腕を十字に交差させて、肩の筋肉を伸ばす運動をしていたマコトが、その体勢のままでこっちを向いた。

「また、お前か」

「ああ、またあたしだ。邪魔して悪い」

「いつから、気づいてたんだ？　鞄に隠していたスパイクを見たのか」

そう言って、マコトは腕を下ろした。深夜にこっそり一人で校庭を走る、というのを何度もやっていたのだろう、体操服に着替えている上に、準備体操中とは用意周到だ。

「いいや。通《かよ》ってるっていう塾からマコトん家《ち》まで帰るルートを確認したら、途中にうちの学校の裏門近くを通るって分かった。で、否応なしにグラウンドが目に入る訳だ。お前みたいな奴が、その誘惑に勝てる訳ないと思ったんだ」

肯定の意味なのか、小さなため息を落とすマコトに、あたしはもう一歩近寄った。

「やっぱり、入ってほしいんだよ、陸上部。きっとエース争いできるぜ」

「残念だが、答えは同じだ。もう誰かと競い合う気はないし、そもそも部活どうこうの話をできる段階じゃない」

その後を、少したためらうようなそぶりを見せてから告げた。

「学校を、辞めるからな」

あたしは唇を噛んだけど、ことさらに驚きはしなかった。そんな予感はしていたからだ。

「事件に遭ったあと、藤堂製薬から莫大な賠償金が払われている。大半は家族に残して、当座の金だけ引き出したら、旅に出ようと思う。日雇いでもなんでもして、どこにも長居せずに、一人で生きていこうと思う」

「……そいつはちょっと、あんまり投げやりじゃないか。考えなさ過ぎだぜ」

「否定はしない。けれどもう、他人と一緒にいるのが辛くてな。正直言えば少しだけぐらついてたんだ、一陣の台詞に。他に理解者はいない、という話に。犯罪者が、こっちに揺さぶりを掛けて仲間に引き込もうとしてるだけだと分かっていても、だ。あいつにもう一度会うつもりはさらさら無い。……だが、一瞬でもあいつの言葉に引き込まれそうになった自分が、この暖かい世界の誰かと一緒に生きていくのは、駄目だと思うんだ」

「暖かい世界?」

マコトはふっと、視線を中空へ投げた。

「父さんも、母さんも、周りの友達も——みんな優しくしてくれた」

鈍い月明かりを浴びたマコトの横顔には、寂寥《せきりょう》の色が浮かんでいた。

「私が、些細《ささい》な不自由に癇癪《かんしゃく》を起こしても。八つ当たりで心無い言葉をぶつけても。私を怒らないし、嫌わない。みんないつでも、別のわたしに乗り換えることができるからな」

そうか。やっと何がマコトを苛《さいな》んでいたのか、分かりかけてきた。

「一陣が言ってた、『目が気になるだろう』ってのは」

「聞いてたんだな、あれを。……そうだ、相手がいつこっちから目を逸《そ》らしてよそへ行くか、見極められるかと思ったんだ。あいつも同じだったんだろうな」

自分と会話している相手が、よそから来た誰かに切り替わったりしないか。

自分を切り捨てて、別の自分の方に行くんじゃないか。……そんな恐怖。

かつて普通の、この世界の一員であった一陣という男と、マコト。二人がもっとも恐れていたのは、命の有限さでもなく、可能性の有限さでもなく、自分をずっと見ていてくれる誰かはこの世界に存在し得ないという——おそらく、この世界の健常者なら誰もが知っていながら、本当には分かっていないことだった。

「走るのも、生きるのも、もう一人でやっていくつもりだ。私から目を逸らせないのは、私だけだからな」

もう一度こちらへ向き直ったマコトの表情は、とても穏やかで、けれど寂しくて。

目の前にいるのに、とても遠くに感じた。

あたしはその見えない距離に気圧《けお》されそうになりながら、さりげない風を装って、切り出した。

「なあ。最後に、一勝負しねえか」

マコトは虚を衝《つ》かれたように目をしばたたかせた。

「あたしが勝ったら、陸上部に入れ。お前が勝ったら、好きに生きればいい」

「こっちが不利すぎるな。部活できちんと走り込んでる人間に、太刀打《たちう》ちできるわけないだろ」

「才能と身長はあんたの方があるんだ。何ならハンデもやるからさ」

「ハンデか、なら何百メートルか……いや、待て」

顎に手を当て思案していたマコトが、悪戯を思いついた子供みたく、小さく唇を曲げた。

「片足だけこっちに置いていて走れ。昔、二人でよくやった奴だ」

「ああ、あれな。確かに、ハンデとしては丁度いいぜ」

その気になってくれたことに胸を撫で下ろし、あたしはコースを指し示す。

「じゃあ、このトラックを十周してから、十一周目は第三コーナーで曲がらずに、プール前のあの金網まで。五千にはちょっと足りないけど、キリがいいだろ」

「分かった」

あたしも着替えて、準備体操をしてから、スタートラインに立った。

呼吸を整える。右足を後ろに引き、重心を落として、スタートダッシュの構えを取った。

校舎の壁にかかった時計が、一秒、また一秒と時間を刻んでいく。やがて秒針が十二の所に辿り着き――夜九時を告げた。

その、合図とともに。

右足でグラウンドの地面を蹴って、振り出した左足は――しみひとつ無い、夜の雪原を踏みしめた。冷気が長靴を通り抜けて左足に染み込む。

次の右足は、グラウンドの土の上に、左足は、雪の上に。

速度が、増していくにつれて。弾んでいくにつれて。ストロボの映像のように、夏と冬が切り替わる。隣にマコトが現れ、消失する。自分の身体が、熱を帯び始める。体に貼りつくような夏の大気と、切り裂くような冬の風を交互に浴びながら、あたしの身体はコーナーを曲がる。手袋を嵌《は》めた指先がかじかんでいる。

イグサの匂いが鼻腔《びくう》を打った。同時に、足袋《たび》を履いた左足が、畳を踏んだ。足裏に伝わるその感触は、スパイク越しの校庭のものよりも遥かに生々しい。グラウンドを区切るフェンスと、どこまでも続く畳の地平線が視界の果てでちらちらと切り替わる。道標のように所々に置かれた日本人形はどれも同じ顔で、かえって距離感を失わせかける。

直線で更に速度を増すと、腰の辺りに、突然、重みが増えた。あたし自身の、三本の尻尾の重量だ。目に映る右腕は緑色をしている。行ったり来たりしながらだと、自分の半身だけが爬虫類《はちゅうるい》になったように見える。足元が不安定なのは、大地の代わりに、ごつごつした皮膚や脈打つ血管の上を走っているからだ。巨獣の背を脊椎の端まで走り切って、またコーナーを曲がる頃には、ほんの僅か、マコトと差が開き始めている――いや、これは予知のようなもので、まだ目に見えるほどじゃない。

耳を割るような、いやもっと、肌にビリビリくるような轟音に襲われた。うねり、蛇行する配管から、紙製の足を踏み外さないように走っているけれど、その下からは金色の下生えのように光と音が溢《あふ》れ出していて、遥か下方で演じられている舞台劇の賑やかさを伝える。駆ける音と心音、息遣いしかない静寂の世界とのスイッチに、眩暈《めまい》がしそうになる。酷使したあたしの四肢は、頭を残して爆発し、紙吹雪となって舞台上へと降り注ぐ。

次いで視界に飛び込んできた路面の白さは、雪の色でも紙の色でもなかった。あちらでバラバラになり、こちらで折り重なっている骨。吹きつける土埃に思わず顔をしかめる。煙が吹き散った直後、眼前に姿を現したのは、蜘蛛《くも》のような金属製の六本脚をもった、文字盤付きの時計だった。象くらいの大きさがあるそいつが、一本の脚を振りおろしたけれど、わずかにあたしの右隣へ逸れる。マコトがやられる、とゼロコンマゼロ何秒かだけあり得ない仮定に怯んでから気づくと、金属の脚は白骨の山に突き刺さり、あたしはもう、二歩ばかりマコトに引き離されている。

突然、前のめりに転びそうになる。足下じゃなく、前方から重力が呼んでいた。左右の眼下に星の海。あたしの半身は、宇宙空間から地上へ向けて渡されたロープの上にあった。足裏から滲《にじ》み出る樹脂の吸着によってあたしは体勢を立て直し、地上へ向けて再び駆け下り始める。交互に切り替わる重力方向の変化は船酔いめいた酩酊感《めいていかん》を引き起こす。酸素を必要としない身体と、酸素を求める肉体の転換もまた、何かの発作のようにあたしの神経を揺さぶった。

「じゃ　あ　な！」

切れ切れに聞こえたのは、耳慣れた声だ。もう一つの夜の校庭で、松葉杖をついたマコトが手を振っている。返事をしたいけれど、そんな余裕はない。目を交わせたから、それでいいんだ。あたしはすぐ前を走るマコトを追いかけている。幾つもの現実で、全力疾走しているあたしを転々としながら、あたしはマコトに追いすがる。

最後の周回を終え、ゴールへ向かう直前、道がふつりと途切れた。もはやその先は存在しない。ただ、あたし自身のスケールさえよく分からない闇色の空間で、あたしが踏み、蹴った地点にだけ光の帯が生じた。そこから何か途方もないエネルギーが生まれ、未来が生じた。

あたしは夜のグラウンドを走る陸上部員であるのと同じくらいに、世界の種を蒔《ま》いていく創造主だった。

興奮と恐怖と全力疾走とで、心臓が割れそうなくらい、肺が破れそうなくらいになっていて、体が弾け飛ぶ気さえする。永遠に爆発まで一秒前の爆弾みたいだった。けれど、上下左右に描かれた光の帯が掻き消えた瞬間、あたしの隣にマコトがいて、あたしの振り出した右腕から伸びた手、その指先はフェンスに触れていた。殴りつけるような疲労感がどっと全身に押し寄せ、あたしは倒れた。

「引き分け、か」

摑んだフェンスにもたれかかったままのマコトが、かろうじて口にしたその言葉以外、二人とも呼吸と拍動を抑え付けるのに必死で、しばらく喋ることができなかった。普通ならゴール後に制動用の数メートルを置いておくもので、これは明らかにコース選定ミスだった。あたしはといえば、コンクリートの上に体を投げ出して体温を奪われていたけれど、よろよろ起き上がって、そのまま危なっかしくガシャンガシャンとフェンスを登った。

飛び降りた先は、夜のプールサイドだ。

予《あらかじ》め置いてあったスポーツバッグを開いて、取り出したタオルで体を拭き、スポーツドリンクをごきゅごきゅラッパ飲みする。

「おい、お前」

こっちを見とがめて、疲労困憊《ひろうこんぱい》の表情に呆れを足したマコトに対して、フェンス越しに、予備のタオルとスポーツドリンクを見せつけると、マコトもおっかなびっくりフェンスを乗り越えてきた。

あたしは物資を手渡しながら声をかける。

「引き分けじゃないね。あたしの方がコンマ一秒は早かった」

「馬鹿を言うな」

スポーツドリンクに口をつけ、呼吸を落ち着かせてからマコトが続ける。

「感情的には引き分けなだけで、私の方が一フレームは早かった——」

そう言ってもう一度スポーツドリンクを握りしめ、今度は五百ミリリットルの大半を飲み干してから、

「——いや、よしておこう。お前がハンデつきだったのは間違いないしな。そもそもあの条件で勝負すべきじゃなかった」

「まあ、ぴったりなハンデだったさ。それに、見納めにちょうどよかったし」

「見納め？　どういう意味だ？」

あたしは、バッグから取り出したものを、ほらよ、と放り投げた。

咄嗟《とっさ》に受け止めたそれを、マコトは一瞥し、

「……Ｋ０５６！」

空になった薬瓶から、あたしの方に視線を移した。あたしは、口元を歪めて、

「で、中身はどこだと思う？」

微笑みながら、足の裏でプールサイドのコンクリートの感触を確かめ、あたしは一歩、一歩、あとじさる。

弾かれたようにこちらへ駆け寄ってきたマコトと、視線をしっかり合わせたのち、あたしは、伝道師のごとく両腕を左右に広げて、最後の決定的な一歩を、後ろに向かって踏み出した。マコトがこちらに手を伸ばしたが、間に合いっこない。

汗みずくの身体を背中から出迎えた、真夜中のプールの水は、肌を切り裂くように、涼しく冷たかった。ほんの僅かな時間――大袈裟《おおげさ》な飛沫《しぶき》を上げながら着水し、仰向けの姿勢を保ちながら沈んでいく、永遠のように緩慢な刹那《せつな》の中で

――あたしは視た。

漆黒の空に。

「うお、お」ごぼり、口から溢れた泡が昇っていく、水面のその先に。

成層圏まで積み上げられた本の壁を。

天空へと聳《そび》える大樹に絡みつく棚田のような都市を。

宇宙から地表へと突き刺さった神罰の大槍を。

雲突くビル群の間を遊弋《ゆうよく》する翼竜の群れを。

極光の中に屹立《きつりつ》する人類の墓標を。

壊れかけの乗覚が誤作動し捉えた、数えきれない、夥《おびただ》しい世界の幻像を――最後の名残とばかり、網膜へ焼き付けて。

水中から眺めた波打つプールの水面に、億千の眩い光が、ただ一度だけ揺らめいて、あたしの世界は永遠に収束した。

ざぶんと水に飛び込む音に続いて、水を抉《えぐ》る泡や飛沫が視界を覆い、残像は霧散した。すかさず力強い腕が、強引にあたしを抱き起こす。

「ぷはっ」

やっと息ができるようになったら、途端に烈火の如《ごと》き怒りの言葉が降り注いだ。

「葉月！　お前、自分が何をしたか分かってるのか！　何でこんなことしたんだ！」

たっぷり水を飲み込んでいたために、ひとしきり派手に咳き込んでから、ようやくあたしは顔を上げる。そうしてマコトの真剣な瞳に向かい合うと、どういう表情をすればいいのか分からなくて、思わず首をすくめて、頭を掻いた。

「どうも、こうしないとさ、色々ちらついてかなわないから」

「……後悔するぞ」

「分かってる。たぶん何度もするだろうけど、それでも」

マコト相手に強がる必要もない。だから、自然と率直な答えが口をついた。

「後悔することも込みで、こっちを選んだんだ」

マコトは、どう思ったのか、ぷいとそっぽを向いて、あたしの腕を摑んだまま、ざばざば波を立てながらプールサイドに引っ張っていく。

「お前は宇宙レベルの馬鹿だ」

当たり前と言えば当たり前だけれど、プールから上がると二人とも体操服をびしょ濡れにしていた。ほとんど脱水前の洗濯物と変わらない状態のそれを力任せに絞り、あたしはひとつくしゃみをした。

「色々やり過ぎたからなあ。風邪《かぜ》引くかも」

「まだ休ませる訳にはいかん」

何度も水気を絞った体操服の、お腹の辺りをぱたぱたやりながらマコトがこっちを向く。

「今晩のうちに通報して、このプールの水を安全に処理してもらわないといけないし、明日も休まず学校に来てもらう」

そこまで言ってから、くしゅん、と小さなくしゃみをして、後を続けた。

「お前には、入部届の書き方を、私に教える義務があるからな」

あたしは、一、二回、目をぱちぱちさせてから、応じた。

「そうこなくっちゃ」

「やめろ、肩を組むな。暑苦しい上にびちゃびちゃだ」

「いいじゃん着替えれば」

「着替えはグラウンドの端に置きっぱなしだ。誰かのせいで」

「じゃあさ、また走る？　グラウンドまで」

「本当に風邪を引くぞお前。いや、ある意味では風邪を引かないのかも……」

「どういう意味だよ、それは」

グラウンドの方へとあたしたちは二人して歩いていく。照明は既に落ちているけれど、ちっとも心細くはなかった。冷えた体を、うだるような夜風が撫でていく。

たった一つの明日は、きっと今日よりずっと、暑くなる。

ゼロ年代の臨界点

一九〇二（明治三十五）年四月、開校間もない大阪開明《かいめい》女学校の講堂において、三十数名の同校女学生たちを集めて、ドイツ人教育学者ヴィルヘルム・クラインが講演を行っていた。教育と近代国家についての講演で、独日通訳を挟んだものであった。

彼の論がいよいよ佳境にさしかかった頃、一人の女学生が突如として立ち上がり、ドイツ語で矢継ぎ早に質問した。近代国家の動員主義に対する批判的な内容が主であった。それに対する満足な回答が得られないとわかるや否《いな》や、講演の途中であるにもかかわらず、件《くだん》の少女はそのまま講堂から退出した。

呆気《あっけ》にとられるクラインと講師陣の前で、やにわに別の少女がまた一人立ち上がり、

「富江《とみえ》さんが聞く必要が無いと判断されるならば、われわれが聞く必要などどこにあるで

しょうか」といった意味のことを英語でまくしたてて退席する。その言葉につられたように少女らは次々に立ち上がり、残らず退出していった。

最後にただ一人の女学生が座席に残っているが、大人たちがよく見てみるとその少女は幸福そうに眠っていた。

最初にクラインに反旗を翻《ひるがえ》したのが中在家《なかざいけ》富江、生徒たちを扇動《せんどう》したのが宮前《みやまえ》フジ、座席で眠りこけていたのが小平《こだいら》おとら。

以上の内容が、当時の富江の同窓生から得た証言として、『古典SF大系』六巻の「巻末解説」に柏原鴇太郎《かいばらときたろう》によって記録され、以来、幾度となく日本SFの正史と称するものに登場している。

しかしこのエピソードは、全《まった》くの虚構である。正真正銘、後世における妄想の産物である。第一に、クラインは一九〇二年一月に帰独しており、その彼が一九〇二年四月に開明女学校に入学する富江らの前で講演するのは不可能である。

第二に、富江は、「開明派」として英仏の両言語に親しんではいたものの、ドイツ語に関しては、読むことも、話すこともできなかった。

少し一次資料に調べを入れる程度でも、すぐさま「作り話」であることが明確になることの偽《にせ》エピソードが、驚くほどの広さで引用・流布《るふ》されているのはやはり彼女たち三人の作家、すなわち中在家富江、宮前フジ、小平おとらの性格を端的に表している（と思われている）からであろう。

ここに挙《あ》げた騒動は、嘘八百であるにもかかわらず、日本SFのゼロ年代を語る上で象徴的なシーンとして、多くの人の記憶にとどまっている。この、おそらくは柏原鴇太郎による捏造《ねつぞう》がまかり通ったのは、出会った当初の三人に纏《まつ》わる「本物の」証言が少ないからである。

三人のうち富江についての記録は多い。例として、開明女学校において、設立時から一九〇三年まで教員であった篠木虹子《しのきにじこ》の証言を引用したい。

「兎《と》も角《かく》、華族の娘ですとか、英国帰りだとか云《い》うことは問題ではなかったんですね。富江さんはそりゃあお美しい形《なり》をしてらして、まあ往来を歩けば、生徒の人垣ができまして、遠目にも見違えることがありませんでした。（中略）それからお屋敷に御朋友を集められまして、勉強会ですか、英語の小説を読んでいらっしゃったとかで、英文科の土庄《とのしょう》先生は嬉しがるよりも、いつこちらの間違いを糺《ただ》されるかと戦々恐々《きょうきょう》とされていらっしゃいました」

このように、教員も生徒も、何はともあれ富江のことばかりを記憶している。放課後よく、富江が少女たちと籠球《ろうきゅう》（バスケットボール）に興《きょう》じる姿も目撃されているし、銀座丸善で買いつけた、当時まだ高価であった万年筆を、富江が友人たちにプレゼントしていたことも事実のようである。ただ、フジとおとらがその中で特に浮かび上がってくる証言というものはない。彼女たちの交友がいつどうやって始まったかはやはり確証がもてない。ただし日本SFの第一世代、即《すなわ》ちゼロ年代SFの歴史が如何《いか》にして始まったかには、明確な答えが提出できる。

ここでようやく、紛《まぎ》れも無い事実としての「ゼロ年代」について語ることができよう。すべての始まりは、一九〇二年五月であった。

この月と翌月、女学生向け情報・文芸誌であった「女學同朋《じよがく》」に読者から投稿され、二号に分載の形で掲載された小説作品が、一般に日本最初のSFと称される、『翠橋相対死《すいばしあいたいじにの》事《こと》』である。作者は中在家富江であった。

江戸末期の弘化《こうか》四年、酔って翠橋（現大阪府天保山《てんぽうざん》市に、かつて実在した橋である）から球磨《くま》川へと落ちた大工は、気がかりな夢を見、ようやく目覚めると、世界が一変しているのを目撃する。彼がたどり着いたのは、鉄道が走りガス灯が街路を照らす、数十年後の明治の世界であった。

多くの書評家が、この作品を「浦島太郎」に着想を得た富江の創作と見なし、誤った前提に立って評価をしている。だがこの作品は、富江の完全なオリジナルではない。この小説の前半部分は、ワシントン・アーヴィングの小説「リップ・ヴァン・ウィンクル」中の、多少の地名人名をいじっただけで、彼が経験する変事の骨子（年老いた親友との再会、妻の死など）はほぼ同じである。つまり、実質はいわゆる「翻案」である。違うところは、主人公が妻を失った悲しみから、その嫁入り道具であった火鉢《ひばち》に骨を入れ、「心中」する後半のみである。

日本での海外文学紹介がさほど進んでいなかった時代に、海外小説の盗用や無断翻案は半ば日常的に行われており（注1）、後半部分が独自展開になっているとはいえ、この作品もそのヴァリエーションと呼んで差し支えないだろう。ただし、当時そのことを指摘できた者はおらず、現に、思わぬ評判を呼んだ『翠橋相対死事』が全文転載された明治三十五年六月二十日付の「東洋日日新報」では、「時間空間ノ則《ノリ》ヲ天外ナル業《ワザ》ニテ破ルヽ事、古今類《タグヒ》ナクシテ」と、時間移動に関するアイデアを、富江の独創によるものと誤認したうえで絶賛し、「斯《カ》クノ如《ゴト》キ才気煥発ナル才女、必ズ以テブロンテ女史ニ比肩ス文豪トナラン」と褒《ほ》め称えている。この小説に対する「独創的」という評価は、森鷗外《もりおうがい》によってすでに翻訳されていた「リップ・ヴァン・ウィンクル」（訳題「新浦島」）との類似が新聞紙上で指弾《しだん》されたために、一〇年代に一時失墜する。しかし『翠橋相対死事』が、「浦島太郎」をヒントに書かれた小説として、国家主義の高まった三〇年代に再紹介されたのち、「リップ・ヴァン・ウィンクル」との関連性が語られなくなった。現在まで「浦島太郎」から着想を得た小説であるとの誤解が根強いのはそのためである。

いずれにせよ、結果的に『翠橋相対死事』が日本ＳＦの祖となった点は否定できない。新聞上で宣伝されたことから評判を呼び、同年、実相《じっそう》社から書籍として刊行され、この作品の認知度はさらに高まった。以降、本作に影響を受けた、京都女学校二年の仙野《せんの》しづによる『籤千本《くじせんぼん》』（未来へ向かう方法として神社の鳥居を用い、主人公を女学生とした）、女性運動家牟田口《むたぐち》ミズエによる未来探訪譚『西暦千九百五十年帝都絵巻』が発表される。この作品ラッシュが、日本ＳＦが現在に至るまで主に女性作家によって書かれるようになった直接の原点となっている。

この時期には、富江の作品を読んで翠橋から川に飛び込む者が後を絶たず（注2）、一時は翠橋への立ち入りが禁止されたというから、『翠橋相対死事』が明治社会に与えた影響は小さくなかったといってよいだろう。

さて、富江の書いた作品が一大センセーションを巻き起こしている最中に、宮前フジが本名で「女學同朋」に寄せた投書には、富江が「昔日《セキジツ》ニ渡ルコト」つまり、未来へ行く時間旅行ではなく、「過去に遡《さかのぼ》る時間旅行」を題材にした新作を執筆している旨《むね》のほのめかしがあった。それに続けて、翠橋の東側から落ちれば過去に行き、西側から落ちれば未来へ行くという設定まで示唆《しさ》している。

さて、ここで、首を傾《かし》げられた読者も多かろうと思う。ご存知の通り、同じく翠橋を時間旅行に用いたものの、「過去へのタイムトラベル」を描いた『九郎判官《くろうほうがん》御一新始末』（一九〇二）の作者は、富江ではなく小平おとらである。

明らかにマーク・トウェイン『アーサー王宮廷のヤンキー』を意識した『九郎判官御一新始末』では、新撰組《しんせんぐみ》残党を捕らえようと、翠橋から飛び降りた元薩摩《さつま》藩士加納獄六《かのうごくろく》が、目を覚ますと源平合戦期の只中に放り出される。彼は銃やマッチといった、その時代に無い道具と、未来の知識を駆使して、安徳《あんとく》帝を源義経と組ませ海中に遷都、日本をその掌中に収めてしまう。

この作品は「女學同朋」掲載の後《のち》「自由新聞」に転載された。『翠橋相対死事』が転載されたのが当時、売り上げ部数第二位だった「東洋日日新報」であったのに対し、「自由新聞」は泡沫紙であり、世間での二作品の扱いの差を感じさせる。

もっとも、『翠橋相対死事』がいくら大きな評判を呼んだとはいえ、女学生向けの雑誌に載った同人的な作品が大新聞に転載され、即《そく》文学者のお墨《すみ》付きを得るというのは、いささか無茶である。これは、富江の父にして葛島《かつしま》紡績創業者である中在家鴻然《こうぜん》の、財界・言論界への人脈による所が大きい。一方で和菓子屋の娘であったおとらに大した後ろ盾《だて》が無かったことが、彼女の評価がやや遅れた原因でもあった。

　それでも「過去への時間旅行」を日本で初めて描いた『九郎判官御一新始末』は、翌年にはこれも実相社から刊行されて、世間に広まっている。ただ、その刊行とほぼ同時期に、その内容に否定的な立場を表明する者もいた。誰あろう彼女の同窓生、宮前フジである。

「文治《ブンジ》ノ頃御一新在《ア》ラバ畢竟《ヒッキャウ》、明治維新ノ生ズル余地無シ。然《シカ》ラバ加納某《ナニガシ》如何《イカ》ニシテ翠橋ニ至ラン。（中略）歳月ノコト、嘗《カツ》テ蓮胤《レンイン》法師ノイミジクモ宣《ノタマ》ヘル如《ゴト》ク大河ニ似ル。上流ヨリ出デテ彎曲《ワンキョク》蛇行シ大河トナル、然《シカ》ルガユヱニ湧水ノ向カフ先変ハレバ川滅《メツ》ス。昔日ノ定メニ垂《タレ》ントスル流レヲ手デ撓《タワ》ムレバ、大河ト云ヘドモ道ヲ違《タガ》ヒ、後ニハ牧水ヲモ残サズ。理《コトハリ》知ル人此《コレ》ヲ以《モッ》テ翠橋ヨリ飛ビ昨日昔日ニ向カヘルヲ良シトセズ。『御一新始末』ナル綺書ノ著者、浅慮ト指弾サレルヲ免《マヌカ》レ得ズ」

　これが「女學同朋」に投稿された、フジによる「諫言《かんげん》」――つまり歴史を変えれば主人公の存在が消える、という矛盾の指摘であるが、これは期せずして、世界で初めての「タイムパラドックス」への言及となっている。これをもって、「時間SF」の創始者としての富江、過去へのタイムトラベルSFの創始者としてのおとら、タイムパラドックスの提唱者としてのフジ、という構図が完成した。これは以降、「評価者」としての特権的な立場をフジに与えることとなる。それは、常に富江への賞賛とおとらへの批判という結果であったが。

ただし、当時の開明女学校において、三人の関係は極めて良好であったとされている。記録によれば、富江が発案者となり開明女学校で行われたW・B・イエイツ作の演劇は、脚本をフジが、主演をおとらが務めて成功を収めている。富江の勉強会もこの時期まだ続いていた模様である。

このまま、彼女らも一般の女学生に戻るかと思われた矢先、富江とおとらが相次いで作品を発表する。

まず富江のSF第二作、『誉《ほま》れの信号手』が、初め「大學」に、その後「自由公論」にも掲載された。一九〇四（明治三十七）年一月のことである。

ウィーン会議期の腕木《うでぎ》信号通信の信号手が、没落した王族から奇妙な噂《うわさ》を聞く。腕木信号通信の中にナポレオンの復活を伝える偽情報が紛れ込んでいたのだが、その情報を流した信号手が見つからないという。信号手は、「信号網」自体に宿る知性に感づき、その目に見えぬ「知性」と腕木信号を用いて対話する。信号網は既《すで》に幽閉《ゆうへい》されたナポレオンを、情報のみの亡霊として復活させ、ヨーロッパ大陸を攪乱《かくらん》し、フランスを再起させようと試みていたのである。

この作品は「ネットワークに生じる知性」という飛躍的な発想で、一般読者のみならず鳥居貢《とりいみつぐ》や木庭《きば》陽光《ようこう》のような思想家、さらには一〇年代に勃興《ぼっこう》した新宗教「信知会」にまで影響を及ぼしている。

『誉れの信号手』は舞台化され、永楽館《えいらくかん》をはじめとする複数の劇場で、大きな賑《にぎ》わいを呼んでいる。『翠橋相対死事』も『翠橋独相対死《すいばしひとりあいたいじに》』のタイトルでこの直後に舞台化され、永楽館だけで延べ八万人を動員するなど、『誉れの信号手』以上のヒットを記録した。

この成功により富江は一躍時の人となる。各新聞社からの取材ばかりでなく、多くの大学から招聘《しょうへい》されて講演も数知れずこなした（注3）。

その一方で、同年四月におとらもまた第二作を発表する。タイトルは『人間脳髄』、掲載先は「学士立國《りっこく》」、男子学生を対象読者とする雑誌であった（注4）。

『人間脳髄』は明治四十年の大阪に頻発する大規模停電事件を描いている。それは旧士族の次男で知恵遅れの男が、夜毎《よごと》電線を切って回っていたことが原因だった。捕らえられた男は、電話網が一つの「脳」として活動を始めており、電線から発せられる微弱な電波によって既に人間を支配している、われわれは今やその脳を動かす部品に過ぎないのだ――などと主張するが、そのまま癲狂院《てんきょういん》に放り込まれる。

この作品は発表直後から、多くの毀誉褒貶《きよほうへん》に晒されている。

それは、伝達網そのものが意思を持つという内容が富江の作品からの引き写しである、という批判が主であったが、最大の批判者であったフジの場合は、「女學同朋」に寄稿し、作中、男の主張する電線網＝巨大な脳という議論が、ナサニエル・ホーソン「七破風《しちはふ》の屋敷」中に登場する思想と類似しており、この作品の要《かなめ》をなすアイデアまでも盗用だと断じている。

しかし『誉れの信号手』において貴族の娘が身分を偽《いつわ》り、露天商を行うくだりが「七破風の屋敷」の冒頭部に酷似しており、むしろ『人間脳髄』以前に『誉れの信号手』自体が「七破風の屋敷」から発想を得て書かれた作品であるという点が指摘されるには、両洋戦争期まで待たねばならない。

ともあれ、『人間脳髄』自体は、『誉れの信号手』ほどではないものの、確かに多くの読者に読まれた。

そのためか、『人間脳髄』の発表からしばらくして、三人の関係にも変化が見え始める。富江は二人を引き連れるのをやめ、フジのみと歓談に興じたり、刺繍《ししゅう》を習うと称しておとらと二人で過ごしたりした。フジとおとらは疎遠になり、当然の流れとして、少女たちもおとらの派閥とフジの派閥に分かれるようになったという。フジの方が多くの少女を引き連れていたためにおとらの方がフジを避けることが多くなった、という証言もあるが、おとら自身が他人を引き連れるのを好まなかったとする史料もあり、事実は定かでない。全員がようやく再び揃ったのは、一九〇五（明治三十八）年三月、開明女学校の卒業式に際し、成績優秀であった生徒を特に表彰する都合上、三人が並んで座ることを学校から命ぜられたときだった。

もともと良家の子女を集めているため祝電が様々な企業から届いていたのみならず、富江やおとらという才能ある作家宛のものも山のように送られていた結果、朝九時に始まった卒業式が、夜六時まで続いた。卒業生も講師陣も次々船を漕《こ》ぎ出す中、富江はフジと盤面無しのチェスを繰り広げる一方、おとらと札無《ふだな》しの二人百人一首（注5）に興じていたという。

彼女たちが開明女学校を卒業したその翌年、日露戦争終結により海運投機で大損害を被《こうむ》った、開明女学校理事長・村雅杜甫《むらがとほ》は同校の売却を告知する。

そこに目をつけたのが富江の父・中在家鴻然であった。

鴻然は複数の新聞、論壇誌等を通じて「十四歳から十八歳までの」女子を教育する私学「明治女子学校」の開設を告知する。

開明女学校の校舎・寄宿舎をそのまま再利用し、講師陣もほとんど開明女学校時から引き継ぐが、富江やフジ、おとらも語学や文学の講師として教壇に立つことになった。そのことが衆目を集め、定員八十名の制限を設けていたものの、四百六十二名もの応募が殺到し、急遽、面接試験での選抜を行わざるを得なかったという。

一九〇七（明治四十）年の、最初の入学生八十名のうちには、開明女学校在籍者や、のちの海軍大将・石橋道建《いしばしみちたけ》の一人娘や、相生《あいおい》鉄鋼経営者・陸前陽之《くがまえひのゆき》の次女と三女、また岐阜県の曹洞宗寺院の娘なども含まれていた。この寄宿舎に集った少女たちの中からは、善丸《よしまる》よね、武良《たけよし》サト子（武良智《さとし》）、氏原千鶴子《うじはらちづこ》を初めとする一〇年代の代表的なＳＦ作家が輩出された。なお同校出身者がその内情をほとんど語らなかったため、後年、この私学で何らかの超能力開発が行われていたという説が流布することになるが、その大半が創作に基づくものである（注６）。

同校の実体に関してもっとも多くが記されているのは、一九二〇（大正九）年に出版された堂島鉄朝《どうじまてつちょう》『真話《しんわ》　開明私塾』である。堂島は「新東洋月報」記者であった父から明治女子学校の「調査」を命ぜられ、同校に性別を偽って入学し、その内情を記している。『真話　開明私塾』によると、同校の授業科目は、英数国漢文地歴理科のほかに裁縫・家政・体操・箏曲《そうきょく》・点茶《てんちゃ》・挿花《いけばな》・盤儀《ばんぎ》などであった。寄宿舎の清掃や調理も、生徒らで当番制が敷かれ、極めて健全な形で自活が行われていた。これらはすべて富江の提案を容《い》れたもので、ここでもやはり富江は人気の的《まと》であり、生徒に慕《した》われ、彼女の行く場所には人だかりができたという。

また、堂島によると海外作品の読書会が日常的に行われており、それは「嘗テ中在家先生ガ御友人ヲ遇シタ際ト寸分違ハヌ」形式であったという。堂島が参加した会合のうちでは、J・M・バリ「小さな白い鳥」が取り上げられた回があり、堂島の指摘するように、公園に作られた子どものみの国家がやがて世界を飲み込んでいく、善丸よね『乞丐訓《こつがいくん》』（一九〇八）には「小さな白い鳥」との類似が認められる。このように「読書会」で用いた材料から小説を書いていった、という可能性を考えれば、富江らの作品のほとんどが、メインアイデアを海外作品から引いている（と思われる）ことの説明がつくだろう。

しかし一九〇八（明治四十一）年二月、彼女たちにとっての転機が訪れる。富江が、米国人教育学者ルネ・トールマンの薦《すす》めに従い、一年程度の米国留学を宣言したのである。たったの一年でも彼女と離れたくない、と同道を求める生徒は数多くいたものの、許可は下りなかった。

他講師の手配もできていたが、明治女子学校が富江という支柱を一時的にでも失うことの動揺は大きかった。

その時期、生徒らにはむしろ、おとらとフジの仲が回復したようにさえ見えたという。教官室で二人、おとらの実家である和菓子店の甘味《かんみ》を摘《つま》みながら、ひたすら議論を繰り広げる姿がしばしば目撃されている。内容は時間の性質や未来の社会形態、宗教などさまざまで、議論が白熱する余り、二人の講師が時間になっても現れないことも幾度かあったらしい。

さて、ゼロ年代日本SF史の上ではさほど重要ではないが、この年に、また翠橋を用いた時間SFが一冊、生まれたことに言及しておきたい。

再び「時間を越える橋」として翠橋を用いたのは、作家二人ではなくフジであった。邦《ほう》曾《かい》社より出版された、彼女にとって初の小説である『草鏡《くさかがみ》』（一九〇八）がその本であるが、これは数十部のみの出版であり、完本が現存していない。

内容的には「翠橋の架かる球磨川に笹の船を浮かべ、そこに浮かび上がる波紋から、すべての人の未来を読み取ることが可能になる」物語であるらしいが、ほとんど小説の体《てい》を為《な》しておらず、未来予測と思想に引きずられた内容であったという。

原本が散逸しているため、これらの中身はフジの回顧録などから集積された憶測に過ぎない。ただ、フジ自身はたびたび「愧《は》づべき駄作」と呼んでおり、フジの知人のもとにあった『草鏡』は、自身で集めて焼き払った、という噂さえあった。

この当時、富江らの小説の人気を受けて、女学生の流行として小部数の書籍出版が流行しており、その総元締めが邦曾社であった。資産のある良家の子女に狙いをつけ、記念出版のような形で本を作製して高額を請求する悪質な会社であり、邦晉社はこの三年後に解散を命じられる。フジ自身、これらの事態に関して思うところがあったのかも知れないが、多くを語ってはいない。

この当時のSF作品のうち代表的なものには、明治女子学校関係者が、善丸よね『乞丐訓』、小平おとら『銅瘡《あかがねそう》』（一九〇八年刊。日本初の終末SF。明瞭にエドガー・アラン・ポオ「赤死病の仮面」を意識している）、ほかに樺《かば》アマリ『蜂集《はちすだ》くの崗《おか》』（一九〇七年刊。ネットワーク知性を扱った作品が乱造されるなかで、唯一、生物の集合知性を扱ったことで注目に値《あたい》する）、さらに富江やおとらの作品に影響を受けて書かれた小説は数限りなくあり、この時期はゼロ年代でもっともSFが華《はな》やかであったと言ってよい。

だが、一九〇八年十月、この爛熟《らんじゅく》に恐るべき一打が浴びせられる。ゼロ年代最大の作品、『藤原家秘帖《ひちよう》』の前篇が公開されたのである。作者は、あろうことか渡米中で不在の富江であった。

富江は、日本を発《た》つ前に、フジでもおとらでもない講師にこの原稿を託しており、その講師が富江の言いつけ通り「一九〇八年の十月に、『東京毎日』の記者に」渡したのであった。富江は、日本から遥か海を隔てた地にいながら、この文学的爆弾を炸裂させたのである。

ストーリーは普段の彼女の作品に輪をかけて奇矯《ききょう》なものであった。
一条《いちじょう》天皇の治世下、ある明け方、中宮定子《ていし》に呼ばれた清少納言《せいしょうなごん》は、定子から自身の語る物語を記すように命ぜられる。それは、数百年先のいまだ生まれえぬ都《みやこ》の物語である。天《あま》駆ける俥《くるま》で空を満たし、永久に夜の訪れない都・東京、すべての人が常に和歌のごとく己《おのれ》の心情を詠《よ》んで、顔の前に次々浮かべながら往来を歩く都・江戸、人の上を人が歩くほどに混雑し、人体を部品部品で切り売りする市《いち》が立ち、望むなら不死を得られる都・鎌倉、などなど、そのすべてが、定子の属する藤原家の、遠い子孫たちの目から語られた物語であった。

この作品は登場と同時に、空前の反響をもたらした。

表面的には珍奇な道具と概念の羅列でありながら、現実とは異なる姿で語られる、無数の都市の描写は、文明批評のようであり、また未来の都市から順に語られる形式には何らかの隠された意図があると思われた。

前半部のみ発表され、結末のまだ示されないこの物語への飢餓《きが》感も話題に拍車をかけたのだろうが、もっとも衝撃的に受け止められたのは、読者への献辞《けんじ》であった。

『佞人《ネイジン》、當作《タウサク》ノ結ビニ至ルマデ書キ尽クセドモ、マダ敢《ア》ヘテソノ内ヲ詳《ツマビ》ラカニセズ、如何程余人ノ想及ブベキカ拝見シタク願フ次第。仰《アフ》ギ願ハクハ、吾《ワレ》コソト思フ人、後篇ヲ各《オノオノ》執筆サレタシ』

つまり、この作品の「後篇」の執筆を請《こ》う、という中身であった。

自分以外の著者による「続き」の募集、という一種の暴挙は、しかし多くの回答を生んだ。文学者でも高窓湯《たかまどゆ》愈《ゆう》、團禮次《だんれいじ》、変わったところではキリスト教牧師・押川方存《おしかわまさあり》などが「後篇」の執筆に挑んでいる（注7）。さまざまな媒体で独自の「後篇」が発表されるなか、当然のごとく当時の女学生もまた、「後篇」執筆に励《はげ》んだ。大量の投稿を受けた「女學同朋」は特別号を出さざるを得なかった。

しかしながら、明治女子学校においては逆に、その活動は顕在化しなかった。富江に心酔する女子生徒も多かったはずであるが、競うように「後篇」が書かれる、ということは、全国の女学校のうちここでのみ起こらなかった。

その理由は、『真話　開明私塾』において明らかにされている。

『藤原家秘帖』および後篇の公募が発表された翌朝から、フジは激しく動揺し、数週間後には「幽鬼《イウキ》モ慄《オノノ》クバカリニ窶《ヤツ》レ果テ就中《ナカンヅク》ソノ眼光ハ炯炯《ケイケイ》トシ、涯《ハテ》ハ振リ乱シタ髪、山姥《ヤマンバ》ト見紛フ、宮前先生ノ常ナル美貌ノ面影ナシ」と書かれるほど変貌してしまっていたという。フジは教師であることと、富江の物語にふさわしい「後篇」の執筆という難題を抱えることを（その野望は誰の目にも明らかだった）両立させられなくなったようである。

一方で、おとらは今までどおりに教壇に立っていたが、寝食を忘れて小説に取り組むフジを見るに見かねたようである。寄宿舎の外に連れ出してたしなめようとしたが、「私は選ばれた人間なのです」などとヒステリックに返された、という風説が流れた。

このような状況下において、女学生たちは『藤原家秘帖』を半ば禁忌《きんき》のように見なし、表立っても裏に回っても、「後篇」を執筆する勇気を持てなかったようである。

残念ながら、明治女子学校に関して詳細を知れるのはこの時点までである。『真話　開明私塾』の著述者である堂島鉄朝がこれ以降を目撃していないためだ。同校が警戒と緊張感に包まれる中で、彼の正体がとうとう明るみにされ、追放の憂《う》き目に遭《あ》ったことによる（注8）。

唯一はっきりしているのは、同年五月三十一日、もっとも重要な「後篇」が発表されたことである。その作者は、やはり、フジではなくおとらであった。

以下の内容が、「文燕《ぶんえん》」に発表されたおとらによる「後篇」である。

中宮定子はついに自らの正体を示す。彼女は未来から過去へと遡りながら生きる一族であった。

明治二百年という遥か未来の都・東京で生まれた「電波脳髄」は、地球のすべてを支配しており、人々はその命令に従って、ひたすら発電鉄傘《てつさん》と発電網で地上を埋め、脳をさらに進化させていくためだけに働かされている。

彼女たちの一族は、その支配に抵抗するため、少しずつ過去へと遡り、その時代に「技術」の種《たね》を蒔《ま》くことで「電波脳髄」を打倒し得る歴史を作ろうとしているのである。一族のある者は数百年後に発明される飛行技術を市井《しせい》の発明家に教示し、ある者は未来の医学知識を、本草《ほんぞう》学のそれと偽って広め、ある者は技術者と軍人を引き合わせ兵器の発達を数百年早め、ある者は和歌集に未来の出来事を示す暗号を仕込んだ。そしてその誰もが自《みず》らの寿命が尽きる前に、わが子をさらに過去の世へ送り出す。

己が知る先の世の技術を駆使して、過去の世界を改造しながら逆流していくこと、それが藤原家に受け継がれてきた使命なのであった。

この作品はおとらにとって、これまで書いてきた内容の総決算であり、怒濤《どとう》のごとくぐちゃぐちゃに詰め込まれたアイデアで、一種の狂気さえ漂わせていた。

作中では清少納言が、過去に戻ることの非現実性を言い募るが、中宮定子は次のように応じる。

「時ノ形水ノ如クニナガルヽ物ニ非《アラ》ズ、寧《ムシ》ロ幽邃《イウスイ》ノ沼数限リ無ク並ブニ似タリ。人ハ蛙《カヱル》、沼ヨリ沼ヘト躍跳《ヤクチヨウ》シ、其《ソ》レヲ時刻ト呼ブ」

この論理を現代的に説明すれば、「時間に連続性など存在せず、無数にある、おのおの独立した時点から時点へ人間の方が飛び回っている、したがって、川の上流が下流を支配するように過去が未来を支配することはないので、過去を変えることで矛盾《むじゅん》は生じない」――というレトリックである。言わずもがなであるが、これは意識して書かれた、フジのタイムパラドックス説に対する再反論であった。

中宮定子はその一生をかけ、宮廷に蒸気駆動の知識を根付かせることに成功する。彼女自身の任を終え、次の任を自らの娘である脩子《しゅうし》に託して、更《さら》に過去へと送るつもりである。そこで定子は清少納言への語りを終える。

物語は、数年後、定子から聞かされた、未来世界の蒸気式月昇楼《げっしょうろう》と呼ばれるからくりを、老境の清少納言が簾《すだれ》越しに目撃する場面で、終幕を迎える。最後の一行は、中宮定子の辞世の句で締められている。

「夜もすがら契《ちぎ》りし事を忘れずは　こひむ涙の色ぞゆかしき」

作品が発表されてから、富江が帰国するまでに残り半月ほどしかなかったが、その半月の間に「後篇」競争の結果は、おとら一人の圧勝という世評が確定していた。それでも、世間の多くの人、とりわけ明治女子学校の生徒たちが、富江の帰国と、彼女が他人の「後篇」に下す評価と、富江自身の手による「後篇」を、固唾《かたず》を呑《の》んで見守っていたであろうことは想像に難くない。

だが、その期待は裏切られることになる。富江の帰国日であった一九〇九（明治四十二）年六月十日、明治女子学校に解散命令が下る。処分の名目は治安警察法第一条違反であった。政府が、同校を排除する目的で、これを教育機関ではなく「結社」との認定をしたためである。

原因となる要素は無数にあった。『人間脳髄』の内容を真《ま》に受けて電線を切って回る者が複数、発生したこと、堂島鉄朝を私刑にかけたこと、『藤原家秘帖』で、当時の政府・公家《くげ》の中枢にいる人物が多数、実名で登場すること（九条氏の四女などは当時の皇太子妃であった）、ほかにも火種となる点は選り取り見取りといえた。弾圧の背景には、前年の赤旗事件を受けて、第二次桂内閣が社会運動や擾乱《じょうらん》に対する取締りを強化していたという状況もあった。

何かきっかけがあれば、同校に解散を命ずる態勢が整っていたのである。その折も折、六月初旬に作家の高窓湯愈が、球磨川付近にて集団通り魔に暴行を受けた。彼が「犯人たちは女学生らしかった」と証言し、さらに「自分が書いた『後篇』に嫉妬した、富江の信奉者の仕業である」と主張したことが、最後の決定打となった（注9）。

警官隊が明治女子学校に踏み込んだ際、フジは教官室に一人こもって、うずたかく積まれた原稿に埋もれるようにして、必死に万年筆を走らせていた。頬はこけ、げっそりとやつれ果てており、警官がやってきたことにも気づくそぶりを見せなかったという。原稿と筆記具を取り上げられそうになってようやくその存在に気づき、抵抗し、警官に嚙《か》み付いたために、フジはその場で逮捕された（注10）。

寄宿舎内を更に捜索した警官らは、富江を迎えるはずだった多くの女生徒と講師勢に出くわしたが、富江とおとらの姿がどこにも見当たらないことに疑問を持った。

同日、複数の女学生が、翠橋から飛び降りる二人の姿を目撃している。二人は橋の欄干《らんかん》に立ってから、富江がおとらに手を差し伸べ、導くような形で水面に落ちたという。ただ、同じ場所からそれを見たはずの目撃者らは、なぜか、東側に飛び降りたと言う者、西側に飛び降りたと言う者に二分され、その論争は最後まで決着を見なかった。

翌々日、「稀代の大著作家二人、忽焉《こつえん》と消ゆ」との見出しが躍った「東洋日報」には、以下のような情報が提示されている。

警察が球磨川の川底を捜索したものの、彼女たちの遺体はおろか、遺留品さえ見つからなかった。富江の書き上げたはずの『藤原家秘帖』後篇も、同様にどこからも探し出せなかった。いかなる事情か、富江の父母はそれ以上警察に二人の捜索をさせようとしなかったし、女学生と講師らが総出で必死の捜索を行ったものの、それも徒労に終わった。

以降、今日《こんにち》に至るまで、二人の作家の足取りは、杳《よう》として知れない。

ゼロ年代でもっとも重要な作家が二人同時に消え、また明治女子学校という研鑽《けんさん》の場が消失したため、日本SFは、一度完全に絶滅する。こうしてあまりに早く、日本SFのゼロ年代は芽吹き、花開き、散ってしまった。

一〇年代中葉における、宮前フジ『本邦八千年草子』（注11）からの日本SFの復興に関しては、今後の研究に譲ることとする。

注

1 たとえば黒岩涙香訳以外の『巌窟王《がんくつおう》』に、原作には無い内容を足してオリジナルと主張し、当時広く読まれたものがある。『「ダングラアルノ娘」事件』（清水良、展論社）『「翻案」家の時代――喜田畑望月「岩窟女王」』（清水良、改造出版局）などを参照のこと。

2 翠橋は実は見た目ほど水面から高くないため、自殺目的で飛び降りても死ぬ者はいなかった。「志文《しぶん》国報」によると、明治三十五年に三カ月間で七人が飛び込み、うち二人が掠《かす》り傷を負ったという。

3　当時の写真に残された富江は、いつも女学校の紫袴《ばかま》を身に着け、何かに挑むような凜々《りり》しい表情を浮かべていたが、常に正面より斜《しや》に構えて写っている。

4　「女學同朋」に一度投稿したものの、女性読者の投稿しか受け付けていないという断りの手紙とともに返送されている（おとらは当初、この作品を変名で発表しようとしていた）。

5　どのようなルールでどういう方法で行えばこの遊戯が可能なのか、二人を除く他の誰にも分からなかった。

6　この伝説の流布にとりわけ貢献したのは二〇年代の福来《ふくらい》派SF作家であった。

7　うち、一九四三年の小説チューリング試験をクリアしたものは、押川のものをのぞけば女学生の作品ばかりであった。なお、最高点の百八十点を出したのがおとらによる「後篇」である。

8　彼は、女学生に取り囲まれ、身包《ぐる》みはがされた挙句に、嘘を吐《つ》き続けた罰として石鹼《せつけん》を無理やり口の中に押し込まれて洗浄されるなど、悲惨を極める私刑にかけられた。その際、騒ぎを聞いて駆けつけたおとらは、女学生らを下がらせ、万力《まんりき》を彼に手渡し、今ここで男をやめれば許す、との旨をひどく丁寧に告げたという。

9　のちに原稿が進まない高窓湯愈の狂言であったことが判明する。真相発覚の翌日、彼は球磨川で水死体となり発見された。

10　この原稿の中身が後にばらばらにされ、フジが生涯で残す七十数作のＳＦのうちでももっとも重要な作品のいくつか（コミュニケーション補助ツールを予測した『電人文車』、対抗観測兵器を予測した*Deathstone Lens*など）に発展・転用されている。

11　フジは晩年、一〇年代以降の作家活動再開に関して、雑誌記者に対し、「また会うためには、世界を早めるほかなかったから」という言葉を残している。この言葉を告げた翌日、フジは移植臓器不適合による心不全で亡くなる。享年五十一。日本人で初めて月面の土を踏んだ女性だった。

美亜羽へ贈る拳銃

きみの手の中に銃がある。つめたく光る黒色の銃。きみの小さな手のひらは、慣れないその真っ黒な重みに戸惑い、汗ばんでいる。真夜中に忍び込んだ書斎、無数の傷が刻まれた年代物の机――色褪せた木目が怪物の眼球めいてきみを怯《おび》えさせた、その机の引き出し。刃先の錆びたメスや、fMRI用の接続プラグ、レントゲンの電紙、雑多な品々、その一番奥に仕舞われていた一挺《いっちょう》の銃。きみは机の前にしゃがみこんで、精一杯広げた片手をグリップに添えている。

かつて誰かがそうしたように、きみは震える手で銃口をこめかみに当てた。銃口の感触。その場所を中心に体温が上がっていくような錯覚。けれど銃が火を噴くことはない、その銃は遥か昔に弾丸を吐いたから、そして二度と目覚めはしないから。永遠に。

銃の名は「W《ウエディング・ナイフ》Ｋ〇六六」。世界中で何百万挺と作られた銃。沢山の人を安寧に導いたのかも知れない、祝福すべき銃。しかしあるいは、夥《おびただ》しい数の魂を絶息させたのかも知れない、呪われた銃。今、きみが自らこめかみに突きつけた九百二十グラムの鉄塊《てっかい》が本当はどちらなのか、そんな問いはまだ幼いきみの手に余る。

きみの息はいつの間にか荒くなっている。すっかり銃に魅入られてしまっていたきみは、けれど、何を知るためにその銃を手に取ったか、ようやく思い出す。さあ、銃を下ろそう。

銃を視界に入れ、舌で奥歯のスイッチを操作する。たちまちきみの眼前に、正確にはきみのかけた眼鏡型端末《ヒエロニムス》に展開される。……文字が。文章が。多くのＷＫには固有の「仕様書」が添付されている——その一挺が誰と誰とを、いかに結び付けるため作られたかを記す、一通きりの覚書だ。きみは静かに目を見張り、端末が眼球の動きを読んでピントを合わせるのを待った。

そしてきみは読み始める。神冴実継《かんざえみつぐ》と、北条美亜羽《ほうじょうみあは》の恋物語を。

彼らが、いかに互いを愛し合わなかったかの物語を。

◆◆◆

乾杯の言葉を掛けられても、神冴実継にはグラスを合わせる相手がいなかった。会場を埋める無数のテーブルの周りでは、出席者たちが杯《さかずき》を交わしていたが、実継のテーブルには彼しかいない。歓談中のどの客も、磨《す》りガラスを隔てたように、実継の視界にはぼんやりとしか映らない。衣服の色形で辛うじて男女の区別がつく程度だ。眼鏡を外せば彼らの姿をはっきりと見ることもできるのだが、社交用ソフトで実継に対し「Don't disturb《話し掛けないで下さい》」のサインを発している連中に、更に警戒心を抱かせるのも馬鹿らしい。目線は自然と、ホール内で数少ない実継にはっきり「見える」人物、「Don't disturb」をチェックしていない人間に向いた。

新郎席で誰かに頭を下げている、この式の主役——神冴志恩《しおん》へと。この結婚披露宴は、そもそも実継の兄である神冴家の次男、神冴志恩と、財閥令嬢の結婚式なのだが、実継は志恩のことを間接的にしか知らない。彼らきょうだいのうち、最も期待された才能だったらしい。彼は自身の発案したインプラント治療によって、今日まで多数の精神病を地上から消し去ってきて、今なお消し去り続けている。神冴脳療《のうりょう》の掲げる脳マップ完全解読は、彼によって達成されるだろう、と考えられていた——十四歳で、彼が出奔《しゅっぽん》するまでは。

今、実継が見る志恩は、人懐っこそうな丸い瞳の持ち主で、研究者より営業職を思わせる柔和な顔立ちや腰の低さからは、大それた野望などを窺わせはしなかった。

しかし、彼がただのお人好しでないことは、今や「神牙志恩」で検索すれば誰でも分かる周知の事実だ。彼は十四歳にして、優秀なスタッフ数名を引き連れて、独立した脳科学研究機関を、事前に根回しをしていたコングロマリットの資金援助を受けて設立した。

そう、志恩は神牙家の反逆者なのである。資産においても規模においても、神牙志恩の立ち上げた東亜脳外《とうあのうげ》は、まだ神牙脳療を脅かすまでには至っていないが、それでも警戒すべき商売敵であることは間違いない。東亜が発表した幾つかの技術は、神牙で彼中心に進んでいたものであり——たとえばミラーニューロン同期による心情追体験システムは、ほとんど完成直前だった——そして今回の結婚も、資金面で大きな後ろ盾を得ようとする、志恩の策略のひとつなのだ。

だから、形式的な結婚式招待状を送られた神牙脳療の医師連絡会としては、神牙志恩に対して最低レベルの礼儀で返す必要があった。その結果が、現在の神牙で「最も無価値の人間」、十五歳の学生であり、脳医学ではなく経済学を専攻している実継を代表として送り込む、という決定だ。組織として適切至極な判断であり、リスクはただ一つしかない。出席者は残らず志恩を支持し、神牙脳療に対する包囲網を組もうとする企業の人間であるため、畢竟《ひっきょう》、実継が気まずい思いをすることになる。それだけだ。

実継は、ふと呟く。「兄貴なら……」もっと上手く立ち回るだろうに、と言いかけ、慌てて口を押さえたが遅かった。兄貴という言葉を拾って、耳元のBonePhoneが着信を告げた。

「そうだな、私なら拒絶サインも無視して話し掛けるだろう。話しかけるな、って意思表示をされた相手に話しかけても、法に触れるわけじゃあるまいし。でもまあ、お前はうちでも一番の人見知りだから無理するな。医師連絡会お墨付きの人見知り。いわゆる名誉職ってやつだ」

「役立たず呼ばわりしないで欲しいな。俺だって俺なりに頑張って仕事してるんだから」

通話の相手は兄の神冴和弥《かずや》だ。対外交渉の多い神冴の長男として、和弥は他者とのコミュニケーション欲求が食欲並みに高くなるようなインプラント手術を受けている。だから、誰かと話したい衝動に常に支配されており、何か隙《すき》を見せると、妹である桐佳《きりか》や、弟である実継、彼の秘書などにその相手が回ってくる。ビジネスパートナーを拘束しない分別はあるのだが、その反動もあろう。

「パーティーに出て商談も持ちかけず挨拶《あいさつ》回りもせず、ただ飯を食うのが仕事ねえ」

バリトンの美しい声は耳に心地よいが、これはイヤリング型のBonePhoneにインストールされた通話ソフトが、和弥の肉声を、そう聞こえるように変換しているからだ。

「俺が医師連絡会から受けた指示は、パーティーに出席すること、だけだったからね」

「なら、神冴第一の院長直々に、神冴実継に任務を授けよう」

少し間があった。通話ソフトが咳払《せきばら》いを意味のある語として認識せず、省略したためだろう。

「下手したら医師連絡会もお前に頭が上がらなくなる」

実継は思わず隠すように手で耳朶《じだ》を覆って、耳を澄ませた。医師連絡会の監視員の何人かも、この会話を盗聴しながら、耳を澄ませただろう。しかし、続いた台詞《せりふ》は、

「女を口説《くど》け」

実継はその場に突っ伏しそうになった。手にグラスを持ったままだったので、零《こぼ》れたペリエがテーブルクロスを汚した。ボーイが駆けてくる。磨りガラス越しでも分かる周囲からの視線に、実継は「失礼しました」と頭を下げ、逃げるようにホールを抜け出した。

「おいおい、驚くなよ。ハプスブルク家の昔から、使い所のない人間の使い道は政略結婚と決まっとる」

ホール前の廊下で一人、実継は脱力感を振り払うように、首を振る。

「そりゃ、名家が集まってるみたいだけどさ。みんな残らず東亜の息がかかってるんだから――」

「神冴志恩の娘だ」間髪いれずに返された。「東亜脳外は、いまや医師連絡会の最大の懸

念事項だ。その東亜のトップの娘を、お前がたらしこんで骨抜きにしちまえば、万事解決じゃないか。神冴と東亜の再統合も、お前の立身出世も夢ではない」

「夢だよ。きょう結婚する二人に子どもが生まれるなんて何年後の話になるの？　それから、兄の娘を口説くような反社会的性癖は俺にはない」

「違う違う、養女だ。震災孤児で、国連教育機関に引き取られていくつか論文を書いたらしい。十二歳で記憶補助装置の理論を完成させたっていうくらい、不世出《ふせいしゅつ》の天才児だ。評判を聞いた志恩が、自分の下で研究を手伝わせるため、形式的に養子縁組したみたいだな。神冴家がよくやってるのと同じだ」

なるほどそれなら、と一瞬頷きかけて、実継は首を横に振る。

「事情は分かったけれど、俺には初対面の女の子を口説く甲斐性《かいしょう》なんてないよ」

「それこそ、やってみないとわからん。物心ついた頃から象牙《ぞうげ》の塔にこもってる人間なぞ、御《ぎょ》しやすそうだと思わんかね。それに確か、お前の理想の相手は『自分より圧倒的に賢い人間』だっただろ、千載一遇《せんざいいちぐう》の機会だ。いいか、まず身嗜《みだしな》みを整えろ、それから」

アドバイスが女性に受けるジョーク術に及んだ辺りで、実継は一方的に通話を切った。ソフトを介しているせいで伝わりづらかった、からかいのニュアンスがはっきりしてきたからだ。

ホールのドアに向かい、再度、磨りガラスだらけの空間に対峙《たいじ》する覚悟を決めて息を吐く。ただ、何となく兄の「まず身嗜みを整えろ」という言葉が思い出されて、スーツの襟を正す。ネクタイもきつく締め直し、最後に緩みかけた靴紐に手を伸ばそうと身を屈めた瞬間に、

ビュッと風を切る音がした。屈んだまま上を見ると、先程まで自分の首があった位置に、銀色に光る何かがあった。振り向きざまにその場から飛び退く。視界に、銀色の鋭利な武器を突き出す白衣の姿が飛び込んでくる。白衣の人物が背後から、実継の首筋を狙ってナイフか何かを突き出したのだと気づくまでに一、二秒を要した。白衣が動いた。こちらに体当たりするように。今度は眉間《みけん》めがけて迫ってきた銀色の刃物は、実継が咄嗟《とっさ》に腰を落としたため、眼鏡を撥《は》ね飛ばしただけに終わった。実継がそのまま足へタックルを食らわせると、敵はその場に尻餅をついた。銀色の武器が床に落ちて、実継は相手の得物が医療用のメスだったと気づいた。

眼鏡が外れたおかげで、実継は相手をはっきりと見ることができた。おろしたばかりなのか、目に痛いほど清潔を極める白衣。レンズの分厚いヒエロは、様々なソフトをインストールできる研究者用のもので、頭の後ろで髪を束ねているのも、実験の邪魔にならないようにしているのだろう。

そして、底の知れない大きな瞳。実継より少し背が高いが、それは少女だった。

「うん。まあそう簡単にはいかないだろうね」

静かな声に、実継の背中に電流じみた素早さで悪寒《おかん》が走った。少女は眉ひとつ動かさず、柔らかそうな唇だけを歪めて、何かに飽きたような失望の表情を浮かべ、白衣を整え直している。だが、瞳の奥には殺意があった。静かに、無慈悲な首斬り人のそれのように静かに、殺気を冷たく宿らせた、凍てついた瞳だった。

命の危機こそ回避したものの、目の前にいる何者かへの恐怖で、実継は混乱していた。汗ばんだ手をスーツの裾《すそ》で何度も拭っている自分に気づく。ようやく絞り出した言葉は、

「何するんだ」

核心を突きつつも、間抜けな問いだった。相手は無気力そうに肩をすくめた。

「純粋な殺人未遂以外に、さっきの僕の行為を説明できる方法があるかい」

言葉は通じているのに、実継は異邦人を相手にするような当惑を覚えていた。舌を動かし犬歯に特定のリズムで触れれば、会場外に待機しているＳＰにも警報が届くはずだが、その雇い主である医師連絡会に借りを作りたくない。

「あんた、何者だ」無理に発した声も掠《かす》れ気味だったが、彼女はあっさりと応じた。

「北条美亜羽」

ミァハ。どこかで聞き覚えのある名前に出くわし、検索を掛けようとして、実継はヒエロが外れてしまっていることを思い出す。それを見透かしたように彼女が告げた。

「小説から取った、僕自身でつけた名前だ。二十一世紀初頭のディストピア文学から」

それを聞いて、実継はどこでその名を聞いたことがあるのか、腑に落ちた。

「……聖書、か」

「へえ、父さんから聞いてたけど、きみたちはやっぱりあれを『聖書』っていうんだね」

神冴の医師連絡会に属する者、全員が所有している物理書籍がある。ポケットサイズだが、箔押《はくお》しされた豪華な装丁の真っ白な本。前世紀末から今世紀初頭に書かれた脳科学に纏《まつ》わる長・短篇小説を蒐集した、三段組千頁弱のアンソロジー。脳科学黎明期のビジョンや誤解を知るための教本として十数年前に医師連絡会が編んだもので、形状から「聖書」と呼ばれる。その所有者は即ち、神冴脳工学医療に縁のある人間だ。出来すぎたタイミングだったために実継自身なかなかそう考えることができなかったが、ようやく、目の前の相手が何者か見当がつきはじめた。

「志恩さんの娘、か。技術を買われて養子になったっていう」

少女、美亜羽は無言で頷く。相手が何者なのか分かって初めて、心の余裕ができたためだろうか、実継の心にはふつふつと怒りが湧き上がってきた。

「東亜のあなたにとって、俺が『敵』だというのは理解できます。でもそれだけで命まで狙う根拠にはなりません。おうかがいします。どうして俺を刺そうとしたんですか」

美亜羽がすぐに答えず、その場に屈んだので、実継は身構えた。が、彼女は足元に落ちていた、実継のヒエロを拾い上げただけだった。

「好奇心さ。神冴実継が死んだら、神冴脳療や東亜脳外がどう動くのかを観察したかったんだ」

彼女がぞんざいに投げてよこした眼鏡を、実継は慌てて胸元で受け止める。

「だが、この実験は断念しよう。もう不意打ちはできないし、研究室でメスを扱うのに比べて、存外、億劫《おっくう》な作業だった」

言って、彼女は小さく欠伸《あくび》する。言動の不可解さが研究者よりは殺人鬼を連想させ、実継の背筋をまた寒くさせた。こうも衝動的に殺人に手を染めようとする相手が、これまでどうやってまともに社会生活や研究を営んで来られたのか理解できなかった。

「失礼させてもらう。あなたに何の意図があったのか凡人の俺にはまるで理解できないけれど、興味や好奇心だけで命を狙われてはかなわない」

実継が踵《きびす》を返そうとしたところで、美亜羽はひとりごとのように呟いた。

「止めはしないけれどね。ホールに戻って最後までこの結婚式を見ておくのが賢明じゃないかな。でないと、きみ達の連絡会とやらに、のちのち指弾されるのは間違いないよ」

美亜羽はあっさりと白衣を翻《ひるがえ》して、そのまま扉の向こうへ消えていった。

無人の廊下で実継はしばし逡巡したが、彼女の言葉が気になり、結局ホールに戻ることにした。扉を開けると、中は暗く、あちこちで歓声が上がっていた。誰もが手にデザートカクテルのグラスを持って、しげしげと見つめていた。実継も、ボーイから慌ててグラスを受け取った。目の高さまで持ち上げたグラス、そこに注がれたカクテルの中に、光る文字が浮かんでいた。グラスにプリントされたARコード情報にしたがって、液体に文字や映像を映す。趣向としてはそう珍しいものではない、ただそこに展開されている内容が問題だった。

後ろ盾を得た東亜脳外が、今後、実用化する予定の新技術。脳内の絵を精密に描画するfMRIソフト。圧縮言語習得インプラント。長時間の不眠効果をもつサプリ。異常性愛の治療薬……無数の情報が浮かんでは消える。恐らく来場者は一人残らず、手元のグラス上で展開する未来図に歓喜し、畏怖しているだろう。記者たちはこぞってニュースの文面を打ち、一般客はSNSに情報を流している。

そんな中、実継は一人、東亜の先制攻撃に戦《おのの》いていたが、グラスの中を次々流れる技術発表PVに対して衝撃を露《あらわ》にする訳にはいかなかった。そんなことになれば神冴代表である自分の間抜け面が誰かに撮影され、東亜の宣伝に用いられることは確実だ。

「最後に、本日の披露宴を締めくくる儀式を執り行わせて頂きたいと思います」

花婿――志恩の言葉に、まだ、隠し球があるらしいと歯噛みする。ボーイが運んできたのは、オルゴールのように貝や文様で装飾した四角い箱。それが新郎と新婦の前に一つずつ置かれる。

「こちらは、今日ご紹介した技術の多くを理論立てた、わが娘の口からご説明致します」

照明を向けられ、白衣をさらに鮮やかにひらめかせて、彼女が前方へ進んでいく。

「東亜脳外第二研究所開発部主任、新東亜大学脳科学教授、そして我々の誇るべき娘、北条美亜羽です」

拍手に迎えられた彼女は、挨拶も前口上も無しに、BonePhone経由で出席者たちに声を飛ばした。

「神冴が信奉する『聖書』にオーストラリア人作家のこんな小説がある」

彼女が首を動かすと、束ねた髪がふわりと揺れた。実継は美亜羽が自分のほうを見たように感じたが、気のせいかどうか分からなかった。

「互いの愛がいずれ薄まることを恐れたカップルが、永遠の愛のためにインプラントで自分たちの感情を固定する――結果として、お互いの愛が薄まることへの不安を永久に脳に刻むことになる、という喜劇だ。かつては悲劇だったのかも知れないが」

迂遠《うえん》なユーモアに誰かがしのび笑いを漏らした。

「お披露目するのは、特定個人への認識に用いられるニューロンを同定し、その発火に応じて好意判断を司る回路を励起《れいき》させるよう設定されたインプラントだ。即ち、『特定の人間を永久に愛する』ための機械。紛《まぎ》れもない、永遠の愛の保証。今後一生を過ごすパートナーにとって、不可欠な物になるはずだ。先に言っておくと、洗脳には使えないだろう。本人同意で長期のfMRI検査を行わないと、標的ニューロンを特定しえないからだ」

花嫁と花婿が、箱をほとんど同時に開く。収まっていたのは、遠目にも重量感のある、鈍く黒光りする銃だった。会場にどよめきが生じる。新郎と、新婦の手もとに一挺ずつ。

「市販のインプラントは鼻腔《びくう》から注入する形式が多いが、脳内に直接打ち込む方が、高コストでも効率的なのは常識だ。今回、その注入装置を注射器ではなく拳銃としてデザインしたのは」

照明がさらに暗くなった。光に照らされているのが、花嫁と花婿だけになる。

「ただの劇的効果だ」

花嫁と花婿の二人は、歩み寄り、お互いに銃を相手の額に突きつけた。先ほどまで騒がしかったホールがしんと静まり返っている。誰もが固唾《かたず》を呑んで見守っていた。

「我々はこの銃にＷＫ《ウエディング・ナイフ》という名を与えた。『病める時も健やかなる時も』から始まる婚姻の誓いは、言葉に出すまでもない自明のものになる。ケーキにナイフを入れるように、脳髄にメスを入れることで。彼らの愛は今日から、揺るぎない科学によって保証される。永遠の絆に祝福あれ」

　引き金が引かれた。パン、とクラッカーの弾けるような音がしたが、それも演出に過ぎなかったのだろう。銃声ではなかった。外側こそ拳銃そっくりだったものの、飛び出したのは鉛弾ではなく、極小装置を注入するための針だけだ。二人は倒れたり眠ったりすることもなく、示し合わせていたらしく互いに笑顔を向け合ってから、銃を下ろして志恩が言葉を繋げた。

「無論、インプラント手術はナノマシンのプログラムに沿って行われますので、私と妻の脳に現時点で変化はありません。六時間後、インプラントが稼働しはじめた時、我々は不滅の愛を得ます。配偶者への愛、子への愛、隣人への愛、その反応回路は様々ですが、この技術の応用によって人類が、全ての人間を憎まず、愛を胸に接することも可能になるでしょう」

　すでに役目を終えたと言わんばかりに、新郎新婦のそばから離れ、暗がりに紛れながら、北条美亜羽は、今度は肉声で言った。あたかも誰か特定の一人に向けるかのように。

「人類は、愛を征服した。東亜脳外が世界を変える。揺らぐことのない愛が人を変える。世界が、人間の存在が変わっていく時代を、特等席で眺めていることだな」

翌朝から、東亜脳外の世界戦略が始まった。既に臨床試験を終えていて、一斉にリリースされた技術の数々は、たとえば中米で多数の麻薬組織を壊滅させ、たとえばアジアの幾つかの国で教育制度を崩壊させた。

社会に最も衝撃を与えた技術はやはりWKだった。志恩と花嫁が互いに銃を向け合う場面と、その十数時間後、晴れて久遠《くおん》の愛を得た二人がインタビューを受ける映像は、瞬く間に一億再生を超えた。

「もちろん、銃を撃ち合う前から私たちの愛は本物でした。けれど今では、こうしてただ妻といるだけで、幸福な気持ちが、温かな想いが胸の奥から滾々《こんこん》と湧き続け、それが永遠に尽きないと知っている。真実の愛は劇的ではありません。しかし、彼女の笑顔がいつまでも私の幸福であり、彼女との語らいがいつまでも私の安らぎである。この確信こそが真実の愛なのです」

にこやかに、幸せそうに瞳を交わす志恩と妻の姿は、世界に熱狂をもたらした。

「永遠の愛を拒む者を、伴侶《はんりょ》には選べない」それは東亜が作ったキャッチコピーではなく、自然発生的にこの時代の人々に生まれた「思想」だった。本当に相手を生涯愛するつもりなら、言葉だけでなく化学的な保証を上乗せすることになんの問題があろう。WKは、一般大衆にも、年金や保険を超える人生の「保証」として受け入れられた。リリースから一年で、銃の恩恵を受けた夫婦は十万を超えた。あまりにも優雅に、東亜の「愛」は世界を侵略していった。

対し、神牙脳工学医療医師連絡会の一部が取った戦略は醜かった。ベトナムでは、東亜脳外と提携するナノマシンメーカーが突然のストライキで生産停止を余儀なくされたし、米国では、東亜脳外のインプラント導入に積極的だった大学病院で、些細《ささい》な事務のミスが大規模な医療訴訟へ化けた。

それでも、東亜の勢いは止まらず、二つの勢力の闘争の渦中にあって、実継は、美亜羽の予言が現実のものになりつつあることを、いっそ清々しい気分で眺めていた。

だが結局、美亜羽が世界を変えることはなかった。

先に、世界が彼女に牙を剝《む》いたからだ。

◆
◆
◆

実継は、成田から新東亜総合病院に向かうタクシー内で、ヒエロに提示される情報誌の記事群を見ていた。その第一報は、実継がハノイの医療部品メーカーと商談をしている最中に世界を駆け巡り、実継にも届いた。医師連絡会の決定どおり交渉をまとめるまで、帰国を前倒しすることもできず、彼が成田行きの飛行機に乗れたのは、「事故」の二週間後だった。

彼らきょうだいの長兄はシアトルに、長女はサンノゼに、それぞれ学会参加のために居た。それゆえにこそ医師連絡会の一部が暴走するのを許してしまったのかもしれない。

記事は冷徹な事実しか伝えない。神冴志恩と妻、それに養女の美亜羽が非自動運転《ライセンスド》の自家用車に乗って新東名《しんとうめい》を走っていたのは、学会と、月一の公共交通停止日が重なっていたからだ。運転手も含め四人が乗車したセダンは、急カーブを曲がりきれずガードレールに激突し大破した。検視時のライフログ調査で、運転手の眼球目がけて、事故現場手前の陸《りっ》橋《きょう》からポインターで強力なレーザーが照射されたことが確認された。当日の前科者位置情報から割り出された実行犯は、人間脳派のテロリストだったが——付近のSA《サービスエリア》の個室トイレで首を吊っていた。暴行によって一度逮捕されていた彼が、刑罰として攻撃衝動抑制インプラントを脳に入れられていたにもかかわらず、凶行に及ぶことができた理由は判明しなかった。

そして、今――神冴実継のビズボードには、「東亜脳外パテント一三一、一七九一、二二〇一、二二〇二、神冴脳療へ譲渡」「鏑木《かぶらぎ》技研、東亜脳外との提携解消」「東亜製薬株式五十％を神冴脳療が取得」といった内容の文書が、事故当日から大量に届き、パンクしそうになっている。

「もういい。ここで降ろしてくれ」文書を確認するうち、車酔いなのか判然としない胸がむかつくような不快感に襲われ、実継は目的地より数百メートル手前の路上で降車した。

だから、それは偶然だった。病院への残りの道程を徒歩で進むうち、横断歩道の向こうに、彼は見つけたのだ。「事故」の唯一の生存者を。白い病院着の上に白衣を着た少女の姿を。

北条美亜羽は木製の杖をついていた。事故によって切断を余儀なくされた、足のハンデを補うための杖。服の下で見えないが、義足も嵌《は》めているはずだ。最新の義足は脳の電気信号を読み取ってバランスをとり、特定部位に力を入れることが可能であり、数週間かけて体に馴染《なじ》ませれば、生身の足と同じように、自分の思うまま動かすことができるようになる。今はその訓練なのだろう。だが、こういったリハビリには普通、介助者がついて回るはずだ。彼女自身が、その同行を、冷静に頑《かたく》なに拒むさまが、容易に想像できた。

遠くからその表情は窺《うかが》えなかった。だが、時折立ち止まっては、息切れしたように肩を上下させている。ひと休みしては体勢を立て直し、また歩き出すその姿を見るうち、実継には、自分が彼女に声を掛けるのが、ひどく無謀なことに思えてきた。実継にとっての美亜羽は、不可解な理由でこちらを殺害しようとし、神冴に挑発的な言葉で宣戦布告した、異形の存在だった。あの時の美亜羽相手なら、どんな言葉も向けられただろう。だがこれほど「人間らしく」弱く見える今の彼女に、彼はかえって怖気づいてしまっていた。

その時、彼女のすぐ隣をバイクが駆け抜けた。手から杖が離れ地面に転がり、彼女はバランスを崩して、アスファルトの上に膝をついた。

反射的に、実継は飛び出していた。彼女のもとに駆け寄って、自力で立ち上がろうとする彼女の手をとった。彼女は差し出された手を、刹那、躊躇《ちゅうちょ》を見せてから摑《つか》み、体を起こした。立ち上がった彼女が顔を上げ——礼を言うためにか、開いた口が、「あ」の形のまま固まった。

そのときの彼女の表情がどんな風に移ろっていったか、実継は生涯忘れることはないだろう。気づき、一瞬の恥辱、そして、心をどす黒く塗りつぶすような憎悪——その眼に、実継は、階段をどこまでも落下していくような感覚を覚えた。

視線に心を焼かれそうな沈黙を破ったのは、やはり彼女だった。

「さぞ、ご満足だろう」

彼女が手を離した。バランスを崩してまた倒れるのではないかと思わせるほど勢い良く。

「神冴志恩とその妻を始末して、娘は役立たずの死に損ないに仕立てて——けれど、勝負を仕掛けたのはこちらだ。負けて何を失ったところで、僕に吼《ほ》える言葉はない。強いて言うなら、おめでとう。きみたちはめでたく僕のすべてを壊しおおせた。研究も、財産も、魂も」

実継は声が出せなかった。美亜羽の言葉ひとつひとつで、自分の周りの世界が憎悪の冷気に覆われて、凍結していくような気がした。凍えるほどの敵意だった。さっきまで普通に立っていた地面が凍土になり、足元から凍らされていくようで、思わず身震いした。視線を送る先に迷って、ようやく杖が地面に横たわったままであることを思い出して、それを彼女の方に差し出した。

「神冴脳療を代表してお詫《わ》びさせてください。非道な手段で、あなたにとって大切なものを沢山奪ったこと。あなたの身を傷つけたこと」

美亜羽は杖を乱暴に、ひったくるように引き寄せ、「謝罪の言葉など要らないよ。できれば早く消えてくれないか」と、義足を引きずるぎこちない動きで踵を返した。

その背中にすがるように、実継は声を掛ける。

「あれは医師連絡会の一部の暴走です。大多数はあんなやりかたを非難しているし、俺たち神牙のきょうだいは創業者の一族だけど、彼らの闘争路線とは距離を置いている」

「きみには責がないんだろう？　それならそれで結構なことじゃないか」

そのまま歩き去ろうとする美亜羽の前に、実継は慌てて先回りした。

「待ってください。俺は……俺は、あなたを守りに来たんです」

こちらを見据えた美亜羽の瞳には、実継にメスを向けたとき以上の、凍てつくような光が宿っていた。瞳の奥の深さに飲み込まれないよう、実継は一気にまくし立てた。

「神牙に対抗しうる頭脳をもったあなたを保護する方法は一つ。神牙の名で守ること。あなたが神牙の一族に入れば、医師連絡会にも手が出せなくなる。彼らにとって『神牙の一族としてグループ内部にいること』は一種の聖域だし、あなたの知性を取り込めるとなれば、手を下す理由も消える。だからこちらに来て欲しい――俺たちきょうだい誰かの養子という形で」

美亜羽の長い睫毛が陰をつくった。彼女が目を細め、薄ら笑いを浮かべたからだ。

「それは、きみの言う『医師連絡会』からの提案かい？」

今度こそ言葉に詰まった実継に向けて、美亜羽は容赦ない言葉を吐き捨てる。

「『死にたくないなら、両手をついて仲間になれ』、そういう意味の脅迫と受け取っていいのかな？」

「……取引、と考えてください」

商談という自分のフィールドに無理矢理引き込むことが、実継に辛うじて思い浮かんだ説得の方法だった。

「神冴脳療は、有能な身内に対しては最大の敬意をもって遇する。研究施設と環境については、あなたの望むものを提供できる、東亜以上のものだって。それに、あなたが研究を続けて、神冴にも大きな貢献を果たせば、医師連絡会もあなたの意向を無視できなくなる……あなたが乗っ取ることさえできる。もしあなたに復讐の意志があるなら、中に入ることが最善の方法だ。俺だって手伝いたい」

実継はやにわにその場へ座り込んで両手をつき、頭を低く低く下げた。心を閉ざした少女を守るためにできることが他に思いつかなかったからだ。正午の石畳が額を焼いた。

「お願いだ。俺たち家族は、志恩さんの娘であるあなたをこれ以上不幸にさせる訳にはいかない。どうか、こちらに投降してくれ。この申し出が俺の精一杯の誠意だ」

沈黙の上を、電気自動車の場違いに明るい警告音が通り過ぎていく。実継は、自身の顔から汗が地面に滴り落ちていくのを感じていた。

「……一週間待ってくれ。答えを出す」降ってきたのは、怒りも侮蔑もない、平坦で無感動な声だった。

て歩く少女の後ろ姿が小さくなっていく。その姿が見えなくなってようやく、実継は、耳に手を伸ばし、BonePhone に触れた。

　そして、一歩、また一歩、杖をつく音。彼女が遠ざかる足音。顔を上げると、杖に頼っ

　医師連絡会に、北条美亜羽から肯定的な返答を得たと連絡するために。

◆◆◆

　医師連絡会への正式な報告は、その二カ月後になった。

「北条美亜羽教授にいくつかご質問させていただきます。あなたは、三日前に書類提出の上で、神冴実継の養子になりました。これがあなたの自由意思で行われたものであり、脅迫や意識を喪失させる手段によるものではないと、この場で証言できますか？」

「ああ、間違いない」

　遠くから響く鹿おどしの音が時おり静寂を破る、畳敷きの和室である。

　実継と美亜羽が隣り合って座布団に正座し、面接官のように横一列に並んだ医師連絡会常任理事十余名と向かい合った――そんな表現は正しいようで正しくない。恐ろしく前近代的な環境だが、実継、美亜羽、連絡会のお歴々、誰一人として同じ空間にいたものはい

ない。和室は実際には無人であるどころか、物理的に存在しない。

　並んだ理事のうち、メアリ・シェリーのアイコンが尋ねる。

「美亜羽くんが新東亜で主導していた研究には、身体欠損者の幻肢痛《げんしつう》抑制に関する実験もあったが、あれは神冴では私が受け継いでいる。ただ、ｆＭＲＩ、ＭＥＧ、Ｄｏｍｉｎｏ、どのデータを確認しても幻肢痛の発火パターンが時期ごとに異なって、インプラントによる恒常的阻害が困難だ。解決策について入院中に何か閃かなかったかね？」

「そもそも誤解しているようだね。あの研究は、幻肢痛の抑制ではなく誘導、要は幻肢痛を消失させる条件を具体化する発想に基づくものだ。特定のニューロンの発火を遮断するのではなく、患者の特定の動作に応じて鎮静作用をもたらすインプラントを一定期間処方して条件付けすれば、最終的にはインプラントなしに、指を鳴らすだけで幻覚の痛痒《つうよう》を抑えることが可能になる」

「なるほど、現場に下ろしておこう。ご協力に感謝する」

　古き良きリモート会議とは、いささか趣きの異なる光景。実継と美亜羽はそれぞれ書斎と病室に、一部のイベント会場にしか普及していない簡易撮影装置をわざわざ運び込み、撮った映像を隣り合うように投影していて、他方、連絡会の医師たちはtransarmchair《タームチェア》に座して喋っているだけだ。従って医師たちからは実継と美亜羽の全身像に加えて体温や脈拍の変化まで見える一方、実継と美亜羽からは、理事たちが各々設定したアイコンの〝顔〟しか見えない。二人は全身をモニタリングされながら、和室の中空に浮かぶ十幾つのアイコンと向き合っているのだ。その非対称性は、この場が美亜羽の連絡会に対する「面通し」であることを示していた。

アイコンの種類はまちまちで、ファンシーなキャラを使う者、シェリーのような歴史上の人物を用いる者、マネキンの顔に幾何学模様を張り付けている者もいる。別に素性を秘したり秘密結社を気取ったりしているわけではない。彼らの本名で検索をかければ誰でもすぐに顔写真とプロフィールを入手できる。それは彼らの本性をいっとき覆う仮面に過ぎなかった。中には生身の姿を保っている者もいるが、それは当人を二十歳ほど若く見えるよう補正した映像であり、かえって一番自分を偽っているようでもある。次に美亜羽への問いを発したのが、その人物だった。

「足の経過はどうだい？　神冴の研究所に入っても十分活躍できるように治せたかな？」

美亜羽が座布団から立ち上がって――実際には病室のベッドの上で立ち上がったのだろう――その場で一周して見せた。

「おかげさまでご覧のとおり、以前となんら遜色《そんしょく》のない生活ができるようになった」

「よかった。不幸な事故だったが、きみという優秀な研究者を失わずに済んだだけでも、幸運だったと言うべきなのだろう。父君もきっとお喜びだ」

　その男が、WKと同様のインプラントを研究していたものの東亜に先を越された医師であり、事件を仕組んだ最有力容疑者であることを実継は知っている。

「もちろん、菅井《すがい》さんの仰るように不幸な事件なのでしょう。警視庁から捜査協力要請が来ていますが、連絡会として全面協力してよろしいですね？　あの実行犯がなぜ犯罪抑止手術を受けた後でも殺人に及べたのか、その技術的原因も判明するかもしれませんから」

　皮肉をぶつけたのは、クズリのアイコンだ。実継の姉である桐佳は、体調不良で長兄の和弥が欠席であるこの日、実継の唯一の味方だ。菅井と桐佳が火花を散らすのを見つつ、実継は、美亜羽の無反応に違和感を覚えていた。実際には遠い距離を隔てていることで彼女の感情が伝わりづらい面はあるだろうが、それでも、眉ひとつ動かさず事故について聞き流せるのは、どういう心境の変化だろうか。

　そんな不安を抱えながらも、各理事からの質問が滞りなく終わり、波乱も起きず進んだ面通しに、実継は胸を撫でおろしかけていた――最後に、双曲線グラフのアイコン越しに、筆頭理事の質問を聞くまでは。

「美亜羽くん、きみは先週、一時退院している。その時、勝手ながらきみに知らせず護衛を付けさせて貰ったんだがね。駅近くで宗教のパンフレットを配布していた初老の女性ときみが遭遇した際に、きみがパンフを受け取る一方で、きみの方からもこっそり何かを渡すような素振《そぶ》りを見せた、という報告が上がっている」

どよめきが起こる。理事の中でも、この事実を知らない人間が大半だったようだ。

「その初老の女性を追跡したところ、つくば駅で下車したところで見失ったらしい。筑波大には、今や残り少ない東亜脳外の脳医療チームがある」

実継にとっても、その隠密行動は初耳だった。驚いて美亜羽を見る。

「なに、研究員に頼んで、滞っていた実験の手続きを進めて貰っただけだよ。カラスを白鳥に変える程度の単純極まる生物学的実験でしかない。きみらには思い悩む必要のない問題だ」

彼女の顔に浮かんだ凪《なぎ》のような無表情はそよとも動かないし、口調にも慌てた様子はない。だが、彼女が何かを企んでいるらしいことは全員に伝わった。筆頭理事がどう裁定を下すのか、実継は、他の理事たちとともに固唾を呑んで見守る。

「我々は『安心』したいのだ。きみが我々に対して、誤解に基づく根拠無き敵意を抱えているのではないか、そんな不安を取り除きたいんだよ。きみ自身のためにもね」

理事の意図を量りかね、実継は眉根を寄せていたが、続く言葉で、疑問は氷解した。

「きみにインプラント手術を行わせてほしい。きみの性格から攻撃的部分を消すために」

「待ってください」実継の一言に、一瞬で場の空気が剣呑《けんのん》なものになる。思わず出た言葉を、医師連絡会への反抗とみなされないように取り繕わねばと、実継はもつれそうな舌を回す。

「あー、彼女の頭脳の優秀さは、その攻撃的な性向と不可分に結びついている可能性があります。ですからインプラントによる性格改造は、必ずしも神冴に利益をもたらさないかもしれません。従順になっても凡人になってしまったのでは、双方にとって、有害無益かと」

「実継、きみの意見を聞く場ではない」筆頭理事がぴしゃりと言い放つ。

「通常、犯罪者にしか行わない措置です。表に出れば重大な人権侵害と騒がれますよ」

クズリから実継へ助け舟が出されたが、それを遮ったのは医師の反駁《はんばく》ではなく、

「承知した」無感情な瞳をまったく揺らすことなく発せられた、美亜羽の言葉だった。

「僕が神冴に反抗しないような、特定のインプラント手術を受ければいいんだね？」

反発の色もない回答に筆頭理事自身が面食らったようで、僅かに双曲線グラフが歪んだように見えた。

「そう、そう、その通りだ。受け入れてくれるね？」

彼女が首を縦に振ると、幾つかのアイコンからため息が伝わった。彼らも、北条美亜羽

を屈服させ、懐柔《かいじゅう》することが困難だろうと予測していたのだ。会議室をあからさまな安堵《あんど》のムードが支配した。梯子《はしご》をはずされた感じになり、ただ愛想笑いを顔に貼り付けた実継に構わず、筆頭理事は、少しだけ口調を柔らかくして言った。

「では早速、神冴中央に入院手続きを。最高の医師陣できみのfMRI検査を行い――」

「その手間は、必要ない」弛緩《しかん》しかけた空気がまた凍った。

彼女の発言の中身もそうだが、その語調に、東亜脳外屈指の頭脳を持つ少女の威厳が、確かに戻っていたからだ。誰かが言葉を投げかける前に、彼女は右足の義足を外した。ソラマメの莢《さや》のように、それは二つに割れた。内部の空洞に、黒い物体が隠されているのが見えた。誰もがそれが何であるかに気づいた。漆黒の銃身。

「止めろ！」誰かが叫んだ。実継は咄嗟に駆け寄り、銃を奪い取ろうとしたが、その手は空を摑んだ。無論、その場にいない人間に手が届くはずはない。つんのめって倒れてしまう。すぐ身を起こしたが、彼女は既にこめかみに当てた銃の引き金を引いていた。実継には、彼女が膝から崩れ、倒れるのが極端なスローモーションに見えた。彼女を抱きとめようとし、またも腕は彼女の体をすりぬけた。倒れた彼女の唇がかすかに動いた。

彼女が撃ったのが本物の拳銃ではないことを、誰もが見て取っていた。インプラント注入の道具であると皆が知っていた。だがその効果は、その場にいる誰にも予測ができない。

複数の脳手術を同時進行する場合、脳の大部分を休眠状態にしておかなければ事故が起こる可能性が高い。彼女が意識を失ったのは、インプラントが侵入前に麻酔措置を施すタイプのものであり、そして、それほどの大規模な改造を自らの脳に施したことを意味していた。何のために？

実継はその場にいる者の中でただ一人、彼女が口に出した言葉を「見て」いた。あまりに短い言葉だったので、読唇術など訓練したことが無いにもかかわらず、読み取れたのだ。

「壊れろ」という言葉だった。

◆◆◆

浴室の扉が開かれる音。長身の女性が実継のいるリビングに戻ってくる。彼女は、服の袖《そで》と裾《すそ》をまくって介助中も濡れないように気をつけていた。

お疲れ様です、と実継がぺこりと頭を下げる。

「まあ、もうあの子も家族だしね」と服を整えながら、神冴桐佳は鷹揚に頷いた。運動欲求が定期的に高まるインプラントのせいで、病院とジムを往復するような生活を送る桐佳は、アスリートじみた筋肉の持ち主であり、服越しにもその四肢の逞《たくま》しさが伝わるほどだ。

震災の折には、トラックの下敷きになった子供を、車体を持ち上げて助け出し、そのまま応急処置を施して救命したうえに、麻痺した交通機関の回復を待たず自転車を飛ばして病院に駆けつけ、四十八時間ぶっ通しで、ミスなく救急医療に従事したという、弟の実継さえ畏怖するような逸話を持っている。

神冴が雇った介護士が体調不良で来られなくなったため、たまたま家にいた——普段は病院に寝泊まりしている——桐佳が、美亜羽の介助を買って出たのだ。

衣類を脱ぐのを手伝い、車椅子から風呂場の椅子に移動するのに手を貸し、一人では洗えない体の部位をスポンジでこすり、浴槽からの出入りを手助けする。そうやって、全てに対して他人の助力を得なければ、今の美亜羽は風呂一つ入れない。

両足の不随。北条美亜羽が、弾丸で自分の脳に刻んだ枷《かせ》。義足は再び、ただの腰から生えたがらくたに戻り、そして二度と魔法の足に戻ることはない。

桐佳は、冷蔵庫から取り出したプロテインのパックの蓋を開けている。

「いやまあ、でもね？　今回は私がいたからいいけれど。本当は、ずっと一緒にいる実継ができるようにならないといけないことなんだよ」

栄養そのものを胃に流し込む姉を、横目でこわごわ眺めつつ、実継は答える。

「介助っていう名目がいくらあっても異性の入浴の手伝いは、それが仕事か、恋人相手でもない限り犯罪的だよ」

「どう思うかは当人の意志次第だもの。目の前で誰かが困っている時に、一般論の枠内で足踏みしていたら助けられる相手も助けられなくなる。肝に銘じなさい、若人」

快活に笑って、桐佳は実継の背を叩く。それだけで内臓に振動が届きそうなくらい強い力だ。実継はけほけほ咳き込みながら、夜のランニングに向かう桐佳の背中を見送った。

ほどなく、リビングに、車椅子のタイヤの音が近づいてきた。

「上がりました、実継さん」

論文に熱中しているように見せかけて、タームチェアのディスプレイをスクロールし続けていた実継だったが、声をかけられては無視することはできなかった。「ああ」と答え、車椅子に乗った少女のほうに、顔を向ける。そこに、神冴美亜羽がいる。

顔は同じだ。底深く大きな瞳、昔となにひとつ変わらない。けれどもそれは、知性と意思の堅牢さではなく、純粋さとあどけなさを感じさせる。まるで子供のように。まるで別人のように……それも当然だ、彼女の弾丸が破壊したのは両足ばかりではなかった。無数のインプラント群が、彼女の脳を、彼女が設定したとおりに蹂躙《じゅうりん》したのだ。

高度な抽象思考能力の減衰。一般人として生きていくうえでは何の支障も無いが、脳医学の研究者としては致命的だ。彼女は、自分が手がけていた研究について「記憶」してはいたものの、それらの論文に解説を加えることも、「理解」することとさえできなかった。内向的な性格への変化。実継や桐佳とさえ、対等な会話を成立させるのに二週間を要した。攻撃性の低下。今の彼女は実継に凶器を向けるどころか、他人に悪罵の一つも投げられないし、無理に連れ出した彼女の研究室では、ラットの死斑《しはん》写真からも目を背けた。

整形依存症のように、次々自分の人格を変えていくインプラント依存症の患者というのは、ごく稀にではあるが存在する。しかし、一度にこれだけ多数のインプラント手術がなされた例が他にあっただろうか。

そして、明らかに、もう一つ重大な施術がなされている。

実継は平静を装《よそお》って声をかけた。

「頼まれてた本、書斎にあったよ。あの部屋はまだ見せてなかったから、案内しよう」

幸いなことに書斎は一階だ。実継が車椅子を押すだけで連れていける。

車椅子の背もたれの左右から突き出た持ち手を押しながら、実継は美亜羽の後ろ頭を見つめる。今、彼女が着ている水色の寝巻きも、ネットで選ばせたものだが、かつての美亜羽だったら絶対に着ないような女の子らしいものだ。彼女の自宅には私服の類がほとんどなく、寝巻きに至っては皆無で、簡素すぎる生活態度が窺《うかが》えた。外出着の類も新たに買わなければならなかった。

書斎の扉を開けて、彼女を招き入れる。デスク横の本棚から一冊を取り出して掲げてみせた。

「ほら、この本。でもきみなら、こんなの飽きるほど読んだんじゃない？」

実継は美亜羽に本を手渡しながら質問したが、美亜羽は待ち切れなかったように顔をほころばせて、ページをめくろうとした。

「いいんです。どうしても、もう一度初めから読みたくなって……あっ」

物理書籍に不慣れなのか、彼女はページで指を切りかけてしまった。

「大丈夫？　怪我はない？」そう聞きながら、無意識に実継は美亜羽の手を取ってしまう。

すると彼女は、はっと驚いて、少し俯く。その頬はかすかに赤らんでいる。まるで恋する少女のように――

まるで、ではない。

彼女は実継に、異性として好意を抱いている。

これが、最後の銃弾だ。北条美亜羽の残した最後の一撃なのだ。

「自分自身の神冴実継に対する認識を、恋愛感情を引き起こすものにする」という指令が。

「自殺」から目を覚ましたとき、病室にいたＳＰや神冴のきょうだいに囲まれながら、彼女には実継以外、まるで見えていなかった。親を刷り込まれた雛鳥《ひなどり》のように、彼女は呆けたような目線で、その場にいた誰もが気づくほど明瞭に、実継を見つめていた。そして慌てて布団の中に身を隠した。粗末な入院着で、身嗜みの整っていない自分を恥ずかしがるように。

研究室での生活など考えようもない、内気で健気な箱入り娘。その上、自分が生涯で出会った数少ない同年代の男に熱を上げている。医師連絡会にとって、美亜羽は、世界の未来を左右する最重要人物から、関心を持つ必要も無い凡人に成り果てた。

そのことを嘆いている間もなく、医師連絡会は美亜羽どころではなくなった。美亜羽の「自殺」から二ヵ月後、脳科学技術の幾つかが軍事転用されつつあることを危険視した米国政府の意向を受け、複数の国で研究機関が政府に接収されたのだ。医師連絡会のコネクションは各国の政財界にも及んでいたが、それでも更なる干渉を防ぎきることはできず、何人かが失脚し、勢力図が書き変わった。その中で、神冴和弥をはじめとする穏健派が再び地位を向上させた。実継もまた、お飾りではあるが、さる大学病院の理事に就任させられた。

北条美亜羽があれだけのインプラントを詰め込んだ理由として、考えられることは一つ。知性の輝きを失くした抜《ぬ》け殻《がら》のような魂を置土産《おきみやげ》にして、神冴と医師連絡会への復讐にかえたのだろう。だが、復讐すべき相手は、立ち向かうまでもなく勝手に崩れ去ろうとしている。

「美亜羽」

思わず口から出た呼びかけに、少女は「はい」と弾んだ声で応じる。いま神牙で起こっていることの感想を訊きたかった実継だが、目の前にいる彼女にそんな質問を発するのは、筋違いに思えてきて、「なんでもない」と続けた。美亜羽は、きょとんとした表情で、小首を傾《かし》げた。

◆◆◆

たまには遠出しよう、と、部屋にこもりがちな美亜羽に言い続けていた実継が報われたのは、ほぼ半年後の秋のことだった。実継が再三の誘いを掛けても、美亜羽は「まだ外に出る元気がありませんから」と保留を続けていたが、墓参りを口実にしてようやく連れ出せたのだ。

神牙の家を捨てた志恩は、結婚相手の実家の墓に眠っている。

関西にある墓地まで、リニアに電車、バスといくつもの交通機関を乗り継ぐ間、二人はバリアフリー完備の世界の恩恵《おんけい》に与《あずか》ったが、百年以上続く墓地では、そうはいかなかった。

石段を登れば目的の墓はすぐなのだが、段差を回避せざるを得ない美亜羽の車椅子を押して、数年前に後づけで無理矢理造られたと覚しき、うねうねと続くスロープを登りきった頃には、実継の息はすっかり上がっていた。

「大丈夫ですか、実継さん」

「一応、大丈夫。ただ、年二で受けてるメディカルチェック、次の回には、俺も姉さんと同じインプラントを入れてもらったほうがいいかもしれない」

「実継さんは今のままでいいと思います。鍛えた姿はきっと似合いません。今のひょろっとしたままの方が実継さんらしいです」

「慰《なぐさ》めと受け取るべきか、遠回しの苦言と受け取るべきなのか、判断に迷う発言だね」

美亜羽が、苦言なんかじゃありません、と口を尖らせる。実継と美亜羽は、この程度の軽口を交わせるくらいの仲にはなっている。引っ込み思案になった美亜羽だったが、別に知能が常人より劣っているという訳ではないし、社会常識やユーモアの「記憶」は持っているのだ。

ようやく、目的の墓石にたどりつく。車椅子を押すために両手を空けていた実継は、リュックから花束を取り出す。墓前に、実継が火を灯《とも》した線香を、美亜羽が花を供える。二人は手を合わせて、しばし黙り込んだ。

実継がヒエロで墓に照準を合わせると、神冴志恩のライフログに接続される。死者の端末に記録されていた膨大な肉声や文書データの蓄積庫だ。遺族が、死者と対話するためのインターフェース。しかし、ここまで公開情報のデータ量が多いのも珍しい。プライバシーを守ることよりも後世に記録を残すことを優先したのだろうか。実継は、とりとめのない好奇心から、「美亜羽」「初対面」で検索する。展開されたのは、志恩と美亜羽が初めて顔を合わせた日の映像ファイル。国連教育機関の彼女の居室だろうか、大量のディスプレイが光るタームチェアを背にして回転椅子の上で足を組む美亜羽を、志恩が見下ろし、彼女に喋りかけていた。

『短期記憶強化装置に関する論文、読ませてもらったよ。その歳で書いたとは思えない』

『記憶を強化したところでライフログ以下の実用性しかないのに、あんな研究でちやほやされるのは年齢でしか評価されていない証拠だろう。まだ結果が出ていない研究も幾つもあるし、個人的にはあれで僕を評価されるのは心外だ』

志恩が、心強いことを言うじゃないか、と笑ったが、美亜羽は寧ろ言葉通りに、口惜しさを感じているような、苦い表情だった。

それに気づいたのか、志恩は思案するように顎に手を当ててから、

『確かに、世界の脳科学研究者の若手で、きみが一番という訳じゃない。でも、現時点の

実績がすべてではないよ。必要なのはヴィジョンの方向性を共有できるかどうかだ。単に有望だというだけなら、福建とドイツとナイジェリアに一人ずつ、きみ以上の業績を残している子を知ってる。でも彼らは、思想的な違いで養子に取る訳にいかなかった』

『思想？』

『ああ、私はちょっとしたクイズを出したんだ。彼らは私の期待する答えを返すことができなかった。――今から私がきみに出そうとしているのが、それだ』

志恩がいたずらっぽく指を立てると、美亜羽は身を強ばらせた。

『もし正解できたなら、養子縁組の話、正式に結ばせて欲しい。でも答えられなかったら、ご破産だ』

美亜羽が無言で頷くと、志恩は続けた。

『なに、子供向けのおとぎ話みたいなものだよ。肩肘張る必要は無い。……昔々ある池に、呪われた白鳥がいた。呪いで生まれつき羽毛が黒くて、全身カラスみたいに真っ黒なんだ。白鳥の群れの中で、自分だけ黒い体であることに孤独を感じていた彼は、ある日、思い余って頭から白いペンキを被った。白い姿を手に入れれば、仲間に引け目を感じずに済むと考えてね。しかし彼の掛けられた呪いは余りに強すぎて、白いペンキをどれだけ浴びても、体は黒いまま白く染まらなかった。悩みぬいた彼が、仲間に入るため、次に思いついた方法は何だろう？』

　童話めいた問いかけに実継は面食らった。美亜羽の瞳にも迷うような色が浮かんでいる。

『分からないなら、仕方がないな。今日は、研究の邪魔をして悪かった。お嬢ちゃんには予定通り資金援助をしてあげるけれど、養子縁組の話はなかったことにさせてくれ』

　踵を返しかけた志恩の袖が、華奢な手に摑まれた。

『待って、分かったよ。その呪われた白鳥がどうしたか。その白鳥は――』


　答えを聞くことはできなかった。墓地に火薬の炸裂するような音が響いたからだ。

「危ない！」そう叫ぶや否や、美亜羽が車椅子を動かして、実継の前に飛び出してきた。乾いた音の後に、彼女が車椅子の上で体をびくりと痙攣させた。拳銃で撃たれたのだ。インプラントのようなフェイクではない、本物の鉛玉にその腹を貫かれた。実継にはそう見えた。

　実継は咄嗟に駆け寄って、車椅子の彼女を、正面から覆いかぶさるように庇った。驚いたような、焦るような美亜羽の声。

「下手人は捕まえた。今すぐ医療スタッフを向かわせる」

　突如、優雅なバリトンの声が耳元に響く。状況はわからないが、とにかく危機は脱したようだ――違う。美亜羽は既に撃たれている。身を起こし、実継は美亜羽の体を確かめる。

「あの、その、大丈夫です、無事ですから」

「無事な筈がない、じっとしてて」美亜羽の急《せ》いた声を、ぴしゃりと撥ねのける。

強引にその服を引き裂いて、銃創を確かめた。露出したその白い肌には、傷一つなかった。血も流れていない。おかしい。実継は、自分が目にした銃撃で、美亜羽の胴体に向けて銃弾が飛んだように思ったのだが、と訝《いぶか》しんだあと、ようやく、なんにせよ服が破けていないのに、銃が体に当たっているはずがないと気づく。と、車椅子の下に一冊の本が転がっているのを見つけた。

神牙の「聖書」だった。彼女が持ち歩いていたのだ。本を貸して半年、彼女が飽きることなく読み続けていた本。裏返すと、抉《えぐ》られた表紙が目に飛び込んできた。弾丸は途中の頁に刺さって止まっていた。分厚く硬い表紙の加工が、弾丸の勢いをそいだ――あまりの符合に、神の実在さえ信じかけたものの、実継はすぐに美亜羽に向き直った。

「すまない。俺なんかのためにきみの命を危険に晒してしまって」

「あの、実継さん、それより」

「どうやら医療班は必要なかったか」と、背後から聞きなれぬ野太い声をかけられて、実継は身構えた。体を緊張させたまま振り向いた先にいた男は、親しげに右手を挙げた。

青白く不健康そうな顔の、猫背の男の正体に気づくのに、一秒はかかった。

「……兄さん」直に会って、ソフトで変換していない和弥の声を耳にするのは数年ぶりだった。医療スタッフらしき人物数名を背後に伴っている。

「菅井院長、いや元院長か、あいつが良からぬ動きをしてるという報告が上がってな。桐佳とお前にこっそり二十四時間体制で監視を付けてた。結局は、うちのきょうだい三人を消せば今の変化が止められると思い込んでたらしい。それで、SP抜きでノコノコ動いてターゲットになったのがお前だ。囮にしたみたいで悪かったな」

「菅井……あの男、まだ、医師連絡会に固執してたのか」

「だが残念ながら、この襲撃で証拠はほぼ手に入ったから、あいつもおしまいだろう」

和弥が口の端を吊り上げて笑った。それが彼なりの会心の笑みだった。実継はやっと安堵のため息を落として、ひとりごちる。

「まったく。俺なんかを殺しても、歴史の流れをどうこうできるはずがないのに」

「それより実継。お前、年頃の娘をエスコートする時に、よそ見し過ぎると嫌われるぞ」

和弥が医療用の毛布を投げて寄越す。困惑して傍らの美亜羽に目をやると、彼女は、着衣の胸から腹にかけて破かれた部分を手で必死に覆い隠そうとして、声にならない声を上げていた。実継は慌てて彼女に毛布をかけた。和弥はそのどたばたを茶化してから、今度は医療スタッフの一人を「話し相手」の犠牲に定めて、騒がしく石段を降りていった。

ようやく美亜羽が落ち着いた頃、実継はもう一度彼女に礼とお詫びを言った。

「気に病まないで下さい。実継さんの力になれて嬉しいくらいです」

返ってきた言葉は、相変わらず無垢で、しかしそれでは終わらなかった。

「わたし、実継さんのことが好きですから」

あまりにさりげなかったために、実継は一瞬、それがとうとう発せられた愛の告白だと気づかなかった。そして、気づいた途端に、肌が粟立《あわだ》った。ぎこちない笑みを作って、口先では「ありがとう」と答えながら、実継は背中に冷や汗が浮かぶのを禁じ得なかった。

かつて実継を殺そうとした少女は、今度は、その身を挺《てい》して実継の命を救った。彼女のはにかんだ笑顔を見て、実継の胸は罪悪感に締め付けられた。彼女の献身が、自分への好意に根ざしたものであり、それはインプラントによって創造された虚構の感情に過ぎなかったからだ。彼女の命は、危うく、虚構の恋情によって散らされるところだったのだ。

壊れろ、という呪詛《じゅそ》が、時を経て、脳にこだましていた。そして忌まわしいことに、その言葉を口にしたのは、「実継さんのことが好きですから」とたった今告げたのと同じ人間なのだ。

◆◆◆

神楽坂《かぐらざか》の奥路地に佇《たたず》む日本家屋、その三階から眺める街は、ふだんなら光害対策のために前世紀の四分の一も光量が無いが、しかし年に一度の祭典の夜に、黄色の光は無論のこと、赤や緑の照明によっても彩られている。

神牙脳療傘下の食料品メーカーは、fMRIを用いて試食者の脳をモニタリングすることで、痛覚さえ含む全感覚をハックし美味の体験を与えるための、至高のメニュー作成を続けている。ここはその研究の過程で生まれた、美味ながら高価すぎて一般販売できなかったメニュー群を提供する店であり、一日一組しかその体験に浴することはできない。分子料理を更に過激化させたような思想のコースの中身は、前菜からデザートまで見た目と味が一致するものは一つもなく、爆《は》ぜるような音を発し続ける綿菓子状のスープ、水晶にしか見えない鴨肉料理、ルービックキューブのような外見のパスタ、試験管に似た容器に入った液体二つを混ぜ合わせて作るシャーベット、そういった皿の一つ一つに、美亜羽は魔法を見るような感嘆の声を上げていた。

彼女がデザートを堪能《たんのう》しきった頃、ようやく実継は切り出した。

「長い間、きみに苦労をかけてた。お礼といっては何だけど、渡したいものがある」

美亜羽の目が期待に輝く。こんな時、彼女は、年齢より三、四歳若く見える。

実継は鞄から取りだす。オルゴールを少し大きくしたような、きらびやかに装飾された箱を。美亜羽が、おそるおそるといった感じで、そっと蓋を開き——銃を、見つけた。

「東亜に残っていた、きみのfMRI検査データをやっと発掘した」

菅井の押収物から、データは見つかった。菅井がそれを秘匿していた目的は、美亜羽の天才性の再現だろう。あの男が保管し続けていたから助けられたということに皮肉を感じながら、箱の中を覗き込む彼女を見つめ、実継は朗らかな声で言った。

「これで、きみは、北条美亜羽に戻れる」

今の美亜羽にも理解できるよう、実継は噛んで含めるように説明する。

「きみの脳の現時点でのfMRI画像を撮って、かつての脳と比較すれば、どの部位にどんな処置を施せばきみがかつての脳を取り戻せるか、調べがつく。あとはインプラントをコーディネートしてこの拳銃に詰めればいい。そのひと撃ちで、きみは元のきみに戻る」

実継は頭に描いていた。敵愾心《てきがいしん》を取り戻した美亜羽が、神冴に再び宣戦布告する未来を。今度は海外資本と手を組むか、神冴脳療の内部から乗っ取りを仕掛けるか。いずれにせよ彼女は今度こそ世界を変えるだろう。その過程で神冴が潰れても構わないとさえ、実継は思っていた。

まだ目を上げない彼女の異変に気づかず、実継は勢い込んで言った。

「偽りの愛情で俺なんかを慕う必要もない。きみは脳という囚われの檻から抜け出せる。日々を研究に費やすこともできる。予算はいくらでも下りるし、神冴を独立してもらっても、もう暗殺者はやってこない。きみは、心も環境も全て元通りに――」

「いや、です」か細い声に、遮られた。俯いた彼女の頬から、大粒の涙が伝い落ちた。

「お願いです。私を、ころさないでください」

何を言っているのか、理解できなかった。生まれてこのかた女性を泣かせた経験などなかったことも手伝って、実継は動転の余り立ち上がったが、そうしたところでどうすればいいのか分からない。美亜羽が切れ切れに言葉を紡ぐのを立ったまま見守るしかない。

「あの人と同じ記憶を持っているから、知ってます。あの人は、自分から研究を奪ったあなたたちを、世界を憎悪しています。誰かを愛したこともありません。あの人は生涯、あなたにも、誰にも好意を向けません。わたしは、あなたを好きなわたしのままで生きていたいんです」

彼女の言う「あの人」という言葉の指すものが何であるか、数秒かかってようやく理解した時、実継はそれこそ頭を銃で撃たれたような衝撃を受けた。

「違う、きみは誤解しているよ、かつてのきみと今のきみはまったく同じ人間だ。同じ記憶を持って、同じ脳を用いて思考する。性格や嗜好がいくらか変化したって、きみが消えてしまうわけじゃない。ちょっと、そう、『気分』が変わるだけだ。気の持ちようが変わるだけだ」

言葉を組み立てながら、実継の中にふと疑惑が浮かぶ。美亜羽が墓参りへ向かったのは、父親のためでなく、「過去の彼女」のためではなかったのか――そう気づき、実継は身震いした。

「そうだ、WKでもインプラントでも、自分の脳を調節したところで、それは『自然にもあり得る脳の可能性』の一つを誘導したに過ぎないんだ。たとえば洋食を好きだった人が、年をとって和食の方を好むようになっても、それを『別人になった』なんて誰も言わない。妻を純粋に愛する新婚直後の夫と、年を経て愛人に入れ込む夫は別人じゃない。同一人物の心が少し動いただけだ。インプラントはそういうちょっとした心境の変化を、起きやすくするだけなんだ。無から有を創り出したり、魂を消し去ったりできるわけじゃないよ」

「それを、同一人物だとどうして言い切れるんですか？　妻のことが愛せなくなった夫は、もう別人なんじゃないですか？　実は人間なんて、ちょっとした気分の変化で、つぎつぎ過去の自己を殺しているんだとしたら？」

窓の外、視界の端に入る原色の光が、色彩の豊かさにもかかわらず、どす黒く塗りつぶされていくような錯覚に、実継は陥《おちい》った。かつてどこかで似たような経験をした、そう感じた。狼狽《うろた》えている自分に気づき、語気はより荒くなった。

「もし、きみの論理が正しいなら。きみが——北条美亜羽が設計した無数のインプラントは、大量の人間を殺戮《さつりく》していることになるぞ。性格改造型インプラントはもとの人格を殺すことで。WKも、愛情の方向を固定することで、生まれてくる可能性のある人格を断種する。でもそんな思想、きみの理念からは程遠い。きみは、悩める人間をよりよい『生き方』に誘導したいと考えただけだろ」

「あの人が、そう考えていたとしても」美亜羽の台詞は、いつかこの論争に臨むことを予期していたように淀みなかった。「わたしはそう考えません」

　実継は相手の論理に穴を見つけたと思い、潤んだ瞳を見すえながら勢い込んで告げた。

「きみは俺のことが好きだといった。でもその論理なら、俺は毎日別人になっている。きみは毎日のように人格が変わっていく人間に次々乗り換えているってことになるぞ」

「たぶん、人間にとって、『私』に比べて、『あなた』という存在が、もっと曖昧な連続であって構わないということなんだと思います。わたしは、臆病でも前を向こうと、誰かのためになろうとするあなたが好きです。でももしあなたが明日、世界に絶望して街行く人たちを次々刺し殺したりしても、突然女遊びに目覚めても、後ろ向きになっても、利己的になっても、わたしは『あなた』のことを愛し続けるでしょう。人格が昨日から変わっていても、『あなた』が『あなた』であるだけで、愛し続けることはできるんです。人間の心は新しい『私』という波に上書きされ続ける砂の城のように脆《もろ》いものだから、絶対の『私』はいない。だから、同じように不連続な『あなた』との、『他者』との関係の中に、『私』の幻影を築くんじゃないでしょうか」

論理が破綻《はたん》している。それがどの部分なのかは咄嗟に判断できないが、この論理は壊れている。目の前にいる美亜羽は、脳科学技術でドラスティックに人格を変えることを厭《いと》わぬ天才ではなかった。脳にメスを入れることに怯え、理性的な事実に拠《よ》らない、曖昧でファジーなアイデンティティの有り方を主張する、感情型の人間だった。——そう判断した実継は、感情での説得なら通じるかもしれないと閃きを得て、一気呵成《いっきかせい》に喋りたてる。

「洗脳じみた形で、好きでもない誰かへの好意を植え付けられてしまった人間は、可哀想だと思う」

声に熱がこもる。テーブルから身を乗り出すような形で、勢い込んで話す。

「同情すべき存在だと思う。それでも、その愛は——気持ち悪いものだと思う。そしてだからこそ、直感的に分かる。俺は、脳手術で好きでもない俺を好きになったきみに、生涯、好意を抱かない。きみの想いは、絶対に、絶望的に報われることはない」

自分の声が高圧的になり過ぎてはいないか、と思い、声を和らげた。

「これはきみを解放するための銃だ。きみの思考を楔《くさび》から解き放つための。歪《いびつ》な愛のくびきから逃がすための。きみ自身の幸福に導くための銃だ。きみを本物のきみに戻すための銃だ」

言い切って腰を落とすと、椅子がひどく窮屈《きゅうくつ》に思えた。喉と舌を潤《うるお》したくてたまらないが、グラスに手を伸ばす気にはならない。自分は今ひどく強い言葉で彼女を傷つけたのではないか？　今の発言は、彼女の人格そのものを「気持ち悪い」と否定したも同然ではないか？　気持ち悪いから死ね、と言うのとどんな違いがある？　いや、相手は「正当な」人格の彼女ではない、だから否定することに何の問題がある。

「でも、わたしにとっては」それは、涙で声を詰まらせながら発せられた言葉だった。

「脳とか、科学のこととか、何も分からなくても、あなたのことを好きな、いまのこのわたしだけが、本物の『わたし』です」

実継は、自分の中にある熱い感情の渦が何なのか理解できない。苛立ちか。哀れみか。恐怖か。

「明日のわたしは、今日のわたしとは違うかもしれません。でも明日のわたしも、あなたを好きなままであることを自分自身の証として、支えとして生きることを望むと思います」

次々零《こぼ》れだす彼女の想いに、なんと言葉を挟めばよいのかわからない。暖房は効いているはずなのに、心の奥が、凍った手で心臓を握られたようにきゅうっと冷えていく。何も口に出すことができなかった。

「拳銃で自分を撃った時の北条美亜羽は、復讐に溺れて——そう、わたしは『記憶』しています——精一杯の嫌がらせとして、可能な限り自分から遠い、なんの役にも立たない人間を作ろうとして、自分の人格を葬った。自殺したんです。その時、あの人は自分の脳と、体の所有権を手放した。だから、あの人に脳の所有権があって、わたしには無いというのは、不公平です」

たどたどしく。声には涙が混じりながら、時折、涙を拭いながら。俯き、顔を上げ、美亜羽は、それでも言葉を止めない。

「振り向いてもらえなくても構わない。でもどうか、あなたを好きなままのわたしでいさせて下さい」

頷く訳にはいかなかった。自分の、神冴の罪を贖《あがな》うためには、あの北条美亜羽に戻ってもらわなければならなかったから。それが正しいことだと、実継は信じていたから。自分を愛するために作られた人格を、自分には愛することができないから。実継は、かつて美亜羽を説得し得た方法にすがった。テーブルに両手をつき、頭を下げたのだ。

「お願いだ。きみの同意が得られなければ、俺はきみの脳をもとに戻すことができない。俺にきみの頭脳を守れなかったことを償わせてくれ。きみはきっと後悔しない、だから、許してくれ」

沈黙がひどく長い時間に思えた。心音で時を計れそうなほどに静かだった。眼前のグラスの光が、夜空のネオンサインを浴びて金色を帯び、ゆらゆら揺れていた。

「顔を、上げてください」

首をもたげた実継の目に映ったのは、箱の蓋を閉じ両手でこちらに押しやる彼女だった。

「もし、どうしてもわたしに消えて欲しいなら、あの人を取り戻したいなら、何もかも諦めます」

だから、と続けた彼女の手には力がこもっていた。指先が震えるほどの、儚《はかな》く強い力が。

「そのときは、わたしに『死ね』と言ってこの銃を渡してください」

泣き腫らした目で、彼女は精一杯の微笑みを浮かべていた。それは挑発だった。覚悟だった。化学物質に蹂躙されて誰かを攻撃することすら許されなくなった脳の、実継を恨むことすらできなくなった脳の、能《あた》う限りの抵抗だった。実継は、もう何も言えなかった。

存在を否定された翌朝からも、美亜羽の実継に対する愛情は変わらなかった。

それどころか、今までに輪をかけて実継を慕《した》うようになった。実継にたくさん話しかけた。読んだ本のこと。好きな音楽のこと。かつての家族のこと。神伢のきょうだいのこと。あの和弥が呆れるほどに、四六時中、実継とのおしゃべりを望んだ。連れ立って外出するのをせがんだ。実継と、映画を観にいった。不治の病に冒されて、余命幾許《いくばく》もないと宣告された人間のように。想い人との残された時間を、少しでも胸に焼き付けようとする人間のように。それが、彼女の生き方になった。

そして実継は、彼女を愛することができない自分に苦悩した。作り物の愛情をこれほどまでに忌避《きひ》しようとする己を初めて知り、懊悩《おうのう》した。夜中に何度も目が覚めることが増えた。寝不足になり、書斎のデスクや、移動中の車内で仮眠を小刻みに取る生活に転がり落ちた。

だから、天啓が訪れたのは、彼が理事を務める病院のソファで横になっている時だった。寝返りを打ったとき彼は、背中に硬い感触を感じ、そこに角のようなものが転がっているのを見つけたのだ。よく見れば、それはWKの引き金を加工したものだった。結婚指輪のような感覚で、インプラント結婚者がこのアイテムを持ち歩くのは珍しくない。

そのとき、不意に霊感が訪れた。——神伢美亜羽は、インプラント手術によって神伢実継を永遠に愛する。神伢実継は、脳を操作されて自分を好きになった神伢美亜羽を永遠に愛さないだろう。神冴美亜羽は、自分に再度インプラント手術をしないでくれと懇願《こんがん》する。何だ。簡単じゃないか。

三つの条件から導き出される解は――「神冴実継が彼女を愛するようになればいい」。研究棟にいる、走って五分もかからず対面できる医師相手に連絡を送る。調べるために。「神冴実継」の脳をスキャンし、インプラントをデザインし、治療するまでにどのくらい時間がかかるか知るために。自身の脳を、変えるために。


これが、如何にして俺が彼女を愛するようになったかの顚末だ。

「昨日から、ずいぶん真剣に何か書いてますよね？　よろしければ、何なのか教えてくれませんか」

車椅子を自分で押し、書斎の扉を開けて入ってきた美亜羽の声に、振り向いた。朝露《あさつゆ》のようにくすぐったくて、ここちよい声だった。

「俺がどうやってきみを愛するようになったか、言葉を尽くして綴っているのさ」

にっと口元を曲げてみせると、彼女の頰が、ほんのりと朱色に染まる。両手で頰を押さえ、それを隠そうとする仕草は、多少オーバーだけれど、それゆえに可愛らしい。

なぜ、かつての自分が美亜羽を愛せなかったのか、こうして己自身の気持ちを振り返って文章にしてみると、なんとも不思議な気分になる。かつて自分が、昔日の北条美亜羽と比べて違和感を覚えていた、今の美亜羽の様々な部分――はにかむような笑顔、子どものようにあどけない瞳、小鳥の囀《さえず》りを思わせる柔らかな声、そんな全てが、彼女の好もしさに感じるからだ。かつての自分は盲目だった。この愛らしい女性を愛せなかったなんて。

そう、この仕様書を三人称で書いたのは、どうしても俺には理解できなかったからだ。かつて自分の脳を使って思考し懊悩していた、最後までこの美亜羽を認めようとしなかった神冴実継という人間のことが。俺にバトンを渡し、いっさいを投げ出した男のことが。

囚われ人は、北条美亜羽ではなく、神冴実継だった。インプラントによって生まれた愛を、正面から受け止めることのできなかった、哀れな非合理主義者。彼は自分の脳を改造するための、美亜羽を好きになるためのインプラントを撃ち込む直前にも、まだ迷い、ぐずついていた。自分がいま恋をしていない相手に恋をすることに恐れを抱き、引き金に指をかけてからも五分ほど逡巡した。最終的にそれを引けたのも、悩むことに疲れたからに過ぎない。……結局、かつての神冴実継は単なる偽善者だった。根拠の不明な倫理観を振りかざし、善悪や好悪を正当化しようとする、人を愛することを知らない、壊れた人間。

美亜羽を抱き寄せ、髪に指を絡めた。彼女の体温が上がるように感じた。いまこの胸の中にある温かさが真実の愛ではないとすれば、この世に愛などというものは存在しない。

いとしい。いとおしい。口には出さないが、自分が美亜羽にかけられる真実の言葉は、それだ。そして、美亜羽の中にも、同じ想いがある。

こうして、神冴実継と、北条美亜羽は——もともと互いのことを微塵も愛したことなどなかったにもかかわらず、相思相愛となり、幸福に二人で暮らした。

俺たちは、いま、とても幸せだ——とても。

◆◆◆

——きみはデータ打ちされた最後の文字を読み終えた。

息苦しさで肺腑《はいふ》が重い。胸の鼓動を抑えられない。きみはその拍動の音すら、外に漏れ聞こえはしないかと怯える。きみの胸にいま重くのしかかっているものは、冷え冷えとした空虚。読み通した疲労で頭はぼうっとしている。ベッドに戻って眠りに就こう、そうすれば今日見た全て、朝には忘れ去っているかもしれない。そんな無根拠な逃避に心を預け、仕様書のテキストをきみは閉じる——ただ一つ、もうこの世界にいないかもしれない誰かが、もうこの世界にいないかもしれない誰かに残した「壊れろ」という言葉が、永久にきみの胸に残ることを予感しながら。頭に響く言葉を振り払うように、きみは操作を終えようとする。

だが、テキストを閉じかけた刹那《せつな》。突如きみの眼前を、手書きの巨大な文字が遮った。

「そんな風に俺たちの物語を終えられたら、どれだけ簡単だっただろう！」

殴り書きの文だった。データ打ちの文章と、手書きの文が混在するのは何も珍しいことではない。きみを戦《おのの》かせたのは、唐突に手書きに変わった初めの一文が、感情が迸《ほとばし》るごとく乱雑に綴られていたからだ。それは紛れもない、直線的で右肩上がりな、神冴実継の文字。

きみはもう一度、左右を確認することもなしに、新しく湧き出た言葉の群れに目を走らせる。

◆◆◆

そんな風に俺たちの物語を終えられたら、どれだけ簡単だっただろう！　そんな風に俺たちの物語を閉じられたら。俺が彼女という存在の歪さに目を瞑《つむ》り、盲目的に愛することができたら。

「くすぐったくて、ここちよい声」？

「多少オーバーだけれど、それゆえに可愛らしい」？

言葉にすることは簡単だ。心にもないことをただ書き連ねるのは容易だ。けれど。

書斎の椅子で背を丸め、一心にこの文章を記している俺に、問いかけて来た美亜羽。彼女の方を向いた俺に出来たのは、頬をひきつらせて笑顔を無理やり作って、「大した中身じゃないさ」と言葉を絞り出すことだけだった。彼女は、隠し事をする俺に何かを感じたのか、悲しげに目を伏せて、「すみません、邪魔をしちゃって」とだけ呟いて部屋を出ていった。

一瞬あとには、彼女がこちらの態度を、彼女への嫌悪と取らなかっただろうかと不安に駆られ、後悔する。それでもいいじゃないか、彼女が「北条美亜羽」に戻ろう、と思い直す引き金になれば、と自分に言い聞かせる。いや、彼女の人格が作り物だからと言ってその存在を否定することが許されるのか？　またも葛藤の淵に落ちる。これが俺の身に起こった本当の出来事だ。

自分はいまだ、彼女を愛していない。同情や慈悲《じひ》しか、いまの彼女に向けられない。

手術は失敗した。いや、手術を受けることさえできなかった。

脳の精密検査に入る直前に、神冴では古株の、既に一線を退き名誉職におさまっている医師から連絡を受けた。二時間と経たず応接室に現れた彼は、タブレットに比べてえらく不便な電紙を、丸めて小脇に抱えていた。万一の場合、ネット回線から流出させてはいけないものなので、と断ってから、医師は電紙を広げた。

「結論から申し上げますと、あなたの体内にどんなナノマシンを投入しても、正常に動作させることはできません」

「どんなナノマシンを投入しても？」思わず、鸚鵡《おうむ》返《がえ》しに訊いた。

現代の脳神経インプラントは、特定の刺激に対して特定の反応をもたらすよう、脳へ電気信号によって刻み込むナノマシンである。ナノマシンの動作が不可能というのはイコール、インプラントが使えないということだ。

「あなたの脊柱《せきちゅう》のレントゲンです。こちらの光点がご覧頂けますか？」

医師の声とともに、電紙の上に提示されたのは、幾つもの、白い節状の椎骨《ついこつ》が積み重なったレントゲン写真。医師が電紙の画面上で画像を拡大していくと、それぞれの節の周りを、確かに、白い点がぐるりと囲っているのが見て取れた。

「これらの極小ユニットは、ナノマシンの侵入を察知して体内で特定の酵素を産生し、ナノマシンを人体に無害なアミノ酸へと分解します。つまりナノマシンが人体に侵入するやいなや、それを破壊し、機能を奪うわけです。私たちのチームでは『無関心機関《インディファレンス・エンジン》』と呼んでいました」

電紙をひったくり、拡大された白い影を穴の開くほど見つめた。

「ナノマシンの人体干渉から絶対に影響を受けないという点から名づけたのです。……もしどこかの国の独裁者が全国民を、自身に奉仕させるためインプラント手術で操り人形にしようとしても、体内に無関心機関を埋め込んでいる人間は、三時間とかからずナノマシンを自己分解できるので洗脳を受け付けません。手術での除去も不可能です。インプラントに倫理的抵抗を感じたり危機感を持つ一部要人のために作られたシステムですから、一般に普及はしていませんが」

何十秒も、その画像を見つめたあげく、やっとのことで尋ねた。

「いつ――どうして、そんなものが俺の脳に？」

「いつという質問に関しては、あなたが十二歳の時のメディカルチェックで。どうしてという質問に関しては、あなたがたきょうだいを除く医師連絡会の総意によって、です」

医師連絡会。牙を抜かれたはずの怪物の名が、亡霊のように立ち現れ、心を揺さぶった。

「かつて視力を回復するという触れ込みの外科手術が流行したことがありました。術後すぐにはその効果が確かに発揮されたものの、何年も経って障害の発生するケースが発生した。眼球でさえそういうことが起こるのに、脳で起きない保証がどこにあるでしょう。毎週のように新しい脳神経インプラントが実用化されていますが、現在動作している一番古いインプラントはいつ作られたかご存知ですか？　たった三十年前です。だからすべてのインプラントが将来、たとえば百年後にも、患者の精神を正常にコントロールし続けられるという臨床的な保証はどこにもない。それはあなたのご家族についても同じです」

「和弥兄さんや、桐佳姉さんのことか」

「ええ。彼らは現在の所、普通の人間と変わらぬ生活を営めていますが、しかしこの先五十年後のある日、何の前触れもなく和弥さんが仕事も研究も、どころか睡眠も食事も放棄して、延々と誰かに話しかけ続けて閉鎖病棟に押し込まれるという可能性も皆無《かいむ》ではないでしょう。マウスやサルで実験を繰り返してきた以上、それはゼロに限りなく近いはずです——しかし、決してゼロではない。目まぐるしい勢いで実用化されていくインプラントは、人間をサンプルとした五十年百年の経過観察などなされていないからです。インプラントは人間の生き方を完全に規定するシステムです。であるからこそ、万一の事態が起これば、その精神は完全に使い物にならなくなるでしょう。その時に、神牙のトップに据えられるのは、インプラントに脳を左右されない人間だけです」

医師は、言い訳がましい口調から転じて、力強く励ますように弁舌をふるった。

「あなたは保険です。神牙脳療は、世界中の人間をサンプルに壮大な人体実験を行っているようなものです。その被験者たちが無事に一生を終えたならそれでよし、実験が失敗したならば、あなたのように、被験者でない人間が社会を動かせばいい」

不意に、目眩《めまい》に襲われた。実験と言うが、これは人類の大半を掛け金にした、遠大なギャンブルだ。賭けに勝てば人類には、新人類としての安定した生き方が手に入るが、賭けに負ければベットした人間の脳は全て奪われる。だから、旧人類というチップを残しておかなければならない――神牙脳療の残したチップが、俺なのだ。

「初めは神牙志恩がその役を背負うはずだったのが、彼が神牙を出てしまったので、急遽あなたに白羽の矢が立った。つまりあなたは……」医師は言い淀み、「スペアのスペアというわけか」という俺の言葉に、曖昧に頷く。

テーブルに拳を叩きつけた。目の前の医師へではなく志恩への怒りが、胸を満たしていた。身勝手に振る舞って、自分の役目を無知な他人に押し付けやがって。あの男のせいでこちらは、美亜羽を幸福にするための切り札を永遠に失ったのだ。

「……現在の技術では、一度体内に埋め込んだ無関心機関を手術で切除したり解除したりする方法はありません。しかし、むしろ誇るべきだ。あなたは見ようによっては、和弥さんや桐佳さんより重要な人物なんですよ。永遠にインプラントに左右されず、自身の脳で考えることができる。善悪も、あらゆる行動の価値も、自由意思によって選択できる。永遠に自由なんです」

自由、か。

医師の言葉を思い出して、肩から力が抜けていくのを感じる。

そんなもので、彼女を苦しみから解き放つことはできやしない。俺はインプラント射出用の銃を手にとって、真っ黒な銃口を指でなぞった。俺は彼女を愛せない。彼女は、永遠に俺を愛する。ならば答えは、もう一つしかない。自分の脳を上書きできない以上、美亜羽という人間の幸福のためには、彼女を説得し銃を贈るしかないのだ。

――「死ね」と伝えながら？

書斎の椅子に腰掛けたまま、机の引き出しに銃をしまい、代わりに鈍く光るメスを取り出す。五本の指で握り締めたメスを、机に突き立てる。そしてケーキでも切るように、そのまま滑らせる。机に木肌色の傷が刻まれる。もう一度、突き立て、滑らせる。もう一度。もう一度。

不毛な作業に没頭するうち、胸の中に熱が沸きあがり口が自然に動いた。

どうしてだよ、と。

「どうして俺だけなんだよ！　美醜失認処置《カリーアグノシア》を受けた学生も！　ゼマ族とホア族の少年兵も！　ロイエンケファリン過多の患者も！　どいつもこいつも、脳をいじくったら今までの価値観が偏見がぶっ壊れました新しい世界の見方で生きます、『聖書』じゃそれで解決じゃないか！」

「実継、それは、そいつらが『聖書』の登場人物だからだよ」

前触れも無く耳元でバリトンの音声が響いた。ひどく明るくお節介な、兄の声だった。

「あの頃書かれた脳科学フィクションってのは、愛やら正義やら倫理やらを解体することを主眼に置いてた。その目的を達成するためには、語り手は、自身、テクノロジーの恩恵による施術を脳に刻まれて、その目から世界を眺めなければならなかった。分かるか？　主人公が自らの視点で相対化を経験しないと――既存の価値観を決定的に崩すことができないから、啓蒙《けいもう》の用を為さないんだよ」

「そう、結局のところ、脳にメスを入れずに得られる視座はたかが知れてるじゃない」

急に、声のトーンが柔らかなものに変わった。神冴桐佳の、優しげな声に。

「『聖書』が『聖書』と呼ばれたのはただ形状のためだけじゃない。脳をいじられて既存の倫理観を揺るがされ、新たな世界観に目覚める主人公たちの物語は、イエスに教えを説かれて新たな世界観に目覚めた弟子たちの物語と、本質的に距離は存在しないからよ。脳の任意の箇所を傷つけられた患者が、そこに宿っていた価値体系を奪われて新たな〝教え〟に目覚めれば、誰でも『聖書』の登場人物になれる。簡単でしょ？」

BonePhoneの電源を指で叩くと、ようやく音が消える。と思ったのもつかの間、電源を切ったはずなのにさっきより高まった音量で、また別の女性の声が流れる。

「実継さんには、そんな逃げ道はあげません。インプラントを入れない脳のままで、生身の人間のままで苦しんで下さい。正義や、倫理や、愛情や、魂なんていう、インプラントを入れれば一瞬で燃え落ちる幻想、妄執をずっと抱えたままで、答えも出せずに、苦しみ続けてください」

美亜羽の声。いや、違う、この冷然たる言葉はあの健気な少女のものではない。俺は、それが誰の声音であるか知っていた。BonePhoneごと、耳を引きちぎる。チーズのように容易《たやす》く、耳は根元から裂けた。しかし声が、今度は脳を揺さぶるように、頭の中に直接響く。「壊れろ」

自分の叫びで目が覚める。メスを握り締め、デスクに突っ伏したまま寝ていた自分に気づいた。額は汗ばみ、心臓の鼓動が早鐘を打っている。ふと気配を感じて振り返ると、車椅子の少女が、ブランケットを手にしたままたじろぎ、固まっている。疲労困憊《ひろうこんぱい》して眠ってしまった俺が、風邪を引かないようにという配慮だろう。その親切心に形だけでも報いるために、口元を上げ、さっきよりはましな笑顔を作った。しかし、向き合った大きな瞳に、科学の徒であった少女の残像を見て、何も言葉が出せなくなった。

美亜羽はやがて、無言で儚い笑顔を見せ、退出するために車椅子の方向を変えた。

「やっぱり……てないなあ」

背を向けた彼女のつぶやきをぼんやりと耳に入れながら、また机に頭を預ける。

彼女が部屋を出て、ドアが閉じられる音を聞いて数秒のち――落雷が落ちたような衝撃で、がばり、と跳ねおきた。

そして、ヒエロに展開させる。自分がこれまでに何を書き記したのかを。美亜羽との出会い。リハビリ中の彼女との遭遇。拳銃自殺。人格の変わった彼女。墓場での一幕。議論。私的な記録でしかなかった文章を、もう一度、読む。自分で書いた文章を、食い入るように読む。「インプラント治療を受けて、美亜羽を愛するようになった自分」を想像して書いた箇所も。そこに含まれていた示唆。囚われ人が、誰だったのか。立ち上がって、髪を掻きむしりながら悔いた。今まで自分が真実に思い至らなかったことを。あまりに長く、遠回りし続けていたことを。葛藤を破壊し、美亜羽を救う方法、そこに至るためのただ一つの鍵。真実。

書斎を飛び出した。先ほどと同じかそれ以上に、鼓動が速くなっているのを感じた。彼女の部屋まで走って、ノックもせずドアを開いた。彼女は車椅子に座ったまま、何かの文庫本を読んでいた。こちらに気づくと慌てた様子で、本をひざ掛けの下にしまった。それに構わず、俺は屈んで、目線を彼女と同じ高さにする。美亜羽の両手を掴み、戸惑う少女に言い渡した。

「俺のために、死んでくれ」

すぐに涙は間に合わなかったものの、彼女の表情が泣き笑うようにくしゃりと歪んだ。殺さないで下さい、という言葉を震えながらつぶやいた時の顔とダブった。いや、あの時彼女は俯いていたのだっけ？　ともかく、その反応に慌てて、急いで付け加えた。

「三時間だけでいいんだ」


それは、手術というより、降霊術めいていた。ベッドの上に上半身を起こした彼女は、久しぶりにあの白衣に袖を通していた。かつての美亜羽を取り戻した時のためとはいえ、科学よりもオカルトを信奉するようなその準備には、自分でも辟易《へきえき》した。

事前に手術内容についてじゅうぶん説明はしたものの、美亜羽はまだ不安が残るのか、シーツの端を摑んだまま、心細げにこちらに視線を送ってくる。

「あの人は……北条美亜羽は、あなたのことを憎んでいる上に、悪知恵が働く人です。どうか、あの人の言葉に騙されないで下さい。耳を貸したら駄目です」

「大丈夫。俺は彼女に、ちょっとしたことを教えに行くだけだ。心配しなくていい」

彼女は決意を固めたように、口をきゅっと真一文字に結び、ベッドに鎮座した、オルゴールに似た箱の蓋を開いた。そして、ガラス細工を扱うような手つきで中身を取り出す。この日のために作った新しい銃だ。それでもデザインは、やはり、闇を吸い込んだような黒色。彼女はその銃を一度、胸にかき抱いた。上目遣いにこちらを見て、口をゆっくりと開く。

「もしも、もしもわたしの人格が二度と戻ってこなかったら——覚えておいて欲しいんです。わたしは最後のニューロンが反応回路を変えるその直前まで、北条美亜羽になり果てる最期の一瞬までずっと、実継さんを、愛していたって。そのことをあなたが忘れないと言ってくれたなら、わたしみたいな紛い物の魂も、この世に生まれ落ちた意味があったって信じられます」

「誓うよ。俺が愛せなかったのに俺を変わらず愛してくれたきみのことを、忘れないと」

力強く頷くと、彼女の手から銃が離れ、こちらの手に渡る。引き金を引くのは自分の役目だった。他人の人格の正当性を判断して、片方に死刑を宣告するなんていう外道は、自分の罪として背負わなければならないからだ。これは俺の選択で、俺のわがままだ。美亜羽から選択の権利を奪ったんだ。だからこそ撃鉄を起こすのは自分でなくてはならなかった。自身の傲慢を忘れないために。

俺が美亜羽のこめかみに銃口を突きつけると、彼女は大きく息を吸い、目を閉じる。

ゆっくりと、引き金を引いた。美亜羽の体が一瞬強張《こわば》ったが、すぐに力が抜けていく。後ろ向きに倒れそうになるその上半身を両腕で支え、彼女の身体をベッドの上に横たえる。そのまま、風邪を引かないようにブランケットを掛ける。作り物の足は寒さを感じないはずだが、それでも気になってしまい、膝下までを覆えるよう生地を広げた。

麻酔が効いてきたらしく、規則的に胸が上下し始める。白衣のしわが、小さく微《かす》かに揺れる。

彼女の脳めがけて撃ったのは、「神冴美亜羽」を「北条美亜羽」に戻すべく二人のカルテを比較して設計されたインプラント群だ。ただ内部に無関心機関が作るのと同じ酵素も積まれている。その働きにより、北条美亜羽の脳を取り戻すためのインプラントは三時間足らずで自壊する。既に彼女の頭の中に埋め込まれた「自殺」した時のインプラントは、標的から外しているので影響を受けない。

つまり、これから呼び出される北条美亜羽の人格は、三時間しか維持されないのだ。

このシステムを使えば、ひとつの脳を二人で、たとえば一日おきに交代で使うことが出来るかもしれない。——そんな前例のない人体実験を何度も施して、彼女の脳が保つとすればの話だが。俺は頭《かぶり》を振る。この一度でさえ博打《ばくち》なんだ、人道的にも医学的にも許されるはずがない。

待っていたのは数十分。やがて、彼女のまぶたがゆっくりと開かれた。

美亜羽は、そっと身を起こすと、左右をきょろきょろ見回して、困り顔になって俺のほうを向いた。その申し訳なさそうな表情は、かつての彼女のものとは思えなかった。

なぜ、もとの人格を取り戻せていないのだろう？　理論上はこの時点で、既にインプラントが活動を開始し、「北条美亜羽」の人格を取り戻しているはずだった。

俺は戸惑い、彼女のこめかみを確かめようと顔を寄せた。美亜羽は、手を二本とも差し出して、伸ばされた両手は、そのままこちらの首筋に伸び——罠だ、と気づいた瞬間には、彼女の手が俺の首を、渾身の力で一気に絞め上げていた。

絶叫を上げようとしたが、声にならない唸りしか口から出せなかった。彼女の親指の爪が、喉を裂かんばかりに食い込む。視界が明滅する。意識が遠ざかりそうになる。窒息寸前で、その細い手首をつかんで無理やり喉から引き剝がし、そのまま倒れるようにして逃れる。

「——どうやら、えらく悪趣味な口寄せが行われていたみたいだからね。悪霊なら悪霊らしく、生者を憑《と》り殺すのが本分というものだろう」

倒れ伏した俺の腹に、言葉と共に何かが突き立てられた。呼吸困難から脱したばかりなのに、新たな苦痛に体をくの字に曲げて呻いた。潤み始めた視界に入ってきたのは、俺の腹めがけて突き出された彼女の義足と、その義足を抱えた少女の、退屈ともとれる無感情な顔だった。

確信した。手術は失敗しておらず、さっき目を覚ました人間は間違いなく「彼女」であり、目覚めてすぐの振る舞いは——演技だったのだと。紛れもなく、彼女は北条美亜羽その人だった。あの破壊的な魂に俺は対峙しているのだ。刺すような射抜くような視線を感じた。「分かってた」ふらつきながら立ち上がる。首に手をやると、くっきりと彼女の爪痕が残っていた。

「きみの心に俺への憎悪があることは、分かっていたはずなのに。それに彼女自身も忠告してくれた。きみに……北条美亜羽に騙されるな、と」

突然、美亜羽が俯き、くくっ、と喉を鳴らすような、薄気味悪い笑いをもらした。

「『北条美亜羽に騙されるな』か。全く、我が事ながら——『我が脳ながら』と言うべきか——あの娘の狡猾《こうかつ》さには呆れかえるよ。きみに嘘をつき騙し続けてきたのは、他でもない彼女自身じゃないか」

こちらの当惑を見透かすように笑み、彼女は一冊の本を枕の下から取り出した。

「物理的にも、確率的にも——きみは本気で、こんなチャチな代物で弾丸が止められると思ったのかな?」

「聖書」だった。弾丸で抉れた本、かつてあの墓地で銃撃から彼女の命を守ったはずの本。

「この程度の紙束で弾丸は止められやしない。これは作り物だ」

彼女は「聖書」のカバーを、ドアをノックするようにコンコンと叩いた。

「どういう、意味だ？」騙されないでください、という言葉を反芻《はんすう》しながら静かに尋ねる。

「無論、きみはまるで寝耳に水だろうが──きみの命を狙うにあたって、菅井医師は、神冴脳療を誰よりも恨んでいるだろう『美亜羽』を引き入れようとしたのさ。彼女がきみにぞっこんで骨抜きになっていることを知らずにね。菅井が接触を図って来た時、彼女はその殺害計画を利用できると気づいた」

こちらが衝撃を受けていることに頓着せず、彼女は淀みなく言葉を連ねる。

「本来は菅井の雇った殺人犯に、彼女が合図をして銃撃が始まるはずだった。だが彼女は、狙撃手がスタンバイしたのを見計らって、車椅子の押し手に仕込んでおいた音響弾で音を立てたのさ。きみの目には銃弾も飛んできたように見えただろうけどね、前日にきみのヒエロに細工しておいたプログラムで、仮想の弾丸をディスプレイに浮かべただけだよ。弾は一発も発射されていない……神冴和弥に、暗殺の情報を流しておき、狙撃手をすぐに捕らえさせたのも彼女だ」

俺は呆然とその話を聞いていた。目を見開いたまま、痺《しび》れたように動けなかった。

「彼女はきみが狙われることを知っていて、この本を用意しておいたのさ。本を抉って、ネットで手に入れた弾丸を押し込んだ。素人の小細工だが、あの恐慌の一瞬きみに見られるだけだから十分誤魔化し切れた。もっとも、どれだけ証拠を隠滅しても、ここには残っていたがね」

美亜羽が、自分の頭を人差し指でトントンと叩いてみせた。

「……どうして？　どうして美亜羽はそんなことを？」

半ば答えは予感しながら確かめる。彼女は、口調をわざとらしく柔らかいものにした。

「射殺されかけたきみを、身を挺して庇った健気な女、という地位を得るためだよ」

美亜羽は『聖書』のページを開いて、印刷された文章を、いとおしむようになぞる。

「僕は彼女になってから、一度もこの本を『読んで』いない。彼女にとっては、脳科学やら哲学やらは、ろくに価値を見出せないものだったからだ。彼女はきみの歓心を買うために、こうやって読むふりをしていただけだ。目線は文章を追っていても、中身はまるで頭に入っていなかった」

美亜羽が目だけを動かしてこちらを見る。

「では、きみに隠れて彼女が本当に読んでいたのはどういう類の本か知っているかい――昔の恋愛小説だよ。ＷＫの普及で恋愛小説は絶滅寸前だ。強固な恋の昂揚を実際に抱えている人間にとって、フィクションで描かれる恋情なんて薄味だし、ＷＫで恋心を保証しない登場人物になんて共感できないからね。だのに、彼女が恋愛小説を読み耽った理由は」

美亜羽は身を乗り出してこちらに顔を近づけた。親友にこっそり秘密基地の場所を打ち明ける少年のように。

「きみを籠絡《ろうらく》するための物語作りを、古い恋愛小説に求めたからさ。彼女が気に入り、現実にも応用しうると踏んだのが『命懸けで守る』という形式だった。更に、彼女が同じく好んだ、『弾丸を恋人の贈り物で受け止める』という状況を盛り込んで、三文芝居ができあがった」

彼女は本をベッドに放り投げる。ぱたんと音を立てて頁が閉じた。

「菅井が取り調べで、神牙美亜羽との協力を叫んでも、和弥は一笑に付した。『実継を愛するために作られた人格が、実継の身を危険に晒すはずがない』と言って。彼女とグルで、後から証拠さえ捏造した和弥には、その言葉の嘘が分かっていたくせにね」

美亜羽は小馬鹿にしたように鼻を鳴らす。

「確かに、彼女の脳はきみを愛すること、きみに愛されることを最優先する。だからこそ、そのためにはきみを騙すことも正当化される。彼女は攻撃衝動抑制のインプラントも入れられていたが、きみに愛されるという大目的のためには、きみを監禁したり窮地に陥れることも可能だったかも知れない。彼女は『きみへの愛』に束縛されているが、それは『きみへの愛』に繋がることであればどんな倫理の規範からも解放されている、ということなのさ。それが彼女の本性だ」美亜羽は勝ち誇ったように一笑した。

「あの、引っ込み思案な性格の何割が演技なんだろうね？　彼女は自分の人格を取り戻した時、きっとこう言うだろう、『あの人の言っていたことは全て出鱈目《でたらめ》です。あの人の言うことを信じないで下さい』と、涙目で、きみに嫌われまいと必死に媚《こび》を売るだろう。あういう人間を女狐《めぎつね》と言うのさ」

彼女は声のトーンを上げて、『神冴美亜羽』の声音を演じた。邪悪に笑んだ表情のままで。それはあたかも、内心とちぐはぐな仮面を被っているような不気味なものに見えた。

「さて——きみは僕を葬り去って、彼女を幸福にするために、僕を呼んだと聞いたけれど、彼女が純真無垢からはほど遠い人間だったと知って、さぞかし動揺しているんじゃないかい？」

分厚い眼鏡の奥からこちらを見据える美亜羽の瞳は、氷の剣のように、無慈悲な光を湛《たた》えていた。また、いつかのように冷気を感じていた。こちらの心まで凍えさせようとする、あの魂を。

だが、

「驚きはしたよ……けれど、あなたの思っているほどじゃない」

彼女は疑わしそうに眉を吊り上げたが、こちらの心は、事実、ひどく落ち着いている。

「俺は知っていた。あの美亜羽がただのお人好しなんかじゃないって。もっと賢くて、人間的なんだって。彼女は、俺にずっと大きな嘘をついていたから」

ようやくこちらの手番が回って来て、覚悟が逃げ出してしまわないように声を張った。

「彼女は俺に――神冴実継に嫌われまいと嘘をついていた。北条美亜羽が、誰を愛したこともない冷血な人間だと。北条美亜羽が異性に恋慕《れんぼ》したことはないと。でもそれは違った。昔の北条美亜羽の脳モニタリングデータを解析すれば、それが偽りだとすぐに分かった」

脳という最大のプライバシーを、自分は侵してしまった。無作法に覗き込んでしまった。その権利も権限もなかった。しかし拳銃自殺する前の彼女のカルテを見た時、知ってしまったのだ。

「きみは、きみを見いだし、東亜脳外に誘った男、神冴志恩を愛していた。義父へ向けるのではない、異性に向ける恋愛感情を抱いていた」

これが、俺のカードだった。今度は、美亜羽の方が沈黙する番だった。

「あの子がひた隠しにしたのは、かつて自分の脳が神冴実継ではない人間を愛していたという事実だ。そう、きみの脳には、神冴志恩への認識で異性愛を励起する回路が既にあった。きみは、恋愛感情の回路をインプラントでゼロからでっち上げたんじゃない。脳に弾丸を撃ち込んで、恋愛感情を励起する発火点のニューロンを変えた。『恋する相手』をすり替えたんだ」

神冴美亜羽が恐れたのは、自身の神冴実継への愛が、『志恩への愛』をリサイクルしたものだということを気づかれ、こちらに嫌悪感を抱かせてしまうことだったのだろう。

「俺はかつてあの結婚式場で、きみに凶器を向けられ、殺されかけた。俺はそれをきみの陰気な気まぐれだと解釈していた。でも、それは重大な思い違いだった。きみがあの場所で殺人を起こすことには決定的な意味があった。俺があの日、あの場できみに殺されていれば、何が起こっただろう？　神冴と東亜の戦争？　そんな長期的な目標じゃない、きみが求めたのは、結婚式の中止だ。結婚式が止まりさえすれば、志恩とフィアンセが互いの脳にインプラントを打ち込むこともひとまずは先延ばしされる。……一度、WKで誰かへの愛を脳に刻んだ人間は、その無効化を生涯拒むことになる、美亜羽がそうだったように。あなたはなんとかして、神冴志恩の結婚を阻まなければならなかった。自分の考案したWKで、志恩の心が、妻となる女性に奪われる前に。ただひとつ分からないのは、そんな遠回りな手段を使わなくても、直接きみから想いを伝えていればよかったのに、という点だけれど」

もういい、と美亜羽が俺を制した。

「伝えるわけにはいかなかったからだ。そうすれば全てが終わってしまうだろうから」

その口調からは、既に棘《とげ》が消えている。

「父さんは、他人の感情が理解できなかった。喜びも、怒りも、悲しみも、幸福も、愛情も。生まれつき感情が鈍麻《どんま》していた。ただひとつ知っていたのは、自身の内面が他人とは違っているという事実だけだった」

かつてあの結婚式場で遭遇した志恩がどんな人間だったか思い出そうとする。しかし、呼び覚まされたのは、セールスマンめいた柔和な笑顔ばかりだった。

「父さんがあれだけの業績を残せたのも、自分に無い『人間的感情』をインプラントで設計し、いずれ自分の脳に埋め込むために作ったからだ。そう、人間になりたかったのさ、あの人は」

ふと、彼女は天を仰いだ。睫毛に照明の光が踊って、いつも以上に美しく、しかし憂《うれ》わしげに見える。

「呪われた体、真っ黒な体を持つ白鳥が、孤独から逃れるために何をしたか分かるかい？僕が初めて神牙志恩に会った日に出された問題。答えは呆れるほど単純だ。『自分が白くなれないなら、他の白鳥の方を変えてしまえばいい』。彼は、他のすべての白鳥に黒いペンキを浴びせて回ったんだ。そうすれば仲間外れにされずに済むと信じて。

僕の答えに振り向いたあの人の顔は、驚きと喜びにぱっと輝いた——ように、見えた。

『じゃあ、第二問。昔々、他人の感情が理解できず、どんな時に笑えば正しいのか分からない、どんな時に泣けば正しいのか分からない人間がいた。そいつは人間の感情が分かるようになる機械を頭に入れて、泣いたり笑ったりできるようになった。しかし、彼の心は晴れなかった。自分が本当に、他人と同じように感情を味わって生きているのではないことに、機械の力を借りてなんとか誤魔化していることに、疎外感を覚えている。彼は、悩みに悩み抜いて、自分が孤独ではなくなる方法を見つけた。それは何だろう？』

『その機械を、全ての人の頭に入れればいい。世界の方を自分に合わせて作り替える』

あの人は、声を弾ませて、僕に手を差し出した。

『正解だ、お嬢ちゃん。きみが良ければ、黒い白鳥を手助けしてくれないか？』と。

——しばらく後に、父さんは聞かせてくれたよ。あの人が神冴脳療から出奔したのも、自身の脳に、無関心機関……インプラント阻害システムを入れることを、医師連絡会に強要されたからだと。きみの体内にあるやつと同じさ。人間になる手段を奪われるわけにはいかなかったんだ」

人間、という言葉は、皮肉をこめるように強調されていた。

「父さんは情緒豊かな人間を遠ざけた。愛情も、親愛も、彼にとって真に理解しがたいものだったから。だから、そんな人間全てにインプラントを入れようとしたし、他人になんか関心を持っていないような、研究に没頭し、意識を消した人間の名前を自らに付けた少女をそばに置いた」

「自分の、同類と思って？」

彼女は寂しげな笑みを浮かべて頷く。まるで北条美亜羽ではなく、神冴美亜羽のように。

「彼の目測は誤っていた。僕はあっという間にその魂に惹かれてしまった。その想いを口に出せば全てが崩れ去ることも、しかし分かっていた……僕は聖書の登場人物にはなれなかったよ」

彼女は長い間背負っていた荷物を降ろしたように、深い深いため息を落とした。そこからは、こちらではなく、自身に言い聞かせるような言葉だった。

「土台、外でも白衣で通そうとするのは、変人に見せかけた身なりで自分を鎧《よろ》おうとする、凡人の浅知恵に過ぎないよ。ステレオタイプに縋《すが》った神冴美亜羽と同程度だ。感情を否定し、自らの安らぎの地を求め世界を破壊する――その超越と諦念に『憧れる』側の人間がミァハのようであるはずがない。憧れてその名を僭称《せんしょう》する人間は寧ろ、彼女から一番遠い凡庸な魂の持ち主だ。僕は破壊者の背をひたすら追い続ける影に過ぎなかったのさ」

恐らくは、彼女が自身の名付けに用いた作品の言葉で語っているのだろうが、俺にはよく分からなかった。それでも理解できたのは、彼女が超越者などでは無い、ということだけだった。

永い片思いの果てに、恋人を喪って自ら死を選んだ、か弱い人間に過ぎなかったということだった。

「酵素とインプラントを用いたシステムなら、僕と彼女を交代で生きさせることも技術的には可能だが——僕は父さんを喪った世界で、これ以上生きる気はない」

そして、もう一度、彼女らしい毒を取り戻した声で言った。

「それで、きみはわざわざ僕を蘇らせてまで父さんへの愛を指摘して、笑いに来たのかな？　想い人のいない世界に決別しようとした、低俗で凡庸な人間を？」

そうじゃない、と答え、時計に目をやった。残された時間はあまり多くない。北条美亜羽をこの世に呼び戻した最大の目的を、果たさなければならなかった。

「彼女を、神冴美亜羽を幸福にするために確かめなきゃならないことがあったんだ。俺の考えていることが正しいかどうか」

語調が次第に激しくなるのを自覚したが、止められそうにない。

「あなたを目の前にしてやっと確信が持てた。俺が神冴美亜羽を愛せなかった理由は、俺が『インプラントで他人を愛するようになった人間』を哀れんだからじゃない」

そう、その答えは、

「俺が、あなたを、北条美亜羽を、愛しているからだ」

時間が止まった。美亜羽は何も答えようとしない。部屋に押し入ってきた夕闇の影に、彼女の表情は隠されていた。写真に切り取られた風景のように、静寂だけがそこにあった。

俺は、呼吸が止まってしまわないうちに、今自身で口にした言葉の意味に、もう一度思いを巡らせる。

初めて会った時、命を狙われたのにどうして誰にも知らせなかったのか。リハビリ中の彼女に、どうして手を差し伸べたのか。彼女が攻撃衝動抑制インプラントを入れられそうになった時、どうして庇ったのか。無害な人格に変わった彼女を見て、どうして元に戻そうとしたのか。神冴美亜羽を泣かせてまで、どうしてインプラント使用を無理強いしたのか。どうして？

それは俺が、あの美亜羽ではなく、この美亜羽相手に恋に落ちてしまっていたからだ。

世界を変えようとした野望か。底知れぬ知性と渇望《かつぼう》か。運命に抗《あらが》おうとした冷たく強い瞳か。自分の脳さえ道具にしてしまう覚悟か。それとも、その全てか。分からない、けれど、彼女に相対した今この胸は高鳴り、頬は熱くなり、声はうわずっている。

「俺の物語は、人間のアイデンティティに関わる思弁なんかじゃなかった。ただ、ある女性から好意を向けられていながら、心は別の女性に奪われている、ただそれだけの色恋沙汰だったんだ」

インプラントによって作られた愛情に応えることはできない。自分がひたすら口にし、文字にし続けて来た言葉は、自分自身への欺瞞《ぎまん》だった。口先で神冴美亜羽と北条美亜羽の違いは「気分」程度の差だと言いながら、神冴美亜羽を一つの「人格」として、北条美亜羽に戻そうとした詭弁の源はそこだった。北条美亜羽のことが好きだから、神冴美亜羽など消えてしまえ、という、自己中心的で傲慢な自分自身に気づきたくなかったからだ。自分の書いた文章を改めて読んで得たのは、自分の論理が矛盾していたという発見だった。自矛盾してまで北条美亜羽を取り戻そうとしていたという事実だった。では、なぜ北条美亜羽の人格に戻すことを、自分は選択しようとしたのか。

いま眼前にいる、分厚い眼鏡、白衣姿の彼女に、どうしようもなく惚れていたからだ。

「俺はきみを、北条美亜羽を、異性として愛している。きみの答えを聞かせて欲しい」

「その答えをきみはとっくに知っている。僕の脳のデータを精査したからだ。データをもとに脳の状態を再生することで、今の僕を再現したからだ。誰を識別するニューロンのパターンで、どんな感情を司る領域が活性化するか、全て見通しているからだ」美亜羽は呆れたように頭《かぶり》を振った。

そう、俺は彼女のカルテを見た。だから、彼女の脳にある答えを既に知っている。それでも、

「俺は答えをきみの口から聞かなきゃいけなかった。でなければ、永久に囚われたままだから」

今度の沈黙は数十秒では済まなかった。ベッドの上の美亜羽は身じろぎ一つせず、タイムリミットが刻一刻と迫る中、けれども俺は答えを急《せ》かさなかった。窓の外は遂に闇の中へと沈み、ただ黒を湛えている。新月のために月明かりはなく、街灯の明かりも見えず、静かに時間を包んでいく漆黒がやがて世界を覆うだろう。

風が、夜を叩いた。

「僕は――きみを愛することはない。きみが父さんの足元にも及ばないデッドコピーだと、この目で見て改めて理解した。そう、殺したくなるほどに、きみと父さんの顔は瓜二つだけれど、中身は天と地ほどの差がある。僕は今なお神冴志恩を愛している。きみへの答えは拒絶だ」

全身の力が抜けるのが分かった。失意か、それとも解放か。答えは訊く前に知っていた、けれど自分の身体がそれほど正直に反応を示すことが意外であり、恥ずかしくもあった。

「もしかしたら世界を壊せたかも知れない人間は、先に逝ってしまった。きみには世界を壊す力も、意志もない。だから僕はきみに惹かれないし、愛さない。それは揺るぎのない真実だ」

これが、俺の初恋の終わりだった。熱いものが渦巻く胸を抱え込んでいる自分と、それをひどく冷静に遠目から眺めている自分とを、二重写しに感じていた。目の前にいる女性が俺のことを愛していないのは、脳科学的にもロマンス的にも、証明された。軽い目眩を感じ、何かの可能性にすがろうとしながら、それでも俺は志恩のように、自らの安らぎのために、世界を壊せる人間には決してなれないと、それほどの衝動を抱くことは生涯有り得ないと、分かっていた。

「僕にはきみが僕に惚れているという事実が全く理解できない」そう彼女は肩をすくめ、「ただ、あの娘には――神冴美亜羽には、なぜかきみが彼女ではなく、この僕に恋慕していることが察知できていた。根拠も何もなく、直感的に」

俺が思わず声を漏らすと、美亜羽はその反応に満足したように、小さく笑んだ。

「人間の心の機微については、僕よりも彼女の方が聡いんだろう。彼女はその気づきをきみに隠しおおせたけれどね。僕が今着ているこの白衣も、あの子はこっそり棄てようとしてたんだぜ？『あの女の匂いが残ってる』とか馬鹿なことを考えてさ。生物学的に同一の僕を相手にそんな風に嫉妬できるなんて、理性的なのか感情的なのか、我が脳ながら、不可解だね」

余裕ありげな言葉とは裏腹に、彼女は眠たそうに目をこすった。いつの間にか呼吸も深いものになっている。酵素によって大量のインプラントが分解されていく過程で、彼女の脳に負荷がかかっているのだ。間もなく彼女は意識を失い、再び目覚めたときには「神冴美亜羽」の人格を取り戻すだろう。そして、「北条美亜羽」はこの世界から永遠に消失する。

「結局、きみは僕を呼び出したことで、僕に振られただけだ。マイナスがゼロになっただけさ。きみが神冴美亜羽のことを好きになれると決まったわけじゃない。彼女以外の想い人ができるかもしれない。それに、彼女のきみへの隠しごとも、バラしてしまったしね」

美亜羽は笑みを深くし、挑発するように唇を舐める。

俺は、心に決めていた。再び目覚めることになる「神冴美亜羽」に、色んなことを聞かなきゃならないと。本当に好きな本。俺を籠絡《ろうらく》するために使った手練手管。北条美亜羽という女性について、俺について、本当はどんな風に思っているのか。答えてくれるかもしれないし、今まで通りの態度で、演技でひた隠しにするかも知れないけれど、それでも俺は尋ねよう。彼女のことを何も知らなかったから。俺は、あの子と、もう一度出会わなければならない。だから、言葉はするりと口から出た。

「明日の自分は今日の自分とは他人だ。俺は彼女を愛するかもしれないし、愛さないかもしれない。誰かが言ってた、俺の脳はどこまでも自由らしいんだ」

俺が大げさに肩をすくめたのは、自分の言葉が照れくさくなったからだった。

「自由、自由ね――」その言葉を舌で転がしていた美亜羽の、口元がふと緩みかけて、

「許すものかよ」

ぎん、と音がしそうなくらい強くこちらを睨みつけながら、美亜羽は瞬間的に毛布の下へ右手を沈め、毛布を跳ね上げると、俺の額に――銃を突きつけた。それはWKのように、インプラント射出用の玩具めいた銃ではなかった。

「……何を、驚いているんだい。神冴実継」素早い動作で息を切らせながら、美亜羽がこちらの額に向けた銃の先は微動だにしない。射るような目線も揺れ動かない。俺は動くことができない。瞬き一つすることさえ叶わなかった。全てがあまりに予想外で、起きている事態が飲み込めない。

「どうして……こんなことを」震える唇から、そんな短い言葉を漏らすのがやっとだった。

「決まってる。僕の脳を盗み見たんじゃなかったのかい？　僕の心はいまだにきみへの憎悪で一杯だ。神冴美亜羽の心がきみへの愛情で一杯なように。僕と彼女の両方の溜飲を下

げる方法だよ。こいつできみの頭脳を吹き飛ばし、僕という存在ごと永遠に消滅させる。きみは今ここで死ぬ。来世できみはようやく彼女を愛することになるのさ。名案だろ？　この銃が、東亜脳外最後の発明だよ」

「……これはインプラント射出用の銃なんかじゃないだろ」

「東亜の僕が持ち出してきたんだ、……東亜脳外の切り札に違いないさ」

汗が滲み始めた額に触れる銃から、彼女の荒れ狂う心音が伝わってくる気さえしたが、無論、錯覚に過ぎない。彼女の唐突な行動が、譫妄《せんもう》から来るものではないかと心のどこかで思っていたが、まっすぐにこちらを射抜く揺るぎない瞳が、その推測が誤りだと告げていた。

ああ。美亜羽はきっと、最初からこうするつもりだったんだ。俺の脳をこの銃で破壊しようとしていたんだ。

「きみは僕を永遠に忘れる。神冴美亜羽を永遠に愛する。そのための、手向けの弾丸だ。安心して壊れろ」

——彼女が俺に向けたのは、玩具めいた銃なんかじゃなかった。それは文字通り玩具だった。人差し指を伸ばし、親指を立て、残り三本の指を閉じた彼女の右手——子どもがするような、自分の手で形作った銃、ただの手遊び。彼女は大真面目に、親指を上げ、人差し指を俺の額に突きつけただけだった。弾丸も、インプラントも、形あるものを撃ち出すための銃口すらない。魂を揺り起こすための撃鉄も存在しない、世界を壊すための引き金も存在しない。

けれど銃声は響いた。インプラントの停止により薄れつつある意識の中で、世界を変えようとした女性がささやかな魔法を残すために、最後の一呼吸で、唇を、吐息を漏らすときよりも微かに動かしたからだ。

「ばぁん」、と。

口元に笑みの形を残して、彼女の頭が、ぐらりと傾《かし》いだ。俺はしっかりと彼女を抱き止めた。

もはや、その唇は動かず、瞼《まぶた》は固く閉じられた。

今、彼女を彼女たらしめていたインプラントは、次々に停止しつつあるのだろう。そこにある意識は、ドミノ倒しのように別の模様を描き始める。新しい模様はかつてあったものの変形でありながら、決して同一のものではない。今日の自分と明日の自分が他人である以上に、彼女と彼女は、互いの距離を遠く隔てていて、出会うことも分かり合うこともない他人だった。

美亜羽。俺が拳銃を贈った女性。俺に拳銃を贈った女性。俺が愛し、俺を愛さなかった女性。俺を愛し、俺が愛さなかった女性。決して相容れぬ二人。今、この腕の中で、静かに寝息を立てているのが、美亜羽なのか、それとも美亜羽なのか、自分には分からない。そんな事が分かるほど、自分は脳にも恋愛にも明るくない。ただ、もしかしたら――もしかしたら、彼女が今流している涙は、美亜羽が美亜羽のために流したものなのかも知れなかった。

◆◆◆

きみは、今度こそ、仕様書を読み終えた。テキストは、閉じられた。

仕様書に、肝心の結末は書かれていない。

神冴実継が、己の脳によって――不可侵な自由さをもって、神冴美亜羽を愛するようになったか、それとも、自由さゆえに、神冴美亜羽を最後まで愛さなかったのかは、記されていない。

だが、きみに結末は必要なかった。なぜなら、きみは既にこの物語の結末を知っているから。

不意に、廊下から物音が届いた。先ほどまで仕様書に没頭していたきみは、それが近づいてくるのに気づいていなかったが、今では、書斎のドアの向こうに、はっきりと聞くことができる。車椅子が床を軋《きし》ませる音と、その後ろから付いてくる足音を。間もなく、書斎の扉が開かれ、きみは侵入者たちの元へ駆け寄る。秘密を知ってしまったことを、彼らにどう謝って、どんな風に赦《ゆる》してもらおうかと、目まぐるしく頭を回転させながら。

きみはこの物語の結末を知っている。

きみがこの物語の、結末なのだから。

ホーリーアイアンメイデン

拝啓　鞠奈《まりな》姉様へ

錦秋《きんしゅう》の候、如何《いかが》お過ごしでしょうか。横濱《よこはま》は夜ともなれば、身を切らんばかりの寒さで、打掛《うちかけ》が欠かせぬ日々ですが、暑がりの姉様ならきっと、あの空襲の日のように、寒気を物ともしない薄着で過ごされるのでしょうし、それを想像するだけで、私はくしゃみが出てしまいそうです。

こうして姉様へ長い手紙を認《したた》めるのは、もう一年ぶりですね。外套《がいとう》をお贈りした折にも電話で済ませてしまいましたし、姉様に宛てる文面を普段どんな風《ふう》に書いていたのか忘れてしまって、緊張と当惑の入り混じった不思議な心持ちで、姉様から頂いた銀蔓《つる》の眼鏡をかけて、万年筆を握っております。

思えば、姉様が漢堡《ハンブルク》に着いたばかりの頃は、私も日文矢文《ひぶみやぶみ》に筆を執《と》っていましたね。結局、一処に留《とど》まらず欧州中を駆け巡る姉様には、手紙では追い付かなかった訳ですが。電話代が軍持ちでなければ、私たちはとっくのとうに破産してしまっていることでしょう。

勿論《もちろん》、面と向かってはなかなか本心を伝えられない私と違って、話好きな姉様にとっては、電話は手紙よりずっと自然で気安いのだと思います。姉様は、また随分な筆無精ですしね。

ただそうは言っても、伯林《ベルリン》横濱間とか比律悉《ブリユッセル》横濱間の数時間の電話代がどのくらいかかるのか、なんて、あまり考えたくありません。姉様の目覚ましいご活躍に比べれば、家事手伝いくらいしかできない穀潰《ごくつぶ》しの私は、流石《さすが》に、宗像《むなかた》さんに気後れしてしまいます。そんな細かいこと心配しなくていいのに、と、姉様なら口を尖《とが》らせるのでしょうけど。

思えば、幼少の頃から、姉様は寝癖も直さないくらい身嗜《みだしな》みに無頓着、うっかり者の姉としっかり者の妹、なんて失礼なことを言われても平気の平左《へいざ》で、大らかでお優しかった。そんな姉様だからこそ、情勢を覆《くつがえ》すなんて重責も、軽々と負うことができるのかも知れませんね。

今でも昨日のことのように思い出します。子供とお年寄りばかり十何人かの防空壕で、忍び寄る寒さと、遠くの爆撃の音に震えていた日のことを。風がぴゅうぴゅう吹き込むし、私たちが十二歳でしたから、あの時、高畑《たかはた》さんとこの光郎《みつろう》ちゃんは六つか七つ頃でしたか、とうとう泣き出して、その癇癪《かんしゃく》が燃え移ったみたいに、もっと幼い子供たちや、私たちとさして変わらない年の子まで声の限りに泣き始め、涙が涙を呼んで嵐のようで、ご老人方が必死であやしたりなだめたり、なにかそういう趣向の地獄のような騒ぎでしたね。

私はといえば、工場の方にも焼夷弾《しょういだん》が落ちたらしいと小野田《おのだ》さんのおばあちゃんに伺って、母様は無事だろうか、とそのことばかりで頭がいっぱいで、てんで役に立ちもせず、よくもまあ、普段しっかり者なんて言われていい気になっていたものです。けれど、私の隣で、騒ぎなど何処《どこ》吹く風でうつらうつらしていた姉様が急に目を開くと、すっと立ち上がったので、私は思わずその裾《すそ》を引っ張って止めそうになりました。

たいへん、大雑把《おおざっぱ》な姉様のことだから、他所《よそ》の家の、幼気《いたいけ》な子供さえ、拳骨《げんこつ》でも喰《く》らわせて黙らせようとするのじゃないか、いつだったか仔猫を抱いてあやしていて、加減を誤《あやま》って死なせてしまったくらいだし、と、不安で止めに入ろうとしたのです。

ですから、高畑さんのおばあちゃんが手を焼いていた光郎ちゃんを、姉様が抱きすくめたとき、私ははっと驚いて息を呑むのと一緒に、自分の見縊《みくび》りを恥じたのです。果たして、先刻まで蜂に刺されたように涙に咽《むせ》んでいた光郎ちゃんが、発条《ぜんまい》が切れたみたいに口を閉じ、眦《まなじり》から溢れていた涙も止まったじゃありませんか。夢から覚めたように澄んだ瞳で姉様を見上げる光郎ちゃんの様子に、ご老人方は唖然《あぜん》としていたように覚えております。

けれども、姉様の振る舞いはそれで留まらず、次から次へと子供たちを抱き締めると、さっきまで泣き暮れていた聞かん坊たちが、まるで十歳も年を重ねたように穏やかになり、ぴたりと泣き止んでいくのですから、もう何かの奇術を見ているようで、幼い日、父様に連れていってもらった演芸場の出し物を私は思い出したのです。

防空壕から泣き虫が消え失せた時には、今度は代わってお年寄りたちが驚きの声をあげ、鞠奈ちゃんはこりゃあ、末は国一の乳母《うば》さんにならあ、なんて冗談を飛ばしておられましたが、当の姉様はと言えば、目覚めた時と同じように前触れなく、またぞろ船を漕《こ》ぎ始めてしまったので、私は誇らしいやら恥ずかしいやらで、ほんのひとときだけ、母様と工場のことを忘れさえしたのでした。

ああ、前置きが長くなってしまいました。お手紙だと、姉様の喋りに負けず劣らず饒舌《じょうぜつ》になってしまうのは、私の悪い癖です。昔の話だって、姉様に何度したか分かりません。けれどあの時のことはどれだけ話しても話し足りぬ程《ほど》、私の心に深々と刻まれた出来事だったのです。

振り返れば、私はいつも姉様には驚かされてばかりでした。

心理研へお邪魔した日、研究室を辞そうとしたら、姉様が先回りして椅子の背から飛び出していらっしゃった時には、仰天して実験用のマネキンを倒してしまいましたし、つい先日も、姉様が巴里《パリ》の死刑囚収容所へ慰問に訪れたという記事を目にして、新聞を取り落としてしまいました。姉様の行動は、私のような平凡至極な人間にはまったく予想がつきません。奔放《ほんぽう》で快活で、明るくてお喋りで、人騒がせでいつも笑顔、誰からも愛される。そんな姉様が、私と血を分けた姉妹だというのも、考えてみれば不思議な話ですけれど。いけない、せっかちな姉様はきっと焦《じ》れてきているところでしょうから、そろそろ、お手紙を差し上げた本題に入りますね。

本題と申しますのは、気取り屋めいた言い回しになってしまうのですが、姉様がこの手紙を読んでいらっしゃるということは、私はもうこの世にはいない、ということです。この手紙が姉様に届く日付は、私が死んでから丁度《ちょうど》二日目になるはずですから。

どうです、驚かれましたか。

姉様の目の前で命を落とした私から、死の直後に手紙が来る。それも、死期や死に様を悟《さと》っていたような文面の手紙が。もし、姉様の目が大きく見開かれているのであれば、こんな悪戯《いたずら》を仕掛けた甲斐《かい》があったというものです。惜しむらくは、そのお顔を見られないということばかりが心残りです。もし叶うなら、いつも可愛らしく仇気《あどけ》ない微笑《ほほえ》みを湛《たた》えるあの口許《くちもと》が、驚愕に歪むのを目の当たりにしたかった。

とまれ、たまには驚かされる側に回ってみるのも、少しは姉様の今後のお役に立つのではと愚考します。ですので、この後にも、何通か姉様のもとに手紙が届くよう手筈《てはず》を整えました。

こうして手の内を明かした以上は、姉様も、私の唐突な死が、予期せぬものではなくて、計画ずくの事柄だったとお分かりでしょう。だからどうか、次の手紙を受けとるまで、なぜ、私が姉様の眼前で息を引き取る羽目になったのか、誰がその首謀者で、誰が下手人であったのか、ゆっくり考えてみて下さいね。

とは言っても、謎々が得意な姉様にさえ、手懸《てが》かりがなくて雲を摑《つか》むような話かも知れません。だから、謎解きの糸口だけ。姉様にとっては、初めて知ることの筈です。

私は、姉様と二度と面と向かい合わずに済む、それだけで心底、安らかな気持ちです。ではくれぐれも、二通目を読むまで、お体を壊したりしないよう、ご自愛下さい。姉様には、もっともっと吃驚《びっくり》して頂きたいですから。

追伸　先だって差し上げた外套は、できる限り早く暖炉の火にくべるなりして捨てて下さい。眼鏡をお贈り頂いた手前、お返しをどうにかこうにか見繕《みつくろ》いましたけれど、あんな大人向けの小洒落《こじゃれ》た服、姉様には似合いっこありませんもの。

敬具

本庄琴枝《ほんじょうことえ》

拝啓　鞠奈姉様へ

その後、おかわりなくお過ごしでしょうか。

私が落命してからちょうど一週間が経つ頃合ですね。無論、早々と姉様が私の死を乗り越え、また各地を慰問されていらっしゃるなら、この手紙を受け取られ、お読みになるのはもっと先のことでしょうけれど。

一通目で突拍子もないことを書いて、姉様の心に重荷を負わせてから、お待たせしてしまったのは、一寸《ちょっと》意地悪が過ぎたかも知れませんね。もし万一、姉様が私の思わせ振りな言葉の所為《せい》で、食事も喉を通らなくなってしまっていたら大事《おおごと》ですので、何か私を怒らせることをしてしまっただろうか、私の命を救う方法はなかったのだろうかと、悔やまれたり悩まれたりされないように申し上げておきますと、私が死なずに済む手立ては一つたりとも残されておりませんでした。或《ある》いは、姉様と私が姉妹として生まれたその日から、こうなる宿縁《しゅくえん》だったのではないでしょうか。

ああ、思いばかり走って、筆が滑《すべ》ってしまいました。そうですね、あの防空壕に居た子供の中に、宗像少佐の姪御《めいご》さんがいらっしゃらなかったら、訣別《けつべつ》はもう少し遅くなったのかも知れませんが、今更言っても詮《せん》無いことでしょう。

これは姉様にも申し上げたかどうか、母様の病室前で初めて宗像さんと出くわした時には、私はとても恐ろしかったのです。確か、国民学校が集団疎開《そかい》に向けた準備で休みの日、私はおっかなびっくり病院の廊下を歩いておりました。母様の二つ隣の病室で、なんだか場所に似つかわしく無い、柄の悪い若者たちが屯《たむろ》していて、いつも大声で怒鳴りあったり、周りに厄介《やっかい》をかけていたからです。その病室近くにいる、目つきの悪い二、三人の影をようやく通りすぎて、どうにかこうにか辿り着いた母様の病室の前に、宗像さんが、歩哨《ほしょう》のように立っていらっしゃいました。

これがいかにもいかつい顔で、横暴そうな軍人然とした方でしたら、私も要領よくへりくだって、おもねることもできたのでしょうけれど、あの方はご存知の通りの油断ならない笑顔で、親戚の子供にでも向けるような気さくさでこちらに会釈《えしゃく》されたのですから、私はいっそ言い知れぬ不吉の予感に襲われたのです。

私は陸軍の宗像清一《せいいち》大尉という者だが、本庄鞠奈くんはお嬢ちゃんかね。

涼しい声でそう訊《き》かれたあの時には、この方が姉様に何の御用なのだろうかと不安でたまらず、ほとんど返事に窮《きゅう》してしてしまったのです。病室に先にいらっしゃった姉様が、私だよ、そっちは妹の琴枝、と声をかけて下さらなければ、私は阿呆《あほう》のように立ち尽くしたまま、途方に暮れていたかも知れません。私たちが病室に入って、お眠りになっていた母様の寝台の傍《かたわ》らで、姉様と宗像さんが互いに言葉を交わし始めても、私はなかなか喋り出すことができませんでした。

二人とも、十二にしてはなかなかどうして利発そうじゃないか、自分が同じ年だった頃には只《ただ》の鼻垂れ小僧だったから比べ物にもならん、そう仰《おっしゃ》って、宗像さんは磊落《らいらく》に笑いかけたのですから、何か怖い相手だと思ったのは誤解ではなかったか、と一旦は考えましたけれど、こちらの年齢まで調べている事に寧《むし》ろ疑《うたぐ》りを強めて、丸椅子に腰掛けたその姿から目を片時も離せなくなったのです。宗像さんの話の切り出し方も、世間話を始めるような然《さ》り気《げ》無さでした。

いや、用というのも、姪っ子がね、君たちより六つ下なんだが。お腹が空いたとか何だとか、些《さ》細《さい》なことで癇《かん》の虫に憑《つ》かれて泣きわめき暴れるので、両親もひどく手を焼いていたのに、空襲に遭った日を境にまるで人が変わったように大人しく悧巧《りこう》になった。こりゃ何かあったんじゃないかと、両親も却《かえ》って不安になる始末だ。しかも噂《うわさ》には、その町内の子供たち何人かも、同じく別人になったように大人びて、赤ん坊の夜泣きすらなくなったという。

いくらなんでもただ事ではあるまいと、じい様ばあ様に聞き取りをしてみたら、本庄さんとこの娘さんが子守りしてやったからだろう、と妙なことを言う。まだ半信半疑だったが、その子守りとやらを連れてきただけで、隣町の孤児院も、大人の手が足りず悪餓鬼《わるがき》に手を焼いていたのがすっかり、絵に描いたような模範的で規律正しい具合になっている、と。一体どういう手妻師《てづまし》なのか催眠術師なのか、ひと目会いたくなったのさ。

まあ、その宗像さんのお話には、驚かされることが幾《いく》つもありました。まず姉様に抱き締められた子供たちが泣き止んだのはともかく、気性まで変わったというのは初耳でしたし、空襲の日の後、姉様が牧師さんに請《こ》われて孤児院に顔を出したことは存じておりましたけれど、姉様からは、とても可愛らしくていい子たちだったよ、という風にしか聞いておりませんでしたので、なんだか問題があったらしい場所を姉様がいいようにしてしまったという話も寝耳に水で、ただただ驚倒させられるばかりでした。

しかしそうは言っても、何故そんな与太話《よたばなし》めいたことに軍人さんが関心を持たれたのだろう、という疑いもございました。その先を聞いて、私の猜疑《さいぎ》はいや増したのです。

この二つ隣に入院しとる若者はね、足を折ったというので半月前からここにいるのだが、実は随分な鼻つまみ者だ。何でもこの辺りの船賭場を取り仕切っていたらしく、取り巻きが始終出入りして、見舞客と些細なことで刃傷沙汰《にんじょうざた》になる仕儀だが、追い出そうにも後が怖くてそれができんということだ。唯一の取り柄《え》は金離れが良くて病院への支払いを滞《とどこお》らせないことだが、勢い金の出処《でどころ》も怪しまれるといった具合さ。

突然、私たちとさしたるゆかりもない患者の話を始めた宗像さんは、今思い出してみれば、こちらを値踏みするような、試すようなお考えもあったのかも知れません。

しかし常々思っているのだがね、世の中に生まれついての悪人などいないのではないか、と。彼は両親を早くに亡くして詐欺やら強請《ゆす》り集《たか》りやら何やらで生きてきた。父母の愛という物を知らずに育ってしまったことが彼を悪へと導いたのであり、或いは愛情を注いでやることによって、その精神を変革せしめ、改悛《かいしゅん》の道へと導くこともできるのではないか、そう考える訳だ。そこで、鞠奈君がもし頼まれてくれるなら、彼にもその秘蹟《ひせき》を与えてやってはくれないかね。

立て板に水というのはああいうのを言うのでしょうね、ほとんど私は言葉に呑まれるように聞き入っていて、ふと我に返ってみると、この方は姉様の、あるやないやも知れぬ力を利用しようとしているらしい、一軍人が、たかだか狼藉《ろうぜき》者の患者ひとり改心させるために出張って来たというのです。何かしら陰謀めいたものを感じて、私が目配《めくば》せしたのが姉様に通じていたかどうか。姉様は一も二もなく、いいよ、とお答えになりましたし、宗像さんはそれに感謝を述べると、私の方が手強《てごわ》そうと見てとったか、柔らかな言葉を掛けてきたのです。

なあに、危なくなったら止めに入るから心配いらん、不安なら琴枝くん、君も一緒に傍で見守ろうじゃないか。そう声を掛けられた時は、考えをすっかり見透かされているようで、もはや唯々諾々《いいだくだく》と従うほかなかったのでした。

二つ隣の病室は、外からも分かるほど煙草臭く、宗像さんが人払いをし、そこに入っていくのを、二人、廊下の押し車の陰から見守った時には、息が詰まるかと思いました。宗像さんが件《くだん》の青年の寝台に近づいて何か声をかけ、やがて姉様も病室に入っていくのは、ひどくはらはらさせられる見物でした。その若者というのが、遠目にもいかつい面相の、炯眼《けいがん》の御仁でしたし。けれども、寝台に胡坐《あぐら》をかいた青年めがけて、ごくごく自然に蹴躓《けつまず》いた風を装って倒れ、颯《さっ》と抱きついた時のあの姉様の演技といったら、舞台役者はだしの肝《きも》の据わり方でした。

ほとんど不意をつかれたように、おい、と戸惑いか怒りらしい声を発して、姉様を引き剝《は》がそうとしたのでしょうか、青年の伸ばした手がくたりと力を失ったのが傍目《はため》にも明らかでした。姉様に抱きつかれたまま、まるで憑き物が落ちた感じになって、瞳のぎらつきを失った彼の、その顔の不思議なことといったら、まるで忘れていた過去でも取り戻したようでした。

姉様がぱっと手を離し、身を引いて、ごめんなさい、つまずいちゃって、と頭を掻《か》いたのに向けて、青年が落ち着いた柔和な声で、いえ、お気になさらず、と言うのを見ると、それこそ歌劇を見るような、鮮やかで心動かす成り行きに思われたのでした。

首尾《しゅび》よくことが運んで、満足したらしい宗像さんは、あの後、私たちに、もう何年も口にできなかった金平糖《こんぺいとう》など下さりましたし、それどころか母様への見舞金まで包んで頂きましたが、ただ、それまでより眼光を鋭くされていたようにも思えます。

宗像さんが帰られてから、ひとり胸を撫で下ろしていたら、琴枝はああいう人が好きなの、と姉様から尋ねられて、あまりに予想外で慌てふためいてしまいました。まだ宗像さんのことが信じられなかった私は、始終目を離さなかったばかりか、金平糖の入った袋をためつすがめつして怪しいところなどないか確認していたような次第ですのに。

翌々日だったかに、あの病室の青年が警察に出頭した、と、それも、半月前から世間を騒がせていた宝石商殺しの科《とが》で、と、知って肝を冷やしましたが、そのことを寝台の母様から聞かされた時も、姉様は、へえ、と大して驚きもせず、危なっかしく窓枠に腰をかけて足をぶらぶらさせていましたっけ。

今から思えば、宗像さんは、最初まだ姉様の力についてお疑いだったのでしょう。大方あの青年が強盗殺人の兇賊《きょうぞく》と目星はつけており、計略《けいりゃく》どおりに事が運べば好《よ》し、もし思ったような結果を得られなければ、十二歳の少女など捨て置けば良いという心積もり、心算でいらっしゃった。けれども姉様の力を目の当たりにされてすぐ、私たちを引き入れる段取りを整えられたのですから、やはり果断即決で油断ならない方、だった、のだと思います。姉様に出会いさえしなければ、あの方も、有能な帝国軍人として生涯を終えられたのでしょうか。宗像さんが短い間に大尉から少佐にまで身を立てられた理由も、決して姉様の力のみではなかったはずです。

あら、相変わらずくだくだしい文になってしまっていますね。ここから先は次の手紙に書き記すことに致します。もっとも、私がすぐに続きを書いたところで、姉様には、またしばらくお待ち頂くことになりますが。どうかその時まで、姉様の息災を祈っております。

敬具

本庄琴枝

拝啓　鞠奈姉様へ

　私が命を落としてようやく一月《ひとつき》経つ時分ですね。とは言い条、手紙の投函を、日時を言い含めて知り合いに託《たく》すという手管《てくだ》をもってしても、姉様がこの文面を読まれる頃合を、寸分違《たが》わず願い通りにできるとは思いませんが。こちらはと申しますと、二通目を書き終えてからまだ半刻も経っておりません。打ち棄てられた研究室のうら寂しさに少々ぞっとしながら、昔のことを思い返しつつ手紙を記しておりますと、この場所にかつて多くの学生や医師や技師が出入りしていたことが、今では信じられないほどです。

　ただ、宗像さんの計らいで案内して頂いたこの心理研あるいは洗脳研ですが、洗脳や催眠といった軍機《ぐんき》に関わるはずの研究をしていた場所であったにもかかわらず、特別扱いとはいえ私たち子供が出入りできる程度の警戒体制だったのですから、決して花形ではなく、むしろ胡散臭《うさんくさ》いと煙《けむ》たがられていた部局だったのでしょう。

　薄暗い研究室に、体重計や脳電計といった測定器具が整然と並べられた光景は、まるで国民学校の身体検査めいていましたね。あの頃、私たちを驚かせた物々しい装置の数々のうちで、まだ変わらず残されているのは、客人たちが座らされた、背もたれの高い椅子ひとつだけです。頭を覆う電極つきの笠は、ちょうどパーマネントのセットをしているみたいだなと思いましたし、理容師の仕事場に見えなくもありません。各種の検査を終えた客人たちがあの椅子に座らされるたび、姉様の見せる手さばきは、ただ、どんな理容師よりも神業《かみわざ》的でした。

様々な測定器を繋《つな》いだ人体模型や配線を生やしたマネキンを相手にする時、姉様はまるで子供のままごとをなさっているようでしたし、首輪を嵌《は》められた大型犬や猿のような獣を胸にかき抱く時、姉様は猛獣使いのようでしたけれど、何より私の瞼《まぶた》に焼きついたのは、やはり、生きた人間に相対する時の姉様の姿でした。あるいは聖女めいてさえ見える姉様と、その聖別を受ける誰かを遠巻きに見ながら、私は何か、名前の付けられない想いが心に巣食《すく》うのを抑えることができなかったのです。

姉様が迎えるのは、時として、いかにも役人然とした、卑屈と傲慢《ごうまん》の混じった瞳を眼鏡の奥に隠す小男でしたし、時として、その佇《たたず》まいに高貴さを感じさせる、金色の髪と青い目をした異邦人でしたし、時として、目隠しの上に猿轡《さるぐつわ》を嚙まされ、それでも尚《なお》抵抗しているような、傷だらけの屈強な体に猛猛《たけだけ》しい怒りを飼っている青年でしたし、時として、邪教らしき念仏《ねんぶつ》をぶつぶつ唱え続ける神経質そうな年老いた女で、けれどもみな一様に、ことののち、魂の洗濯でも終えたような清々しさに満ちた表情で、姉様の腕から離れるのです。それはほとんど白昼夢のようで、いえ、いまさら隠し立てをしても仕方ありませんね、私は何か悪夢を見ているような心持《こころもち》でいたのです。

私の心に芽生えかけた何かを読み取られたのでしょうか。研究室内に招かれる人間を次々に籠絡《ろうらく》していく姉様に釘付《くぎづ》けになっていた私を、宗像さんは手招きし、少し手伝ってくれ給《たま》え、と麻の袋を抱えさせました。そうして、荷運びを口実に私を姉様から引き離して、歩きがてら語って下さったのは大変興味深いお話でした。

これは、眉に唾《つば》をつけて聞いてくれて構わんのだが。鞠奈くんが持っている力は、突出しているとはいえ、前例が全くない類のものではないらしい。近しいものを並べ立てて、それらと数値で比較することが、能力の分析と解明に最も役立つようでね。精神を物質と同じく、衝撃を与えることで変形変質するものと解釈し、精神に衝撃をもたらす擬似《ぎじ》的エネルギーの強さを、伊太利《イタリヤ》の伝説的な聖人の名からとってベルナルドーレという単位で定義している。

宗像さんの仰る通り眉唾といえばその通りの話でしたが、なんでも、その聖人というのは、基督《キリスト》教の真理を探していた折、ある貧民から抱擁《ほうよう》を受けた瞬間に無上《むじょう》の愛を感じ、天《てん》啓《けい》を得て真の教えに目覚めたのだということです。その話を伺った時に、あるいはその貧民というのは、姉様と同じ力を持っていたのではないかと思ったものです。

実験の合間に同じ話を聞かされたはずの姉様は、きっと真面目に聞いていらっしゃらなかったと思いますが、私は今でも、あの時宗像さんの仰った数値を諳《そら》んじることができます。覚醒剤《かくせい》の常用が三十ベルナルドーレ、電気的な衝撃による臨死体験が五十ベルナルドーレ、光と音のない密室での隔離生活三十日が百ベルナルドーレ、そして姉様の抱擁がおおよそ、二百から三百ベルナルドーレ。この擬似的エネルギー量が、そのまま精神の変質度合いへ比例するのではなく、エネルギーを受けた人間の目方によって増減することもわかっているとのことでした。つまり同じ度合いの衝撃を与えた場合、大人では耐えることが容易でも、子供だったり目方が決定的に少なければ、精神はより甚大《じんだい》な影響を受け、命さえ脅《おびや》かされるということだそうです。

だから鞠奈くんは、相手の目方を本能的に見極《みきわ》めて、その力の振るい方を知らず知らずのうちに変えているのかも知れない、と感心したように仰る宗像さんは、研究室の端にあった円卓の上に、私の抱えていた麻袋、重さにやむをえず抱き締めるような形で運んでいたそれを置くように命じました。

そして、私が言われるがままに袋の結び目を解くと、麻袋の中から、にゃあ、という声が響きました。そこからひょっこり首と片手を出してきたのは、生きた猫じゃありませんか。驚いて私が声を上げると、鋭い爪で手を引っかかれそうになったので、私は慌てて飛び退《すさ》りました。

なよやかに床に足を着いた猫が、落ちてきた麻袋を振り払って、警戒心をむき出しにした表情でこちらを睨《にら》み付けると、ふむ、と宗像さんが顎《あご》に手を当てます。

やはり姉妹とはいえ同じ力を持ってはおらんようだね、同じように鞠奈くんが抱えた猫は皆大人しくなるのだが、と仰られて初めて、私は謀《はか》られたのだと知りました。

これはあんまりな見込み違いでした。私は姉様と違って、人様を心変わりさせるような特別な力は持っておりませんでしたから。

私の戸惑いを落胆と見たのか、宗像さんは続けました。

とはいえ、長い間鞠奈くんと一緒に暮らしているというのに、見たところ、彼女の力の洗礼を受けているように思えない。何がしか、君の方にも免疫めいたもの、鞠奈くんの力を透《とお》さぬ防御壁があるのではないか。

そんなことを仰られて、私は本当のところを白状せざるを得ませんでした。

実は昔から、人に抱きつかれるのが苦手で、それが母や父の手ですら振り払う有様《ありさま》だったので、きっと何度かあったはずの姉様の抱擁も、力が及ぶ前に跳ね除けてきたのでしょう、と。

なるほど、そういうことなら合点《がてん》は行くが、あるいは彼女の妹として、君には生来、その力を避ける傾向が備わっていたのかも知れん。それならまあ、滅多なことは起こらんと思うが、私も用心するから君も気をつけるようにな、と続けられた時、私はきょとんとしてしまったように覚えています。そんな私を見て、ああ、君にはまだ早かったかな、忘れてくれ、と頭を撫でて下すった宗像さんは、常より少し寂しげに見えたのでした。その日の帰り際に宗像さんがお渡し下さった、美しく透き通ったラムネの瓶《びん》の重みをまだ覚えております。時節に合わぬ贅沢品を手に入れた後ろ暗さに、服に隠すようにして持ち歩いた瓶の、ひやりと涼しかったことも。

きっかけは、その帰りに豆腐屋の喇叭《らっぱ》を聞いたことでした。幼い頃、あの奇妙な音を出す楽器をねだった姉様に、父様が古道具屋で見繕ってきた喇叭を買い与えられたことがありましたけれど、私は喇叭の音を聞くたびに父様の温かい笑顔を思い出すのです。その時も、ひとつ隣の路地を進んでいくらしい調子はずれな高音に、優しかった父様の姿が思い出されましたが、そこに何か心を引っ掻《か》くものがありました。思えば姉様は、幼少の砌《みぎり》から、父様や母様に「だっこ」をせがんで、抱きつくことを常々しておられましたから、あるいは、お優しかった父様や母様にも、いくばくかその力が及んでいたのかもしれない。父様や母様は、お忙しい時も愚痴《ぐち》めいたことを仰らず、私たちが悪さをしても叱らず、優しく訓《さと》すような方だったのだし。宗像さんが手配して下さった女中さんが、姉様から距離を置いていることも思い出されました。

そこまで考えて、更にまた、嫌な考えが頭に浮かんでしまったのです。もしも姉様からの抱擁を受けて真っ当な心根の人間になれたとして、その真っ当さは私自身のものなのでしょうか。そうか、宗像さんが仄《ほの》めかそうとしていたことは、その力がこちらに向かうのではないか、それはどういうことなのか、という恐れや戸惑いだったのだ、と思い至りました。

よりにもよって、姉様と一緒に昏《く》れゆく家路を辿るうちに、それを悟ってしまったのです。既に空《から》になってしまったラムネの瓶を振り回して、電信柱の周りを飛び群れる赤蜻蛉《とんぼ》と戯《たわむ》れていた姉様の、白い頸《うなじ》を見つめたまま、私は凍ったように動けなくて。ふとこちらを振り向いて、どうしたの、という言葉を投げかけられた姉様の屈託《くったく》ない微笑みに、いいえ、なんでもありません、と答えた時、胸のうちを見透かされないよう祈っている己に気づいたのでした。

ただ、父様が姉様に喇叭を買って下さったことを思い出して。そう私が何とか誤魔化すと、姉様は目を細めて、懐かしいなあ、父様が琴枝にも何か買ってあげようとしたら、皆仲良く幸せに暮らせるだけで十分です、それ以上に必要な物はありませんなんて答えるんだもの、と笑窪《えくぼ》を見せながら仰っていましたが、私は上《うわ》の空でした。

今こそ偽らざるところを申し上げます。その日を境に私は姉様を恐れるようになっていました。たとえば夜、姉様が隣の布団で寝息を立て始めるまでまんじりともできませんでしたし、たとえば夕刻、宗像さんのご親戚から頂いた麩《ふ》菓子を抱えて、頬を上気させた姉様が駆け寄って来られた時には、頭の中で、その場から飛び退《の》く自分を思い描きました。それでいて恐れをおくびにも出さず、姉様に相対し続ける辛苦は、武道の修練さながらに烈《はげ》しく胸を揺すぶったのです。隣組の方々に極《き》まり悪いほど暮らし向きは楽になったとはいえ、国民学校の友達が悉《ことごと》く信州へ疎開してしまったために、姉様の傍にいることが平素よりも長くなった生活は、息が詰まるようなものでした。

やがて私は自分自身が姉様に怯《おび》えている、という負い目に堪《た》え切れず、せめて早く戦争が終わってくれないだろうか、そうすれば全て元通りになるのに、とこれまで以上に強く祈ることになりますが、それが現実となっても何らの解決にもならなかったのはご承知の通りで、やはり私は、姉様に比べ浅はかな子供に過ぎなかったのでした。

また先走ってしまいました。焦眉《しょうび》の急とは申せ、この手紙のためにあまりに夜更かしをするのは我ながら身の毒とも思いますし、逸《はや》る気を落ちつけるためにも、一度筆を置かせて頂きますね。姉様も風邪など引かれぬよう、くれぐれもご自愛下さい。

敬具

本庄琴枝

拝啓　鞠奈姉様へ

この手紙を姉様が待ち兼ねたりされず、手紙どころか妹のことさえ頭からすっかり忘れ去っていらっしゃったら幸いです。

如何に唯一の肉親であったとはいえ、流石《さすが》に世を去って半年にもなる相手について思い悩まれているようでしたら、それは私の本意ではありません。四六時中、血を分けた姉妹のことについて思い煩《わずら》わされることの辛さは、私も骨身に染みて知っております。

兼《かね》てお送りした手紙で、姉様を恐れていた、と申し上げましたね。姉様の力について知っていた人はもっと多かったのでしょうが、恐らく、世界でその恐れを真実共にしていたのは、私と宗像さんぐらいだったのだと思います。なぜって、研究所ですれ違う方々は、みな、あの悟ったような表情でいらっしゃったし、姉様の力が静電気で増幅されるらしいとか、姉様が眠られている時にも力は発揮されるらしいとか、様々教えて下さった技師の方々も、まるで解脱《げだつ》した高僧のような穏やかな顔だったことを覚えておりますから。大方、宗像さんは計画に携《たずさ》わる人間を上から下まで、姉様と面通し、もとい、腕通しをなされたのでしょう。

思えば世間の風向きについてもおかしな様相でした。ほんの二月、三月前には悲壮なまでに勇ましく、一億玉砕を鼓舞していた新聞やラジオの言葉が、あからさまに厭戦《えんせん》和平に傾き始め、遂《つい》には堂々と無策な軍部を非難するようになっても、何ら咎《とが》めがなかったのは、一体、もともとなるべくしてそうなったのか、或いは姉様が手を回した相手がそれだけの要人たちだったのか、私には知るべくもありませんが。

いずれにせよ、記者や新聞社の社長や代議士や軍人、様々な人種の方々を、あの洗脳研で、あるいは基地や料亭や議会など至る所で姉様に引き合わせた宗像さんの手腕というのも、称《たた》えられるべきでしょう。

そんなことを私から宗像さんに申し上げましたら、いやいや、とあの方は首を横に振られました。

丸きり手柄は鞠奈くんのものだよ、何しろ、一人を改心させれば、その改心した奴が、知り合いのお偉いさんを十人ばかし説き伏せて、鞠奈くんのところに連れてきてくれるわけで、そいつらを改心させたら、また新たに客を連れてくる。藁《わら》しべ長者と鼠算《ねずみざん》を一緒くたにやっているようなもので、あっという間にこの国の首根っこを掴んでしまった。本来は、外交の風通しを良くしようと思っていただけなんだが、とんとん拍子も度が過ぎると空恐ろしいだけだな、と、被った軍帽のつばを手で摘《つま》み、私にこう尋ねられました。

君はまだ、正しくないことができるかい、たとえば憎いとか恨めしいとか思った相手を害することができるかね。

そうお訊きになる宗像さんは、運転席にいらっしゃって、斜め後ろに座る私から窺《うかが》えた眼差しは、常と同じ落ち着きに満ちていましたけれど、ひどく真剣な物言いでしたので、私は、ご質問の意味を幾度も咀嚼《そしやく》してから、はい、と答えました。

宗像さんはいかがですか、と尋ねますと、あの方は笑い声を立てて仰いました。

君も見れば分かるだろう、私のやっていることは御国《おくに》のためにはなっても世のため人のためになることではない、お天道《てんとう》様に顔向けできるようなことなら、こそこそ隠れて動き回ったりしないさ。まあだから、私が自分の行いを人道に悖《もと》るかどうか思い悩み始めたら、それは最早《もはや》私ではないから、後は任せるよ、と。

その宗像さんにとっては、私は片棒担ぎだったのだと思います。養子縁組からこっち、姉様は私達の仲を変に勘繰《かんぐ》っておられましたが、宗像さんは最後まで、私に男女の仲になれと仄めかすような素振《そぶ》りも見せませんでした。

身支度を終えた姉様が漸《ようや》く玄関から走ってきて、軽らかに車に滑り込んでいらっしゃったので、宗像さんの真意を問い質《ただ》すことは叶わずに終わりました。

車がようやく動き出した時、私は、隣に座った姉様を眺めやって、ああ姉様ったら、釦《ぼたん》の穴を掛け違えてらっしゃいますよ、と申し上げて、つい姉様の洋服に手を伸ばしたのですが、その刹那《せつな》私に走った戦慄《わなな》きに、お気づきになっていたでしょうか。

私が姉様の釦をひとつひとつ外しては嵌め直していく間に、ほんの気まぐれひとつで姉様が私を抱き締め、後顧《こうこ》の憂《うれ》いを断《た》とうとするんじゃないかと、嫌な想像をしてしまったのです。

さりとて、今さら手を引っ込めるのも躊躇《ためら》われました。子供の頃から、姉様が釦を掛け違えていて私がそれを直して差し上げる、といった儀式は日常茶飯事でしたから、それを翻《ひるがえ》すのは姉様への怯えを気取《けど》られてしまいそうで憚《はばか》られましたから。

もう、ちゃんと鏡をご覧になって下さいね、と申し上げる私と、ごめんごめん、今度から気を付けるよ、と仰る姉様と。その何度も味わったはずの言葉の遣《や》り取りが、私の耳にはいつになく白々しく虚《うつ》ろに響きました。ずれた釦を外し別の穴に通すだけの手仕事に、私は不自然に指先が顫《ふる》えたのを、車の揺れによるものだと姉様が勘違いして下さるよう、私は祈るばかりでした。

横須賀《よこすか》でお見送りする時、姉様になんと申し上げたのでしたっけ。

そう、確か、姉様が通訳だなんて何かの冗談みたいですね、でしたか。

重責を負って船出する方を送り出す言葉としては、失礼だったかも知れませんね。姉様は笑って下さいましたけれど。

御武運を、と申し上げて、元気でね、琴枝の一番欲しい物を贈るからお土産も楽しみにしてて、と戻ってきたのが、思えば最後に私たちが面と向かって交わした言葉だったのですね。

宗像さんの部下の方の運転で家路を辿る時、開いた窓から行きには気づかなかった磯風の匂いを嗅《か》いで初めて、自分がひどく気を張り続けていたことを知ったのでした。

和平交渉成立の旨は、そこから一週間後のお昼のラジオ放送で真っ先に流れました。丁度、精霊馬《しょうりょううま》を作っている最中で、胡瓜《きゅうり》に割り箸を突き立てる手を止め、その報に耳を傾けたのです。

帝国が領土領海を失わず、あまつさえ賠償金も支払わずに停戦を成し遂げたというのは、やはり姉様が他国の誰かを抱き込んでいたためなのでしょう。

私は安堵《あんど》しました。漸く姉様がなすべきことを終えて、全て元通りになるのだ、私たちは普通の姉妹に戻るのだと。一抹《いちまつ》の不安こそあれ、ほとんど浮き足立ってしまって、女中さんに断りを入れ、私はそのまま家の外へ出ました。

そして、和平の報《しら》せにざわめく街頭をさまようち、電気屋の隣の辻に立って演説されている人を、私は見つけたのです。洗脳研で椅子に座らされているのを見た壮年の男性でした。その方が新しい世界が云々《うんぬん》と熱を込めて喋っておられて、その周りでやはり見た顔がいくつも並んでいて、仰天したことと言ったら。子供ながらにビラを配っていたのは、高畑さんところの光郎ちゃんや、お寺の俊之介《しゅんのすけ》くん、裏の美与《みよ》ちゃん、見知らぬ顔もありましたが、姉様の御業に感化された人たちだったのでしょう。

差し出されたビラを摑み取り、わら半紙を穴の開くほど見つめます。男性は本土決戦派から転向した貴族院議員の某《なにがし》ということで、曰く、争いや理不尽のない世界、全ての人が安穏と幸福のうちに暮らせる世界を作ろう、という思想を広めるべく慈善活動をされている一員なのだと書かれておりました。

演説やビラ配りに足を止める人々は、少し前であったら憲兵が駆けつけたであろう所業に、しかし野次を飛ばすでもなく、冷笑するでもなく聞き入っております。無論、新聞やラジオで、非暴力的な思想、自由な言論を推す風潮が喧伝《けんでん》されていたからでしょう。けれどその中で私は、ビラを握りしめたまま、別な理由でほとんど立ちすくんでおりました。

私は、姉様が宗像さんの指示のもと、皇国《こうこく》を救うことにのみ砕身されているのだと思っておりましたから、そのビラを見て、姉様の変えようとするのがこの国ひとつでは済まないのではないかと、憂いの念がとめどなく溢れて来たのです。面《おもて》を伏せて逃げるように帰ったその日、家に戻ってから組み上げようとした精霊馬は、どんなに工夫してもぱたりと倒れてしまって役をなしませんでした。

姉様がそのまま宗像さんとご一緒に慌ただしく米国に渡り、間をあけず欧州に渡られたのは、青天の霹靂《へきれき》と言うべきでしょうか、予想通りの 禍《わざわい》 と言うべきでしょうか。勿論、もはや皇国からは姉様が力を振るうべき相手が既に消え失せてしまっていたのでしょうし、国益を考えれば、各国の首脳やら外交官やらを惑わすのも確かに理に適《かな》っておりましたけれど、私の中では、宗像さんの残していった言葉が木霊《こだま》し続けておりました。

また打ち明け話をしなければなりません。私は、和平が成ったその日の晩、細切りの胡瓜がのった素麺《そうめん》をどうにかこうにか口に押し込んだ後から、めっきり食欲が失せ、食べ物はほとんど喉を通らず、日毎《ひごと》の食事の数も少なくなりました。女中さんに心配されても節食を続け、ここしばらくは、白湯《さゆ》と漬物くらいしか摂《と》っておりません。今、研究所の鏡に映した私の姿は幽霊と見紛《みまご》うばかりです。実の所、手紙が細切れなのは、長い文章を書き通せないくらいに身が弱っているという所以《ゆえん》もあるのです。

どうぞご心配なく。次にお送りするのが、私から姉様への最後の便《たよ》りになりますので。お手元に届くのが一週後なのか、ひと月後なのか、数年とか数十年といった先のことなのか、気長にお待ち頂ければ幸いです。

敬具

本庄琴枝

拝啓　鞠奈姉様へ

錦秋の候、如何お過ごしでしょうか。いよいよこれが最後の手紙になります。私が死んでから二年のうちに、もし郵便の届け方が変わっていたとしても、過《あやま》たず姉様のお手元に届いていることと思います。

なぜならこの手紙は、信頼のおける篤志家《とくしか》の方に投函をお願いしているからです。かつて犯した罪を悔い、恩赦の後、私財を注《つ》ぎ込んで戦災孤児のための食堂を運営されている方です。お名前を出したところで姉様はきっと覚えていらっしゃらないでしょうけれど、かつて母様の病室の二部屋先に入院されていたこともおありですのよ。

ええ、姉様の力の洗礼を受けた方であれば、月日が経っても、約束を反故《ほご》にしたり忘れたりするような不義理なことはなさらないでしょうからね。

そもそも、一通で済まさず、回りくどく何通もお手紙をお送りしたのは、私の懊悩《おうのう》した日々と同じくらいの長さを、姉様には味わって頂きたかったという、いわば意趣《いしゅ》返しめいた思いつきからなのですが、その念願は叶っているでしょうか。姉様がいつも私を驚かせたくらいに、私は姉様を驚かせられているでしょうか。

宗像さんからのお電話を受けた時も、ああ、とうとうやってしまったのだな、と私は狼狽《うろた》えたものでした。底知れぬ狡知《こうち》を感じさせたあの声、本心を窺わせなかったあの涼しい声音からは、すっかり毒気が消え、電話の中身といえば、家に残してある研究の成果を残らず廃棄してくれ、というものでしたから。

そこへもってきて、姉様から届いたあの電報でしょう、ゴメン　ムナカタサンノコト　シカタナカッタのたった十九音だけで、寝込みを襲ったのか不意をついたのか分かりませんけど、起きたことには想像がつきました。或いは、油断のなかった宗像さんを、姉様が手《て》懐《なず》けた人々に取り囲ませて屈服させたのでしょうか。慌てこそしましたけれど、姉様を御国のために利用しようとし続けたあの方が、いずれ姉様の手にかかるのではないかということについては薄《うっす》らと覚悟しておりましたので、やがて恐怖よりも、来るべき時が来てしまったのだという諦念《ていねん》の方が勝ったのでした。

宗像少佐はとどのつまり、姉様の力について全てをご存知だったからこそ、姉様のことを誰よりも恐れていて、それゆえに私を傍に置き続けたのでしょう。ご自身と同じくらい姉様の力に知悉《ちしつ》しながら、その力に呑まれたことのない人間を、あたかも御守《おまも》りのように、後生大事にされていたのでしょう。それがあの方と私を繋ぎとめていたのでした。だから離れてのち、あの方と私がそれぞれ破滅に向かったのも半ば必定ではないでしょうか。

先般の手紙で申し上げたとおり、私はいつからか姉様を恐れておりました。しかし、これはほんの数日前なのですが、不意に気づいたのです。恐れていたのは、実は姉様も同じだったのではないかと。

己の持つ力で他人《ひと》の心を正しい方に均《なら》すことができるのであれば、いずれ歯止めがきかなくなるかも知れない。世界の大半を己に賛同する、正しい心の持ち主にすることができるのであれば、果たしてその誘惑に、自身が打ち克《か》てるだろうか、そうお考えになったのでしょう。

同じ屋根の下に暮らした姉妹ですもの、いくら私が人に抱き締められるのを嫌っていたとはいえ、私の隙《すき》をついて抱きすくめることはいつでも叶ったでしょうに、姉様がご自身の力を私に振るわなかったのは、最後の線引きをされていたのだと私は気づいたのです。力によって人の心を溶かすことのやましさゆえに、姉様は、その御業で新世界を築くにあたり、旧世界の水準器めいたものとして、私を捨て置くことに決められたのでしょう。

どれだけ世界の人心を捻《ね》じ曲げる行為に手を染めても、唯一手つかずの者、御業を授けていない妹が存在する限りは、世界全てを塗り替えた罪は負わずに済むのだと。

ご自身で危うさに気づきながら、転がりだした雪玉が決して止まることのないように、姉様は既に止まることはできないでしょう。姉様が、いつどんな想いで新たな世界を築こうと決めたのかは定かではありませんが、今、姉様が欧州で目にされているのは、甚大な戦火の爪痕《つめあと》であり、憎悪を燃やす人々であり、姉様が手を差し伸べ続けることは必然至極の、避け得ぬ途《みち》でしょう。

そして私自身、もはや言葉によって姉様を止める術《すべ》を、持ち合わせておりません。人ひとり殺さずに世界を正しくしようとしている方に掛けるべき、もっと正しい言葉なんてあるはずもないでしょう。

けれど私は妹として、姉様が世界を救い、姉様が人々に慕《した》われ敬われて、姉様の全てが赦される世界で、ただ一人姉様の奇跡を浴びぬ弾《はじ》かれ者として生きることを拒みます。

いつかの謎々の答えは、とっくにお分かりかと思います。私が計画を練り、姉様の手にかかって、私は死ぬのです。

お優しい姉様のことです。私がそちらに伺うことを予《あらかじ》め電報でお伝えしておけば、お贈りした外套を羽織って出迎えて下さるでしょう。姉様はきっと、その服を少しばかり暖かすぎる、ちくちくしすぎると思いながら、駅の入口で、列車が滑り込んでくるのをお待ちになるはずです。

列車が止まるや否や、扉から飛び出し、警笛の鳴り響くホームを駆けて、挨拶さえなしに姉様のもとへ走り寄って参ります。血相《けっそう》を変えて、よくも宗像さんを、そう叫びながら短刀を振り上げれば、姉様はすっかり騙《だま》されて下さるでしょう。姉様が最後まで、私が宗像少佐に惚《ほ》れていると誤解なさっていたのは勿怪《もっけ》の幸いでした。

どうかご心配なさらず、生憎と短刀は偽物ですから、万に一つも姉様を傷つけることはございません。演芸場の奇術師が使う紛い物の短刀を、この時のために手に入れたのです。私はできる限り大袈裟《おおげさ》な動きで、不慣れな手つきでそれを振り回します。姉様が私の隙をついて、私の始末を図《はか》れるように、死に到《いた》る量ぎりぎりの愛情をもって私を抱擁し、改心させられるように。これまで私相手に使わずにいた力を、使わざるを得ないように。

そして、それこそ私の思う壺なのです。姉様が愛情を与える時、相手の目方に応じて分量を加減しているならば、それを読み誤らせることで、私の望む結果を得られる、そう私は考えたのです。寝ぼけたまま姉様が抱き締め、死なせてしまったいつかの猫のように。

先のお手紙でもお伝えしました通り、私は今や痩《や》せ細り、枯枝《かれえだ》もかくやというような頼りない身体、大風が来れば吹き飛ばされてしまいそうな有様です。ですが、お会いする時には痩《こ》けた頬には脱脂綿を詰め、血色の悪い顔には白粉《おしろい》をはたき、重ね着した服の下にもやはり詰め物をして、十分にめかしこんで、姉様が私の変貌にお気づきにならないように用心して参ります。夜を選んで、時間もかけなければ、目敏《めざと》い姉様を出し抜けるでしょう。

姉様の御業がもたらす力は、姉様が目方を見誤ったがために、私の体には受けきれぬ強さとなるはずであり、しかも、外套の中で静電気によって膨れ上がってさえいます。姉様が両の腕《かいな》で私をひしと抱き締めた瞬間、私の中に降りかかる聖《きよ》らかな衝撃は、命を奪うに十分なものとなるはずです。私の血潮が凍り付き、胸の鼓動が絶える時、私は姉様の温かな首筋と、濡羽《ぬれば》色の髪に溺れているでしょう。

世界のあらゆる国、あらゆる人々が、姉様の抱擁で愛に満たされた暁《あかつき》にも、私は、姉様の抱擁によって殺されたただ一人の人間として、彼岸《ひがん》からそちらを見守り続けましょう。二度と再び面と向かわず、偽りの安息を演じずに済むようになってやっと、私は貴女と、元通りの姉妹に戻れるのだと思っております。

ただ私にも、淡い希望めいたこともございます。あるいは私が死んだのち、姉様がこれまで通り、他人を抱き締め続けられなくなるかも知れないということです。実の妹を殺したのと同じ手段で、世界を善導し続けるという行為の疚《やま》しさに、それができなくなるかも知れません。私の死があたかも呪いのように姉様を縛り、姉様がもはや力を使えずにいるのであれば、命を擲《なげう》った甲斐があったというものですが、それは虫のいい話だとも承知しております。

欧州の空か皇国の空か、姉様は今どんな空の下で、この手紙を読まれているでしょうか。

先立つ不孝をお許し下さい。

そして、私の死地をあなたの腕の中に選ぶ無礼を、どうかお許し下さい。

お慕い申し上げております。

敬具

本庄琴枝

シンギュラリティ・ソヴィエト

魂さえも溶け出しそうな炎暑の夜、六億とも七億ともいわれる人々の瞳が、死人の投げたコインが卓に落ち回転を止めるとき、裏表いずれを示すのか見届けようとしている。コインは八年にわたって空中にあり、そのトスを行ったギャンブラーは——二つの事業において東側と競っていた西側諸国の資本を、一方にのみ、人類を月面に送るプロジェクトにだけ集中させると選択した大統領は——既にこの世の人ではなく、合衆国の指導者は、民主党員から共和党員へと交代していた。

そう、八年にわたって！　あまりに長い歳月だった。一九六一年に偉大なケネディが、十年以内に人類を月面に立たせると演説したあの日から、合衆国民は、宇宙への熱狂に酔いながらも、時おり思い出したようにちらつく、ある種の不安に苛《さいな》まれた。陸海空の軍事力が東西で拮抗《きつこう》した今、宇宙空間を征服した陣営が覇権を握ることは疑いなく、次代の領土争いは、軌道上や月面を舞台に行われるだろう。ゆえにアポロ計画に国力を注ぐという決断は、東西冷戦を制するために正しい選択である。論理的帰結。西側の人々は、その論理を信じ、あるいは信じ得ることを願った。けれどもケネディが斃《たお》れ、ジョンソンが退き、ニクソンが計画を継承していく間、カーテンの向こう側の陣営が不気味な沈黙を貫くのを見るにつれ、自分たちが本当に正しい道筋を選び取ったのかどうか、迷わされた。一般国民も、軍人も、政治家たちも、一人として確証を持てないまま、二叉の道のひと筋をひたすらに進み続けていて、そして迷い羊たちにとって、八年は長すぎる道程だったのだ。

だが今——彼らの不安は拭い去られようとしている。今、たった今だ！

久しく続いた焦燥の時が終わりに近づいている。世界中の人々が、自由主義がギャンブルに勝つ瞬間をテレビ画面で見つめている。ラジオ越しに聞き届けようと待ち構えている。

暑い晩だった。

恐らくは、西側のあらゆる国の酒場がそうであったように、テキサスの片田舎のバーでも、テレビ画面から流れる解説者の声と、店の中で上がる歓声、笑声《しょうせい》、喝采《かっさい》、そしてグラスのぶつかる音が、熱気の中に混じりあい、祝福すべき夜を彩っていた。客は二十人足らず、それでも店にとっては開業以来三十年で一番の人ごみで、その記録は未来にわたって破られることはないだろう。座席は足りず、酒樽に腰を下ろす者も、壁にもたれかかる者も、カウンターの上に座る者さえいたが、皆、上機嫌に酩酊《めいてい》していて、立ち込める酒の匂いは、客たちの熱が酒瓶の中身を気化させたかのようだった。ただ一人素面《しらふ》であったのは、常連客の息子、歴史的なテレビ中継を生で見たいと、父親にせがんで店についてきた少年だが、彼もまた熱狂の渦に酔い、溺れていた。店を埋める酔いどれたちと同じく、その視線は、カウンターに動かされたブラウン管式テレビの、膨らんだ画面に向けて熱く注がれていた。

着陸船に取り付けられたカメラや、アームストロング船長が携行したカメラの映し出す、偉大な映像の一つ一つに歓呼の声が上がった。彼らは全ての歴史を目撃した。アームストロング船長がはしごを降りるのを観た。オルドリン飛行士の両足で踏み切るジャンプを観た。二人が月の大地にくっきりと足跡を刻むのを観た。

そして、二人が星条旗を月面に立てたとき、自由主義社会の勝利を示すシンボルを薄い大気中に永久に翻《ひるがえ》らせようとしたとき、七億に迫る人々が、食い入るように見つめる画面の中に――「それ」を視た。

月面に突き立ったポールに掲げられた旗、彼らの慣れ親しんだ星条旗が、まるで奇術かマスゲームのように瞬く間に塗り替わった。星とストライプの文様が、鎌と槌と歯車へ。

モノクロの映像でその色彩は分からないが、それが禍々《まがまが》しい赤色の旗であることは、敵陣の脅威を忘れたことのない人々にとっては自明だった。

悪夢はひとつではなかった。着陸船イーグルの隣に、前触れも無く忽然《こつぜん》と現れたのは、まるで数十年前からその場所に在《あ》ったように厳然と佇《たたず》む銅像、ほとんど着陸船と同じ高さのある、片手を掲げたスターリンの銅像だった。

何が起きたのか、最初は誰もが理解できなかった。だから西側全ての酒場がそうであったように、テキサスの片田舎のそのバーにも、底冷えするような沈黙が覆いかぶさった。

ニール・アームストロング、ほんの数秒前まで人類の英雄だった男は、そこから先の人生の大半を、道化として、絶え間ない失意と絶望に生きることになったが、彼が月面に膝を突く姿が、衆目に晒されずに済んだことは唯一の慰めだっただろう。二人の宇宙飛行士が驚きに身を固まらせているうちに、テレビの画面が切り替わったのだ。オーストラリアの天文台を中継して放送されていた月面からの映像は、ひどく殺風景な、執務室らしき場所の映像へと移った。白髪をオールバックにした気難しげな男が、執務机に向かい、椅子に座って喋っている。突き刺すような鋭い発音で、何かを述べている。机の上には、得体の知れない、アルミのようにつるりとした金属製の頭部、卵形で、目鼻の凹凸も控えめな、人形の部品めいたもの。

割り込みの放送は英語ではなくロシア語で行われたために、英語圏の人々は翌日の新聞記事を読むまで全文を知れなかったし、日頃の情報統制もあって、演説者が連邦の書記長ブレジネフであることを知る者は決して多くなかった。

しかしながら、言葉が分からない人々にも演説の趣旨は理解することができた。月面で起こった人智を超えた出来事を見て、それが人類には理解不能な技術で成されたと確信して、抱き続けたおそれが幻想ではなかったこと、もう一つの道を選ぶのが正答であったことを、思い知らされたからだ。バーにいた人々はようやく言葉を取り戻したが、彼らの口から溢れだしたのは呪詛《じゅそ》と憎悪と当惑と、喪失のうめきばかりだった。少年はテレビ画面から目を離せぬまま、それでも身を縮めて、気づかぬうちにひとり震えていた。大人たちの豹変《ひょうへん》と、明日からの世界の在りように怯えて。

ブレジネフ書記長の演説、あるいは勝利宣言のハイライトは、こういうものだった。

「我らソヴィエト人民の人工知能――『ヴォジャノーイ』は、技術的特異点《テフノロギーチエスカヤ・シングリヤルノスチ》を突破した」

世界標準時一九六九年七月二十一日未明、自由主義諸国はコイントスに負け、《連邦のシンギュラリティ》時代の曙光《しょこう》を呆然と迎えた。

◆◆◆

かつてモスクワの夜は、凍るほどに冷たく霊的なばかりに静謐《せいひつ》だった——シングリャルノスチ以前は。その静寂の記憶はもうヴィーカにとって朧気《おぼろげ》で、人民銀行に接続しなければ呼び起こせないものになっている。仕方のないことだ。たった今、一九七六年九月五日二十一時のモスクワは、間断ないざわめきと、肌色の洪水に満たされているのだ。

ヴィーカの眼前、地下鉄駅と博物館を結ぶ人工知能通りは、見渡す限り、路面を這いずって進む大量の赤ん坊で埋まっている。赤ん坊たちはみな全裸で、軍隊の行進のごとく整然と四つん這いで進んでいく。風邪を引く心配はないだろう、労働者現実を温度表示に切り替えて見れば、地熱パネルや空中を漂う天道虫型の気象扇の恩恵で、彼らの周辺だけ三十度を超えている。

案ずるべきは赤ん坊たちではなく、彼女自身の身だ。人通りが絶えているからには、警報は鳴っていたのだろう。それを聞き逃してしまっていた上に、うっかり踏んで『破損』させてしまった場合には、食料切符の切り下げ速度が速くなってしまう。それだけならまだしも、当局に拘束されてしまったら一大事だ。ジェーニャの七歳の誕生日が控えているのだ。朝、大事な日に帰ってこない保護者をバースデーケーキの前で待つことになって、ジェーニャがどう思うことか。・どうも思わなかったとしても、こちらの寝覚めが悪い。蠟燭《ろうそく》の買い置きは残っていただろうか、と考えて、かつて義姉《あね》が教えてくれたことを思い出した。

大祖国戦争の頃、ドイツ人《ニェーメッツ》の子供の誕生日会を見たことがあったの。六歳で、亡命してきた銀行家の御子息だったわ。食糧不足が深刻になる前で、なんとか小麦粉をかき集めてきて、小さなケーキを作るくらいはできた。お菓子に年の数だけ蠟燭を立てたり、歌でお祝いする風習はこちらと敵国でもさして変わらないというのが微笑《ほほえ》ましくて。けれど、もちろん細かな違いもあるみたいで――

義姉がどうしてそんな話題を振ってきたのかは思い出せない。ヴィーカにとって、十歳年上でレニングラード暮らしの共産党員だった兄からして遠い存在だった。その兄が伴侶《はんりょ》に選んだ、兄よりも更に十歳以上年上の女性は、ほとんど別世界の人間のように思っていた。その気後れを義姉も感じ取っていたのかも知れないし、義姉の方も、歳の離れた子供と話をすることに慣れていなかったのかも知れない。義姉は大祖国戦争で肉親全てを失った上に、ハンガリー動乱時に夫をも亡くし、天涯孤独の身だった。

いずれにせよ、揺れの激しい列車の中で、義姉が懸命に言葉を紡いでいた場面はまだ瞼に焼き付いている。その時ヴィーカは、相手の容姿の極端な若さと柔らかな態度で、何か姉ができたような気持ちになったのだった。そのことを伝えたら、虚をつかれたような表情になってから、不器用そうに少し微笑んだのを、ヴィーカは覚えている。

思えばあれが、二週間だけ共に暮らした義姉の見せた、数少ない笑顔ではなかっただろうか。

もう一つの笑顔は列車旅行より前、ヴィーカの誕生日。義姉が焼いてくれた蜂蜜ケーキ《メドヴィーク》は、形こそ崩れていたものの、甘く柔らかな風味は今も忘れられない。料理に不慣れな自身を恥じていた義姉が、幼いヴィーカの喜びを見て浮かべた、望外の反応に戸惑うような笑顔──

そんな風にヴィーカが物思いに耽っているうち、赤ん坊の行進が更に近づいてきた。脇道に逸れ、通りの銅像の後ろに身を隠す。咄嗟《とっさ》に隠れてから、誰に身を委《ゆだ》ねたのか顔を上げて確かめると、よりによってテルミン博士の髭面《ひげづら》だった。ヴィーカは腕の中の、食料品の入った紙袋をひときわ強く腹に押し付けた。

『同志ヴィーカ』

声に足元を見ると、路上の赤ん坊の一人がこちらを見るでもなく這い進みながら流暢な言葉を吐いた。

『現時点から、党員現実の使用を許可する』

『刻限は明朝五時まで』

『状況次第で延長もしくは短縮もあり得る』

次々に押し寄せては流れていく赤ん坊が、一度もこちらを向かず一言ずつ伝えていく。非効率なこと甚《はなは》だしいが、少しでも多く声帯の慣らし運転をするつもりなのだろうか。

「同志ヴォジャノーイへ、了解」

脳内で労働者現実が党員現実に切り替わる、数秒の目眩《めまい》を覚えながらも、反射的に回答する。大気中を漂っていた気象扇たちが羽を動かし、熱をこちらに向け、途端に室内のような暖かさが身を包んだ。脳の視覚補正によって夜が更に明るさを増し、視力が向上していく。網膜に進むべきルートが逐次、表示される。緑色の足跡を順々に踏んで、不規則に動く赤ん坊たちの、わずかな隙間を縫い進んでいく。

「党員現実使用許可の理由説明を具申したい」

その言葉を言い切る前に、答えが眼前に流れてきた——口頭で伝えた方が早い指示が党員現実にキリル文字で流れてきた、というわけではない。「それ」は肌色の海を漂うかのように、赤ん坊の絨毯に乗って運ばれてきた。長身の男、気を失っているのか、暴れたり流れに逆らったりする様子は見せない。

『リンカーンの尖兵《せんぺい》だ。彼の拘束及び尋問を』

懸念が頭を駆け巡る。ジェーニャの誕生日まであと三時間。拘束及び尋問、その後処理に必要な時間は？

「了解」

それが何時間あるいは何日であるにせよ、ヴォジャノーイの指示は全てに優先する。


意識を失った男を椅子に座らせ、暴れ出さないよう拘束に使えるものを探していると、手近なビニール袋を用いた拘束方法の図解が党員現実に浮かんだ。

窓から月明かりの差し込む、人工知能博物館の狭い会議室内だ。彼を連行するに当たって、視界のあらゆる近隣住宅に使用可能を示す緑の光点が灯ったので、党員現実を付与されている以上そのどこを借りて即席の尋問室に代えても良いらしかったが、そこに住まう一般労働者の生活を脅かしたくはなかった。かといって、ジェーニャのいる我が家に、西側の不審人物を連れ帰るわけにはいかない。だから勝手知ったる職場に運んできた。幸いなことに、所詮は観光施設であり、機密のようなものは存在しない。

スチール製の椅子に座らせ、ビニール袋でこしらえた紐をどうにかこうにか指示通り相手の手足に巡らせ拘束した。後ろ手に縛られ、男は身動きが取れないはずだ。更に手袋を嵌《は》めた指先で――諜報員用という手袋は先ほど《蟷螂《ボゴモール》》で配達されたばかりだ――相手の瞼を開く。意識が完全に落ちている事実、その無意識状態が始まった時刻と、この後もしばらくは目覚めないという予測を党員現実で確認したのち、一旦休憩を挟む。男の運搬自体は赤ん坊や警備員にも手伝ってもらったとはいえ、作業は気を張るものだった。

「ジェーニャ、誕生日なのに傍《そば》にいてあげられずごめんなさい。緊急の仕事が入ってしまったの。終わり次第戻るから、じっとしててちょうだいね」

個人回線に音声を登録した。家でジェーニャが起きた時、これがあの子の耳に自動再生されれば最悪中の最悪の事態は回避されるはずだ。気休めに過ぎないとは思いたくない。

指先で、男の耳たぶを摘《つま》む。脳めがけて電気信号を送られた体を、一度びくりと震えさせてから、男はゆっくりと目を開き、顔を上げた。まずは自分の身の回りを確認して、拘束された体を動かすそぶりを見せてから、初めて存在に気づいたかのようにヴィーカに視線をとめた。

「お目覚めかしら?」

英語でそう尋ねると、返ってきた相手の答えは、脳を強制覚醒させた副作用か、奇妙に弾んでいた。

「合衆国では経験したことのない、猛烈に爽やかな目覚めです。これが世間に名高いソヴィエト式自動起床装置ですか？」

ロシア語ではなかったが、党員現実の翻訳機能が勝手にその意味を伝えてくれた。一般人ならば慌てふためくだろうし、凡百のスパイであれば、慌てふためいた一般人のふりをするだろう。この相手はそのどちらでもない。

「ことと次第によっては、ソヴィエト式自動就眠装置もご体験になれましてよ、旅の方。二度と起床できないこと請け合いの高性能品ですわ」

一筋縄ではいかない敵だ、軽口を返すのも慎重に、と肝に銘じながら応じる。

「お迎え有難う御座います、お嬢さん。ただ貴女《あなた》のような若くお美しい方が、不審人物を抹殺するのが仕事の諜報員なのだとしたら、ソヴィエト式の人材配置は悪魔的と言わざるを得ませんね」

「残念ながら、私が『お嬢さん』だったのは特異点以前ですわ――抗老化措置は資本主義国家にもおありでしょう。それに」

ソヴィエトの人材供給システムが西側のどのレベルまで公開情報になっているかを人民銀行で確かめる――よし。

「私はKGBではありません。この人工知能博物館の学芸員です。あなたが行き倒れていらっしゃったのが自宅への帰り道だったから、私が遣わされただけですのよ」

少なくとも、数十分前まではすべて真実だった。ヴィーカはKGBでも何でもなく、人工知能博物館の被雇用者に過ぎなかった。男がヴォジャノーイに不審を見とがめられ、電気だか麻酔だかで意識を奪われたのが農村だったら、その村の農夫がKGBに入る栄誉に浴しただけだ。

「いきなり目の前に赤ん坊の絨毯が現れて、お恥ずかしいことに避け切れずに転んでしまったもので。運ばれた先が病院でも警察署でもないのは意外でしたが」

椅子に拘束されていなければ大げさにジェスチャーを交えながら語っただろう、そう思わせるほど彼の言葉は軽く、それゆえに警戒は怠れなかった。

「労働者現実を導入されていない方の病院への接近はお断りしていますのよ。外交団用病院も廃止されましたし、西からの旅行の方が怪我を負われたり体調を崩されたりしたら、速やかな退去か、居合わせた人間による応急処置を選ぶ決まりですわ」

「無免許医師による治療を？　貴国では呪術医《じゆじゆつ》がいまだ幅をきかせていらっしゃるのですか？」

「ご存知かしら。三十年間執刀を続けてきた医師よりも、ヴォジャノーイの助けを得た十二歳の子供の方が、上手に腫瘍《しゆよう》の切除が行えるんですのよ。それこそ、子供のままごとのように」

どころか、ジェーニャの世代なら、きっと初執刀で脳の移植手術すら容易《たやす》くできるのだろう。ヴィーカはそう思ったが、口に出すつもりはない。

「さて。お伺いしたいのですけれど、あなたの所属と滞在目的は？」

「ヒューストン・クロニクル紙の特派員です。マイケル・ブルース。こちらへは東側の人工知能技術についての取材に。旅券も問題なく、マーカーも無事に踏破してきました」

実のところ、彼が名乗る必要はなかった。党員現実のおかげで、彼の名乗りや、先ほど胸ポケットを探って見つけた身分証に書かれた身分とは異なる、本物の個人情報がとうの昔に眼前に表示されていたからだ。特派員とは言っているが、二、三回記事が同紙に載っただけで、実際には作家の真似事をしているらしい。いかにも合衆国がスパイに仕立て上げるのに、都合のいい人材だった。

この、彼の真の身分に更に危険な点があれば、たとえばテロやスパイ活動に使用される武器／爆薬／病原体／情報兵器を持ち込んでいれば、鉄の境界を越えた瞬間に対神経地雷が発動し、彼を内部から破壊していたはずなのだ。

それが無かったのは、彼がやはりスパイ気取りの三文記者に過ぎないか、リンカーンがヴォジャノーイを突破し得る情報的迷彩を彼に施したのか、リンカーンが施した情報的迷彩をヴォジャノーイが看破し、それでも敢えて通過させたのか。

そして、一度は境界線をすり抜けさせながら身柄を拘束したのは、入国後の行動分析からテロや諜報の可能性が高まったのか、泳がせてから協力者を見定めて諸共《もろとも》に捕まえる気になったのか、彼自身はどうでもよく、むしろヴィーカのソヴィエトへの忠誠度を計ろうとしているのか。

判るはずもない。人工知能の御代《みよ》が来て以来、この世で起こっていることの半分は人間の理解が及ばぬ事態になったのだから。赤ん坊の行進だって、クローン生体の成長を速めるという一応の説明すら眉唾物だ。役目を終えた瞬間に弾け消える六本脚の《蟷螂》の素材すら技術者にも十全には理解できていない。

今、唯一確定していいだろうことは、目の前にいる男の素性のうち、彼の名乗りと党員現実の告げ口が一致する部分、ヒューストンから来たという話ぐらいだが――

「……ヒューストン？」

「ええ」

自称マイケルは、にやりと口を歪めて見せた。それは自嘲のようにも感じられた。

「テキサス州の『投票』は二日後です。半年ぶり六回目」

ヴィーカは言葉に詰まり、躊躇《ちゅうちょ》したのち、眼前の指示に従って答えた。

「今の支持率は？」

「イエスが四、ノーが五、保留が一。今回はまだ眠らずに済むでしょうが、一年後はわかりませんね」

「お気の毒に。取材にかこつけて、万一を考えて東側に逃げてきたの？」

「生憎《あいにく》、亡命は望みません――ヴォジャノーイの演算資源になるくらいなら、民主主義国家でミミズの餌になりますよ。偉大な先住民の末裔として、同じ資源でも土に還《かえ》るだけよほどましだ。今回の目的は、我が同胞を眠りの淵から救うための記事執筆でしてね」

力のこもった言葉、党員現実が告げ口する脈拍や呼吸数の僅《わず》かな変化。ある程度の真実がこの発言に含まれている。

ヴォジャノーイの後を追って設計された、西側諸国の守護神にしてロスアラモスの巨像・リンカーンは、市民の幸福に奉仕する人工知能だった。彼が幸福をもたらすべき人々は、しかし、資本主義文明の凋落《ちょうらく》、東側に後れを取っている事実に深い絶望を抱いていた。

リンカーンはそのジレンマを解消し、彼らに最大の幸福を与えるために、最適の理想郷を提供した――電脳空間という千年王国を。「資本主義が共産主義を打ち負かした仮想世界」を電脳空間に構築し、迷える人々の意識を移住させたのだ。そちらに移った人々は、ソヴィエト／東側が崩壊し滅んだ世界で、西側の市民として幸福に生きる夢を見続けることになる。肉体が死滅するまで、あるいは現実世界でもソヴィエトが消滅する日まで。十を超える合衆国の州が投票によって移住を選択した、安らぎの電脳世界内の時間では、既にソヴィエトが消えて三十年以上経つという。移住決定州に残っていた人間はリンカーン製の機隊鳩によって片端から狩り出され眠らされるので、次々に州を渡って、難民化している国民も多いらしい。

「そういうことなら、ぜひ私もご協力させて頂きたいですわ。いつかあなたの国に観光に行った時、出迎えてくれるのが機械だけでは悲しいですもの。……例の偉大な宇宙船が打ち上げられたケネディ宇宙センターを一度見てみたいと思っておりましたから」

飄然《ひょうぜん》とした男の瞳にちらりと差した、暗い怒りの色に満足しながら、ヴィーカは言葉を重ねる。

「ただ、もうお分かりでしょうけれど、あなたは現状、ソヴィエトに対するスパイ疑惑がかけられていますので、そう簡単に取材許可は下りないでしょうね。ヴォジャノーイにお伺いを立てなければ。判断が下るまでお待ち下さる？」

「ええ。異教の神の審判を待つことにしましょう。が、その前にあなたのお名前くらいは教えて頂けませんか？　せっかくこちらが洗いざらい喋ったのに、あなたのことが一つもわからないのは不公平だ」

一秒待っても、党員現実は拒絶を指示しなかった。仕方なく、ため息を漏らしながら答える。

「ヴィーカ・ベレンコと申します。ここの学芸員になって七年目になりますわ」

「どうも、ミス・ベレンコ。こちらは人工知能博物館を最初の取材先に決めていたんです。たどり着けた上に、ここに詳しいあなたにお会いできて嬉しい」

「それはどうも」

口ではそっけない答えを返したが、マイケルから投げられたのは牽制の言葉であり、ヴィーカは一瞬心が乱されていた。この男の言うことが正しいのであれば、彼は幾つもの〝偶然〟を潜《くぐ》り抜けて一番の目的地に悠々とたどり着いたことになる。誘導したのはヴォジャノーイか、リンカーンか。そのどちらかは、それまでの行動パターンから、ヴィーカが彼の移送先として民家や自宅ではなく、人工知能博物館を自由意思で選択することまで計算済みだったのだろう。

頭痛がした。日付の変わる前後は、ヴォジャノーイの演算負荷がソヴィエト人民の脳に強くかかる時間だが、今のこれはどちらかというと、脳のうちヴォジャノーイの未来予測に貸している半分よりも、ヴィーカ自身の自由になるもう半分、厄介な問題を抱え込んでしまった側の、エネルギー不足のように思える。

ポケットに入れてあった栄養翅《えいようし》を齧《かじ》ると、イチゴの匂いの後にミントの清涼感が漂った。

これは別に《蟷螂》の配達物ではなく、頭痛薬代わりの自前だった。人工知能の託宣に従って毎朝、原料配合を変えて三次元調理器にかけている。そのレシピに気温や湿度やヴィーカの体調以外にどれだけのパラメータが介在しているかは分からないが、日毎味が異なりつつ、常に安らぎを与えてくれることは確かだ。今日、神の糧《かて》に刻まれていた文言は、『内的な判断を言語化することが思考と行動を促す。声帯を持つ人類が文明を築き得た理由の一つ』。

話し相手の存在を無視するように栄養補給を始めたヴィーカに対して、マイケルはめげずに食い下がる。

「せっかくの御縁ですし、取材許可が下りた暁には、あなたにもインタビューを申し込みたいのですが、宜しいですか」

「……ええ、喜んで。私たちの神が許す限りですけれど」

栄養剤の欠片を嚥下《えんげ》して、ヴィーカは頷いた。

「それと、今すぐ拘束を解いてくれとは言いませんが、こちらにも栄養を摂ることを許して頂けませんか？　どうにも燃料切れで」

「ちょうどこちらから、そのご提案をしようと思っていた時でしたわ。喉を潤すくらいは許されるでしょう」

党員現実の指示を、さも自分の思いつきであるように言って、先ほどまで持ち運んでいた食料品の入った紙袋、その一番上から、ヴィーカはオレンジをひとつ取り出した。

「素晴らしい。僕はたまたま、オレンジが大好物でしてね」

「あら、それは素敵な偶然ですわ」

彼の返答を聞いて確信が持てた。偶然ではないのだろう。ケーキ用のナイフで割りつつ、党員現実でオレンジをスキャンして見れば案の定、産地が分からない。今日、青果店で半ば押し付けられるように店主から寄越されたこれは、初めから人工知能による仕込みであったらしい。わざわざスパイの好物を用意するのは当然、牽制だろう。

口元に近づけられたオレンジの欠片を見つめながら、マイケルが片眉を上げる。

「一つ残念なのは、あなたの心のこもったこのもてなしが、放射性物質入りの暗殺キットや自白剤入りの尋問キットでないという証《あかし》がどこにも無いということですが。……いや、失敬、面白くもないジョークでしたね。監視用ナノマシンの類《たぐい》が最適でしょう」

心無い歓迎には心無い言葉を、という礼儀作法の明確な男だ。

「あら、それなら入国前に飲まされたでしょうに」

相手の流儀にしたがってやはり白々しく返事をし、気分を害したように眉根を寄せてみるが、勿論、極微機械《ナノマシナ》は含まれているのだろう。リンカーンとヴォジャノーイの諜報防壁突破競争はいついかなる時も続いていて、彼が今飲まされるのは、数十時間前、入国時に彼が検問で飲まされたはずのものからは、何世代もバージョンが変わった機械になる。

オレンジを口で受け取って咀嚼《そしゃく》するマイケルは、極小の機械を寄生虫よろしく嚙み殺せると信じているかのようだった。それともリンカーンが、体内侵入する異物を破壊する装置をスパイの口腔内か唾液にでも準備しておいたのかも知れない。

奇妙な対峙だった。自分は向こうの正体が単なる記者ではなく、少なくともリンカーンの密命を帯びた存在と確信して行動しているし、向こうは恐らく、こちらがヴォジャノーイに指示されて諜報活動を行っているだろうと推測している。いっそこちらが立場を明確にして拷問した方が手っ取り早いのだろうが、そういう指示は届かない。

それどころか、拘束と尋問の指示、《蟷螂》の配達以後、党員現実に来る指示は一方的かつ散発的で、何もこちらの思うままにならない。それは相手も同じだろう。リンカーンの指示に従っている以上、どれだけ演技を投げやりにしても、スパイだと告白する訳にはいかないのだ。

膠着状態だ。この男から離れることも許されない。そうしたところで別の誰かがヴォジャノーイの端末としての仕事を引き継ぐだけだが、こちらの社会貢献値は下がる。それは避けねばならない。ジェーニャと引き離されてしまうかもしれないから。

先ほどの検査で、自称マイケルが「対処すべきほど十分に有害な」テロリストないし諜報員だと判断されることを祈った。そうなれば、すぐに彼の体内に侵入したナノマシナが昏睡なり絶命なりさせるだろうから、自分は後始末だけすればいい。だが、そううまくことが運ぶだろうか。

ジェーニャの誕生日まであと二時間。

◆◆◆

焔《ほのお》が揺らめいている。

四角い木枠の上に、小さな炎が踊り、くねっていた。

ガスの匂いと、呼吸を忘れさせるような熱をまき散らしながら。

消さなくていいの、というヴィーカの問いに義姉は、大丈夫、と答えた。

レニングラード、マルスの広場の「永遠の火《ヴィエチヌィ・アゴーニ》」を見たことがある？　三年前、十月革命四十周年の年に点火されて以来ずっと燃やされ続けている、祈りと追悼の炎。革命と戦争で喪われた沢山の名もなき人の命のために、それは絶やされることがない。

この火は、一年前にその「永遠の火」から火分けされて、ここで燃えているのよ。

じゃあここでも、たくさん人が死んだんだ、とヴィーカが驚きの声を上げる。戦争？　それとも革命？

邪気の無い質問に、義姉はしばしの沈黙の後、口を開いて――

党員現実をせっかく得たことだし、噂に聞く人民銀行への常時アクセス権をまた行使してみたのだが、慣れないことはするものではない。義姉から連想される記憶のうち、ヴィーカにとって痛い部分が雪崩《なだ》れ込んできたのだ。意識がはぐれたのは二、三秒だけで、マイケルに気づかれていなさそうなのが救いだが。

折よく、指示が流れてきた――自分自身の口から。文字で視界に流せばいいものを。

『同志ヴィーカ・ベレンコへ。彼の拘束を解き、監視のもと博物館を案内せよ』

マイケルは、目の前の人間の声帯が人工知能に一瞬乗っ取られたことに、少し怯《ひる》んだようで片眉を上げる。

ヴィーカにとっては、ソヴィエト人民の日常茶飯事でしかないので、気にすることなく今度は自身の言葉を喋る。

「我らが気紛れな神は、貴方に恩寵《おんちょう》を授けることを決定したようですわ」

そして、眼前に文字でも映し出される慌ただしい指示に従って、彼の拘束を外し始める。

「今すぐ準備をなさって。ご案内いたしますわ」

「夜が明けてからでも構いませんが」

「叶うなら貴方に早めに取材を終えて頂きたいですから。ええ、二時間もかかりません」

幸いなことに、この博物館に未公開情報はない。それでも早めに終わらせてしまいたいのは、ジェーニャのことばかりではなく、こちらの心構えの問題もあった。

最初にマイケルをここに運び込んだ理由は、機密が何も隠されていない場所だからだった。確かに今ここに存在している展示物のほとんどは、真実を伝えている。ソヴィエト人工知能史には、計画の失敗で悲惨な結末を見たものもあるだろうが、そういう領域のものになると自分の権限では知識さえないし、こんな公開の博物館には手がかりもないだろう。

しかし、展示物のうち少なくとも一つ、決定的な欺瞞《ぎまん》を秘めているものがある。その真実の隠蔽には、自分自身も関わっている。自分はそれを悟られないほど精神の頑丈な人間だろうか？

ヴィーカが党員現実に検索をかけると、冷静さを保つためのホルモンを体内で調合してくれるサービスが見つかったので、急いでそれを実行した。身体的変化がすぐさま劇的に訪れる訳でもなかったが、生じかけていた不安からは気が逸れたように感じた。もちろん、そんな選択と処方のプロセスも、マイケルの拘束を解きながら気づかれないように行う。

ようやくマイケルの手足の枷を外し終えて立ち上がらせる。欠伸《あくび》をしつつ軽く伸びをする彼を、展示室の方に促す間、ヴィーカは、ジェーニャの誕生日が迫っていることを自覚していながら焦りが消えつつある自分を、もう一人の自分が奇妙に遠くから観察する、幽体離脱めいた感覚を覚え始めていた。

会議室の扉を開くと、すぐ横に直立不動で、茶色の制服を纏《まと》った警備用レーニンが佇んでいた。

「お手伝い頂いてありがとうございますわ。あとはこちらで対応致しますのでどうぞお休みなさって」

この警備用レーニンは無口な相手だが、彼が敬礼して詰所《つめしょ》に戻る前に、その口を介してヴォジャノーイの言葉が飛んできた。

『君が正しい選択を下すことを期待している』

警告めいた言葉が、自分に向けたものか、西側のスパイに向けたものかは区別がつきかねた。少なくとも、マイケルの耳にはあまり届いていなかっただろう。呑気《のんき》そうにヴィーカの背に声をかけてきた。

「明かりを点けて頂けませんか。このままでは展示品どころか足元も何も見えない」

「あら、失礼しましたわ。同志ヴォジャノーイ、明かりを」

室内灯が点き、ヴィーカの目にもわずかに光量が増す。視覚情報を脳で補正して、夜でも明かりなしで周囲を見ることができるのは、階級現実技術の賜物の一つだ。それが常時発動している党員現実を手にした今、持たざる者である西側の人間が一緒でないと、照明という概念自体が意識から消えてしまう。

「もしもあなたがソヴィエトの技術に感服してこちらに亡命するというなら、すぐにでも夜目がきくようにして差し上げますけれど」

「脳を切り開いて、共算モジュールを植え込み、労働者現実を導入した上で？」

彼はわざとらしく肩をすくめて言った。

「脳の半分を演算資源に差し出すくらいなら、奥歯に仕込んだ毒で自害しますよ。僕がスパイならですがね」

「国民の幸福を追求した結果、電脳空間への移住を強制する人工知能とどちらが健全かという判断は、まあ人それぞれでしょうね」

展示スペースの入口には、燕尾服に蝶ネクタイ姿の案内用レーニン四人が、見学者を待ち構え、人形めいた静けさで腰かけている。一番手前の一人が目を開いて立ち上がろうとするのを手で制すると、また無機物の沈黙に戻った。

まずマイケルの目を引いたのは、ごくありふれた木製のチェスセットだった。それ自体は何ら特殊な技術の産物でもない。ただ持ち主が特別だっただけだ。

《アラン・チューリングのチェスセット……一九五六年、チェルノブイリ人工知能研究所において、アラン・チューリング設計によるコンピュータ・チェスプログラムがチューリング本人を破った際に使用されたチェスボードと駒》

そこから先の幾つかの展示品は、チューリングの遺産だった。当然と言えば当然だろう。彼こそが東西人工知能開発競争で東側に勝利をもたらした立役者であり、技術的特異点という言葉の産みの親でもあるのだ。

チェスボードの隣の画面に映像で再現される「歴史的一局」の棋譜を眺めていたマイケルは、やがて嘆息を漏らした。

「あの偉大な知性がそちらに拉致《らち》されていなければ、シンギュラリティに先に到達していたのは我々だったでしょう」

「拉致された、というのはリンカーンの流したプロパガンダに過ぎません。彼は、いえ、彼女は自ら望んでこちらに亡命したのですから」

マイケルは口を開きかけてやめた。どちらが真実かと言い争うのは無益と判断したのだろう。資本主義者にとっての真実と、共産主義者にとっての真実は別物である。

少なくとも、チューリングが東側でその知性に対して遇すべき扱いを受けたのであろうことは間違いない。人工知能通りでも一番最初に作られた像がチューリングのものだった。本人は、手術を受けさせられる前の姿で像を残してもらいたがったそうだが。

次の展示物はベルナルド・カジンスキーの改良型脳ラジオ――その試作品となった電話ボックス大のケース、そこから垂れ下がったケーブルに繋がったヘルメット二点だった。

《一九五三年、電波によって人間の脳波同士を中継させた初めての試み。一九二四年に犬を用いて行われた脳ラジオ実験が、大祖国戦争の後に再発見・改良されたもの》

「既に針が取り外されておりますので、今それを被ったところで、往時の機能は体験できませんことよ」

ヘルメットを頭に載せてみているマイケルに向けて続ける。

「最新の方式ならいつでもご体験になれますわ、お望みでしたら。脳の半分をヴォジャノーイに明け渡して共同演算主義の一員になれれば。脳の病気も見つけやすくなりますし」

「よしておきましょう。自分は他人より頭の回転が遅いもので、半分も召し上げられたらより一層の頓馬《とんま》になってしまう。ただお伺いしたいのですが、頭の半分を常に人工知能に間借りさせているのは、どういう気分なのですか？　人格に少なからぬ影響を与えるように思うのですが」

「昔よりエネルギーを摂るようになりましたわ、ただそれだけ。別に常時操られて生きる訳でもありませんし、我が家にお喋りで少々態度の大きい同居人を住まわせたところで、自分の性格そのものが変わる訳ではないのと同じですわ」

「路面を行進する赤ん坊も？　あの世代は、人間に教育を受ける前からヴォジャノーイと通信している訳でしょう」

「まあ、人間より有能な教師につきっきりで教えてもらっている程度のことでしょう。それに、彼らは別の人類だと考えておりますから。……まあ、演算資源については、人間ばかりに負担させている訳でもありません。隣の展示をご覧頂けますか」

ヴィーカはイルクーツク演算湖の説明パネルの方を指し示す。

《あらゆる生物を演算媒体として利用するために行われた研究のうち大規模なもののひとつ。当初はバイカル湖に棲息するアザラシの脳を人間のもの同様に、演算媒体として利用していたが、湖中のプランクトンの呼吸によって入出力を定義、演算を行う方式によって、湖自体が演算資源となった。バルト海でも演算礁の構築の試みがなされている》

パネルの横に置かれた水槽の中では、湖に棲息するのと同じ藻がゆらゆらと揺れている。その藻に集まっている演算用のプランクトンを、マイケルはしばらく備え付けの顕微鏡で覗いていたが、やがて顔を上げて尋ねた。

「人間以上に効率のいい演算媒体が見つかった暁には、あなた方は御役《おやく》御免になるのではありませんか？」

「最初は、特異点にてっとり早く辿り着くため、容易に演算量を増やすためだけの、人間の脳を用いた共同演算主義と通信網だったのですから、むしろ早くお払い箱になりたいものですわね。その後人類がヴォジャノーイに不要とされる未来予測は確かにありましたけれど、まだまだ人間が酷使される時代は続くようですわ」

扉を開いた次の部屋で二人をまず出迎えたのは棺だった。ガラス蓋の棺の中に入れられているのは、六歳で亡くなったクローン製レーニンの遺体だ。初期のクローン高速成長実験の失敗例であるその死体は、防腐処理を施され、たった今死んだかのような姿で眠っている。そして、壁際の写真パネルには、十代半ばと見られる、全く同じ顔の若者が、鉄道のレールを敷く作業に従事したり、畑に播種《はしゅ》したりする光景が写されている。

《レーニン集団によるサレハルド・イガルカ鉄道の建設……レフ・テルミン博士による、レーニン復活計画は、はじめ遺体を用いた蘇生を目指したが、その実現が困難であったためにクローニング技術の利用が優先された。量産されたレーニン・クローンは、当時建設が進んでいたサレハルド・イガルカ鉄道の建設や、周辺の農村経営に投入された》

恐らくは、均質な集団による労働の標本データを取るためだけに、ヴォジャノーイは様々な用途へレーニン集団を使用した。合理性の塊《かたまり》であるということは、人間性から自由だということでもある。

　更に説明を加えようと、検索のために「イガルカ」と口の中で唱えたが、その途端にアルメニア・ラジオのニュースが流れてきた。イガルカ鉄道駅付近の農場で火災発生。現在、消火対応中。

「どうかされましたか？」

「いえ」気取《けど》られないように、ヴィーカは口を止めない。

「同じ顔が並んでいるのを見て、他国からの人は戸惑うことが多いのですけれど、まるで驚かれていないあなたに感服しておりますの」

「驚いていない？　冗談でしょう！」

　マイケルは顔をしかめて身震いしてみせた。

「入口の案内役レーニンを見た時から悍《おぞ》ましさで一杯でしたよ。いずれピョートル大帝やイヴァン雷帝の大軍が復活して、鉄の境界線を越えて進軍して来る未来を考えるとね。スターリンのクローンが西側に渡って地下活動を行っているという噂も、ヒューストン・クロニクルに載ったことがありますよ」

「ご心配には及びませんわ。一応は、遺伝情報が残っている者でないと蘇生できませんので、残念ながら一九世紀以前に亡くなった方々を目覚めさせる術《すべ》は『まだ』ございませんから。スターリンについては知りませんが、音楽家や画家、建築家に科学者、多くの才能ある人間は遺伝情報を保存され、折に触れ、ソヴィエトのため、地上に呼び戻されておりますわ」

「あの『赤ん坊』たちも、あるいは歴史上の偉人や芸術家の遺伝情報を叩き起こして来たものなのですか？」

「何割かはそうでしょうし、何割かはその遺伝情報を弄《いじ》ったものでしょうし、何割かはそうでない一般人の遺伝情報から作られたものでしょう。私の権限では、町に屯《たむろ》する赤ん坊全員の正体を知ることもできませんので。もっとも、知れたところでその製造意図を見出そうとしても、我々人類には読み取れるものではありませんけど。ただ演算資源を増やせればそれでいいのかも知れませんわ」

壁際のモニタには、病室と呼ぶには殺風景な、蜂の巣状に区切られた無数の部屋が天井視点から映し出されており、それぞれの「巣穴」の中には、白い床面の上でまだ髪の毛も生えそろっていない赤子たちが体を丸めている。泣き叫んでいるように見えて、規則的に母音を発しているのを見れば、ヴォジャノーイの制御下にあるのだろう。

カメラはそのうちの一人をクローズアップした。

「こちらは、一番多くの赤ん坊を作り出している、ウラジオストク産業胎児培養所の現時刻の映像ですわ」

「では、今ここに映っている赤ん坊も、正体が分からないということですね？」

マイケルは得心がいったように頷いたが、ヴィーカは党員現実の説明を見て、「成程」と独りごちてから、マイケルの方に向き直った。

「あなたです」

「は？」

「入国時にあなたの遺伝情報を採取させて頂いているかと思いますが、その際にヴォジャノーイがあなたを複製する判断を下したようですわ。理由は見当もつきませんけれど。お喜びになって。ヴォジャノーイは、人工知能博物館を訪れる旅行者の方には時たまこういったもてなしをするんですの」

ここまで冷静さを保ってきたマイケルも、流石《さすが》に絶句していた。

「本国へのお持ち帰りをご希望でしたら、もう一体作るだけですから、規定の金額さえお支払い頂ければ可能です。あなたの妹とか、あなたとお好きな芸術家の間に生まれた子どもとかでも宜しいですわよ」

「結構。あなたがたの信仰を受け入れるには、どうにも卓越した鈍感さが必要なようだ」

マイケルはそこから口数が少なくなり、レーベジェフの浸透圧式生体コンピュータや、人間の力を借りず北極点に初到達した多脚砲台の耐寒パネル、時限切り下げ方式が導入されて間もない頃の食料切符などといった展示物に疑わしげな視線を注ぐ時も、壁にかかった鎌と槌と歯車の国旗を胡散臭《うさんくさ》そうに撫でたりする間も、ほとんど言葉を発さなかった。

それはそれで気楽であり、心乱されることなく淡々と順路を辿ってきたヴィーカだったが、ふと異変に気づいた。

いつの間にかマイケルが手に弄《もてあそ》んでいたのは白のキング——チェスの駒だった。それは展示物である、ガラスケースに収まっているはずのチューリングの遺品に瓜二つだった。

「この駒が木から削り出された時分には、我々人類はプレイヤーであったはずだ。宇宙進出とか原子力とかいった駒でもって敵勢力を打ち負かそうとしていた。それが今や、二つの人工知能同士がプレイヤーであり、我々は駒に成り下がっている。大統領や書記長さえ例外ではない」

彼が触れているのは現実に存在する駒ではない。階級現実に浮かんだデータ上のものだ。

彼が——正確には、彼に力を貸すリンカーンが——こちらの党員現実に、干渉してきている。先ほどは、照明なしに夜の廊下を歩けなかったはずの男が、今やこちら側の階級現実技術を使いこなしている。党員現実に今日初めて触れたヴィーカには、それが変事だと気づきながらも、許容可能な範囲なのかどうか計りかねた。

「古い宇宙活劇めいた陳腐な比喩ですわね。そしてひどく楽観的」

「ええ、実際に行われているのはチェスよりも遥かに難解で、駒たる身には理解し得ないゲームでしょうからね」

マイケルは鼻を鳴らした。

「あなた方は我々に勝つためにヴォジャノーイを作り、我々はあなた方に追い付き追い越すためにリンカーンを作った。しかしいつの間にやら、競っているのは我々とあなた方ではなく、リンカーンとヴォジャノーイそのものになった。ヴォジャノーイは勝利のためにあなた方やその他の生命を演算資源にしようとするし、リンカーンは勝利のために我々を眠らせようとする。チェスを指しているうちに、駒と指し手が入れ替わってしまったようなものだ。今この時も、ヴォジャノーイとリンカーンはそれぞれの国民を駒に見立てて、チェックをかけるため互いに戦略をぶつけ合っているが、盤上の駒に過ぎない我々には、戦略や戦局どころか、どこに動かされているのかさえ分からないし、自分が既に盤面から下ろされたのかどうかも分からない。……こちらがどうやって『これ』を見せているか、お尋ねにならないのですか？」

言いながら、マイケルは掌中《しょうちゅう》の駒を突き出して見せた。

「生憎、手品の種を見破って楽しむような無粋《ぶすい》な人間ではありませんから。それに、私の視界に鱗《うろこ》が飛び込んだとして、二つの神のいずれの思し召しか、地を這う人間の身には与《あずか》り知らぬことでしょう」

「ちぇっ」

揺さぶりをかけたのに大して反応がないことに苛立ったらしく、マイケルは舌打ちして、彼の眼前から駒を消した。しかし実際には、ヴィーカの方は、平静を保つホルモンの助けにもかかわらず、いや、ホルモンのために名状しがたい胸の疼《うず》きを覚え始めていた。焦燥らしいと頭では分かっているが、心が焦りに移行してくれない奇妙な痛痒《つうよう》だ。開け放しにしておいたアルメニア・ラジオが、今度はチェルノブイリ人工知能研究所の火災を告げたのも、それを加速させた。

間諜らしき男の登場と、時を同じくして遠く離れた地で発生した二つの火災。そして、党員現実を浸食されているという事実。この後党員現実に流れてくる指示はすべて向こうにも筒抜けになってしまう恐れがある。ヴォジャノーイに掌握不能、制御不能な事態が起こっている可能性もゼロではない。

ヴォジャノーイは、リンカーンに後れを取りつつあるのではないか？

そんな疑問を抱えながら歩く人工知能博物館の廊下は、常よりもひどくその長さを実感させられた。実際、ひたすら一直線に続く廊下は、設計者がソヴィエトの紡いだ人工知能の歴史を誇示するためにそう造ったという噂もあるほどだった。

次の扉を抜けるとようやく、二階へ続く、カーブのかかった階段と、その階段からさまざまな角度で見下ろせるように階下に設置された巨大な展示品があった。

それは戦闘機だった。

一面、目を刺すような銀色の機体。両翼と垂直尾翼にあしらわれているのは、祖国の赤い星。

子供染みて目を輝かせたマイケルは足早に階段を上り、踊り場の手すり近くに掲げられたパネルを、熱心に読んでいる。そこにはこんな文面が書かれているのだ。

《人間に勝った人工知能搭載戦闘機……ミハイル・ヤンゲリによって設計され、世界で初めて人間相手の空戦に勝利した人工知能『ニェジェーリン』が搭載されていたMiG－21X－13、通称バラライカ。一九六〇年十月二十三日、レニンスク空軍基地において、人工知能を搭載しない同型機に搭乗していた空軍中佐エヴゲーニャ・グルリェヴァと交戦しこれを撃墜》

「ふむ。外見は映画で見た戦闘機そのものだ」

マイケルは、階段を上ったり下りたりして戦闘機を幾つもの視点から確かめたり、展示された基地や中佐の写真を食い入るように見つめたのち、こちらを向く。

「人工知能用の戦闘機であれば、人間が搭乗するためのコクピットが存在する必要はないのでは？」

「もちろん現在なら、無人戦闘機の方が理屈に合っていることは自明ですし、人間が乗らない前提で設計された戦闘機を並べるだけで前衛芸術展が開けそうな様相ですけれど――これは過渡期の存在ですので。無人化よりも、人間に適切な指示を与え戦闘を補佐するという設計思想に則《のっと》ったものですわ。人工知能を持たない戦闘機に、大祖国戦争以来の歴戦のグルリェヴァ中佐を乗せ、人工知能を搭載した戦闘機に、最低限の操縦方法しか知らない新兵を搭乗させて戦わせ、それでも後者が勝ったということですのよ」

跳ね上げられた風防から覗くコクピット内を指さす。

「本来、そのバラライカには、燃料計をはじめ、搭乗者が読み取らなければならない計器や、搭乗者が照準を合わせなければならないレーダーが二十近く並んでいて、時計屋の壁みたいになっているのですけれど。御覧の通り、計器類は残らず目隠しされていて、搭乗者が操れるのは特別あつらえの離着陸用のスイッチと射撃用のレバーだけ。それも操作すべき時に点灯してくれるという、子供の玩具《おもちゃ》程度にたやすく扱えるものですわ。照準を合わせるのも減速加速も機械任せ。我々が、ピアノに触れるのが初めてでも、労働者現実の指示に従えばスクリャービンを弾けるのと同じですわね」

再び階段を上って、コクピットを見下ろしたマイケルは、説明に対して何度も頷いた。

「成程。合点が行きました」

私は満足いったらしい彼を見上げながら、上階へ向かうよう手で指し示した。

「ここ数年の時代区分の展示物は二階にございますわ」

「ああ――もう結構。案内はここまでで大丈夫です。おかげさまで、見るべきもの、確かめるべきものは見終えましたよ」

目を瞬《しばたた》かせるヴィーカに、満足げな瞳が向けられる。

「どうかご心配なく。あなたの言動や身体情報に不自然な点を認めた訳ではありません。あなたが諜報員に不適だったという訳ではない。その落ち着きが何かの力を借りたものであったとしてもね。無用心だったのはこの展示パネルの方です」

資本主義国家の手先は、手品師がステッキで帽子を叩くようなリズムで、パネルを手で叩いてみせた。

「おかしなことに、『これ』に誰が乗ったのか記されていません。空戦用に調整された人工知能と協力して英雄を殺した、歴史に刻まれるべき人間の名がです」

「それが不自然なことですか？」

ヴィーカは眉ひとつ動かさなかった。相手が核心に迫り始めたからこそ、冷静にならなければいけない。どこまで情報を掴んでいるのかは判断しかねたものの、それ以上を与える必要はない。だからこそ、無表情に続ける。

「たとえばチェッカーは人間の王者に人工知能が勝利して久しいですけれど、敗れた人間のチャンピオンの名は残っていても、その時人工知能の指示通りに駒を動かした人間の名前なんて残っていないでしょう？　歴史に残すべき重要な名前は、徒手空拳で挑んだ人間と、その人間を打ち破った機械、それとせいぜい設計者のものくらい。機械の側に道具として使われた人間の名前、無名の新兵の名が忘れ去られたところで、何の問題もありませんわ」

「いいえ、大問題ですね。バラライカに搭乗し、人工知能の指示にしたがってグルリェヴァ中佐を討った人間が、機械の指示がなければろくに空戦などできない素人だということが証明できなければ、これは『機械が人間に空戦で勝った初めての例』にならないわけです。機械の力を借りてエヴゲーニャ・グルリェヴァ中佐を撃墜した人間が、たとえばエーリヒ・ハルトマンなら、それは機械が人間に勝ったのではなく、単に一方の人間の操縦がもう一方の技術を上回ったというだけですから」

「ナチスドイツの英雄がソ連の実験パイロットを務める理屈をお聞かせ願いたいですわね。彼を宗旨替えさせられる洗脳技術があるのなら、それをここに展示した方がよほど国家の威信を高めると思いますわ」

「ハルトマンはあくまでものたとえですよ。では、ソ連の第二次大戦中の英雄で構いません。私はあまり詳しくはありませんが、確か、スターリングラードの白薔薇とか呼ばれた人がいたそうですね」

「大祖国戦争で行方知れずになっておりますわ。その方に限ったことでなく、まず一九六〇年の時点で、抗老化措置を受けていたグルリェヴァ中佐に匹敵する空戦技術を持った人間は、この国には誰も存在――」

「もう一つの可能性として」

マイケルは、皆まで言わせず言葉を手で制した。その手を空中で動かし――更に口を小さく動かしたことで、リンカーンと遣り取りしていることが分かった――そこに呼び出したのは、人形めいた大きさに縮められた、軍服姿のグルリェヴァ中佐の像だ。

「バラライカの搭乗者が、グルリェヴァ中佐にとって戦意を喪失させる相手だったということがあり得ます。つまりは人質作戦。もしたとえば、搭乗者の名前が何とか・グルリェヴァで、実はエヴゲーニャの息子だったりしたら、撃墜された理由は人工知能の高度な戦闘機能とは丸っきり別になります」

眼前で、彼が中佐の像の隣に描画したのはもう一つの像。少年兵の服装に、グルリェヴァの顔を貼り付けた乱雑なコラージュだった。

「息子に限らず、親類縁者か大切な相手なら誰であっても、グルリェヴァ中佐がそれを殺せなかったから、一見したところ人工知能の戦闘技術に負けたように見える結果だけが残った、というのは理に適《かな》っているでしょう」

彼が中佐の像を両手で挟むように叩き潰すと、ぱちんと風船が弾けるような音が鳴った。

「いくら妄想を逞《たくま》しくされても、空論に空論を重ねるばかりでどこにもたどり着かないお話ですわね。あなたが証拠をお持ちでない限り」

そう応じたヴィーカは相手の国のマナーを真似て、大きく両手を開いて首を横に振った。

ただ、次に来る追及は読めていた。

「証拠なんてありませんよ。ただ証言者がいるだけです」

「証言者?」

「中佐にとって親しい人間が『人質として』戦闘機に乗せられ、軍に命ぜられて人工知能の指示のままにグルリェヴァを討たされたのなら、その人間は人工知能とソヴィエトという国家を憎悪しているはずなんです。いかれた人工知能に抑圧された国だ、そうやすやすと声は上げられないでしょうが、本人はその秘密を暴露したくて仕方がなく、いずれ来る好機を待ち侘びているに違いない」

「仮にそんな人間がいたとして、秘密が漏れないよう、中佐との空戦ののち速やかに処分されていると思いますわ」

「いえ、生きているはずですよ。あのパネルが何よりの証明です。当人を消したなら適当な名前と経歴の別人をでっちあげれば済むんですからね。グルリェヴァを撃墜した人間は生きていて、いつか何かの機会があれば表に引っ張り出せるように、現時点では名前が公表されていない、というのが実情でしょう」

そして、マイケルは勝ち誇ったように、社会主義国家生まれの女に告げた。

「前置きが長くなってしまいましたが、約束を果たして頂きましょう、ミス・ベレンコ。私からあなたへのインタビューはこれだけです——あなたがお慕いしていた義姉、グルリェヴァ中佐を撃墜した際のご感想は？」

◆◆◆

ヴィーカ、怖がらないで、何も心配しなくていいわ。難しいことなんてただの一つもない。あなたはただ二種類のスイッチを押し、一種類のレバーを引くだけでいい。

最初に押すのはこっちのスイッチ、青い光が点いたらこれを押して。すぐに機体が空へ飛び立って、あなたは重力と振動に体を押さえつけられるけれど、手さえ、指先さえ動かせればいいの。もし体が動かなくても、その時は落ち着いて深呼吸して、手首から先にだけ意識を集中させて。

窓の外、空なんか見なくていい、見ない方がいい。気を取られないようにコクピットの中だけに集中しなさい。このレバーに赤い光が点いたらすぐに引き寄せる。光が消えるまでずっとそのままの姿勢で。大きな音が響いても怯まず、光が消えない限りは手をレバーから離さないで。

最後に押すのは右、ここに赤い光が灯ったら押して、そうすれば、地上に戻って来れる。大丈夫よ、何も心配しないで、ヴィーカ。機械の神様があなたを守ってくれるから。

その約束は守られた。幼い日のヴィーカは、開発中の無人戦闘機だと教えられた相手を無事に撃ち落とした。義姉の乗った機体、マジックミラー式の風防によって外から中の様子を窺えない戦闘機を、無人のものと信じて。

ヴィーカは自分が撃墜した機の残骸さえ見せられず、レニンスクから速やかに故郷へと帰された。行きは義姉に付き添われて乗った鉄道を、今度は若い男性軍人たちに伴われて。何が起きたのか知り、地獄のような後悔に襲われたのは、ようやく辿り着いたモスクワ駅で彼らに全てを教えられてからだった。

そして謎だけが残った。

もしもマイケルが推測するように、グルリェヴァ中佐が、幼い義妹《いもうと》の搭乗した機体に照準を合わせることができず撃墜されたのだとすれば――これほど事実として馬鹿馬鹿しく、人間として単純明快なことは無いだろう。

しかし、ヴィーカは覚えている。少なくとも言葉の上で、義姉は職務に忠実なソ連軍人だったことを。ハンガリー出兵に反対した夫を、粛清されたにもかかわらず、だ。そして、ヴィーカは知っている。

義姉はヴィーカとの空戦以前に、既に同様の人工知能試験のための空戦で、十人近い新兵を屠《ほふ》っていたことを。

空軍基地のあったレニンスクは、共産主義革命や大祖国戦争で血が流された場所ではなく、あの「実験」で敗れた搭乗者の血が流された場所だったことを。永遠の火は、その犠牲者のために灯されたのだということを。

中佐に勝つことができるという触れ込みの戦闘機用人工知能はニェジェーリン以前も無数に設計され、戦闘機に搭載され――搭乗者とともに、中佐に敗れ、葬られて来た。犠牲者の中には、従軍して間もない者、というよりはそのために徴兵された十代半ばの青少年も含まれていたと、遥か後になって、義姉の元同僚が教えてくれた。

それでも中佐は戦い続けた。彼女を殺せる人工知能を生み出すために。やがて訪れる敗死の日のために。

ソヴィエトの未来のために。

だからこそ、ヴィーカは信じたかった。たとえ、失敗の連続に業を煮やした研究者たちが、『その迷い』を望んで人選をしたのだとしても、中佐は決して、親類の少女相手に躊躇したのではないと。まだ何も知らなかった彼女の義妹をレニンスクへ連れていった時、殺す覚悟をしていたのだと。それまで通り死力を尽くし、冷酷に冷徹に敵機を撃とうとしたものの……人間を超えるほど進化した人工知能に敗れたのだと。

義姉は人間である以前に、職務に忠実なソ連軍人だった。そうでなくてはならなかった。罪無き若者を散々殺しておいて、身内相手には情にほだされた、などという扱いを義姉は決して望まなかった、そのはずだ。彼女は一点の曇りなく敗北するために死力を尽くし闘った。彼女に勝利したのは人間のようなあやまちを犯さない、ソ連の未来を託せるほどの人工知能だった、そのはずだ。

「残念ですが、取材には答えかねますわ」

ヴィーカ自身意外なことに、マイケルの質問に素っ気ない答えを伝えるまでに、あまり時間はかからなかった。事件について見透かされていたとしても、自分の中にある謎を、土足で立ち入った異国の男に手渡したくないと、既に決めてあったからだ。

だからこそ。

「私が中佐の夫の妹だというのは間違いありません。よくお調べになられたのですね。けれども、その他は何もかも空論で事実ではありません」

ヴィーカはただ、ソヴィエトのための答えを続けた。ジェーニャの誕生日パーティーが待っている、祖国のための模範解答を。

「そして、たとえあなたの妄想めいた推論が真実だったとしても、中佐が人工知能に敗れたのでなく単に個人的な事情で実力を発揮できなかったのだとしても。それを報道することに意味があった時代はとうに過ぎ去っておりますわ。既に人工知能制御の戦闘機は、人類が勝つことが不可能な領域に達しています。もちろん、軍事技術以外の分野でも。時計の針を進めたのが捏造《ねつぞう》の勝利であっても、既に進んでしまった針を戻すことはできない。レニンスクで起きたことの調査は、今の世界にとってまるで意味をもたないでしょうね」

ヴィーカが一息に語り終えるまで、階段の手すりに身をもたれさせて、軽く目を瞑《つむ》って聞いていたマイケルは、ようやく目を開いた。

「成程、成程」

そして、何度か小さく頷いて見せたが、やがてヴィーカに向けた彼の瞳に浮かんでいたのは、失望の色だった。

「あなたは過去の探究が無意味だと仰る。人間の歴史を解き明かすことが無益だとお考えになる。ひょっとするとそれは真実かも知れない――人間が機械と変わらない思考回路しか持っていなければ。あるいは、貴国のように、既に人間の意思で動かなくなった社会を甘んじて受け入れている国においては」

また火事が起きた。今度はウラジオストクとイルクーツク。イガルカやチェルノブイリの消火も済んでいないというのに――

「だが、人間の統《す》べる国においては、我らが合衆国においては、その限りでない。ソヴィエト製人工知能の輝かしい歴史の頂点の一つが、実は虚像、まやかし、ペテンに過ぎなかったとするなら、当然、聡明なる国民たちは他の場面にも疑惑の目を向けることでしょう。あの、屈辱的な月面着陸強奪さえ、矮小《わいしょう》なペテンの産物だったのでは、と考えるかも知れない。正しい定義での特異点、人工知能が自身以上の知性を創造するほどの革新には到達しておらず、見かけ倒しの詐欺だった、そう思い至ることは十分に可能だ」

熱っぽい言動に、ヴィーカは少したじろぎ、口を挟むことができなくなる。彼はきっと若かりし日に、あの月面着陸中継を生で目撃したのだ。その瞬間に立ち会ったことが、彼を突き動かしている――尋ねずとも、ヴィーカにはそれがわかってしまった。

彼女はマイケルにかける言葉を見つけられなかった。あの日、米国がソ連に敗れたのだという屈辱に囚われてきた彼に、本当は、二国が揃って人工知能に敗れたのだという真実に気付いていない彼に、与えられる慰めの言葉を。

マイケルはそんなヴィーカに構わず、続けて熱弁をふるった。手すりに拳を打ち付け、大袈裟な身振り手振りで。無数の見えざる観客へ向けて、あたかも、ソヴィエトを創り上げた扇動政治家のように。

「そう、そんな些細なことが、自由主義陣営の士気を復活させ得るかもしれない。ソ連に合衆国が決定的に負けたというのは根底から誤りだったかも知れない。その考えは、初めはさざ波程度かも知れないが、やがて大きなうねりになるでしょう。過去は変わらない、けれど未来は変えられる。変えうる未来の一歩が、目前に迫る――」

「テキサス州の投票だと？」

ようやく口を挟むと、マイケルはやっとヴィーカに目を向け、微笑みをつくり、ええ、と首肯した。その穏やかな笑顔のままに、階段を下り、ヴィーカの方に一歩また一歩と近づいてくる。

「さて、共産主義国家のお嬢さん。あなたにとって、良いニュースと悪いニュースがあります。どちらからお聞きになりますか？」

「そうですね。悪いことは早めに済ませておきたいですわ」

マイケルは、ヴィーカの三段上で立ち止まって、内緒話でもするかのように顔だけを寄せた。

「先ほどまでの会話は全て記録され、リンカーンの庇護のもと人工衛星を経由して既に本国へ届いています」

そう言いながら上へ向けた指を、電波が地上を目指すように振り下ろす。

「五分と経たずテキサス中、いや、合衆国中に放送されて、世界中の人々が、あなたと私の対決に、自分なりの勝敗の判断を下すでしょう。昔日のレニンスクの真実を巡る議論と、今日のヴォジャノーイとリンカーンの対峙、その勝敗の判断をね。それがシンギュラリティ・ソヴィエトの時代が終わる第一歩となる」

自身の中に巻き起こる、強い感情の渦にかかわらず、ヴィーカは返事をする訳にはいかなかった。眼前の党員現実に、反論は無用、というメッセージと人工衛星の情報が流れてきたからだ。

だから、呟くように尋ねることしかできなかった。

「……良いニュースの方は？」

資本主義の尖兵は、出迎えるように両手を大きく広げた。

「こうなってしまった以上、望むなら我々は貴女の亡命を歓迎します、ミス・ベレンコ。ソヴィエトの闇を暴く証言者としてね。こちらは仲間とともに無事に祖国へ帰還する手立てを整えている。あなたもそれにご同行頂いて構わないという訳です。まあもしかしたら、あなたの体内に、ソヴィエトを離れようとしたら血液に流出する致死毒が仕込まれている可能性も否定できませんが、その場合もあなたの人格データは死守しましょう。電脳空間での余生も、慣れれば優雅なものかも知れませんせん」

仲間という言葉に、今この瞬間も同時多発的に起きている火災に、今更ながら理由の裏付けがついた気がした。

静かに納得し、事態を受け入れていたヴィーカに向けて、彼が手を差し出した。

「次の朝日は久方ぶりに、我々のために昇る。ようこそお嬢さん、シンギュラリティ・アメリカの時代へ」

その手を、無言でまじまじと見つめ、ようやく彼女が返事をしようと口を開いた、まさにその瞬間だった。

雷鳴か、あるいは地響きのような重く低い音が轟き、ヴィーカの視界がわずかに暗くなった。停電したのだ。ヴィーカは瞬時に足払いをかけた。

同じく視覚補正の恩恵で、暗闇に視界を奪われてこそいなかっただろうが、反射的に上方を見やってしまったマイケルは足元への反応が遅れ、無様に尻餅をついた。あわてて立ち上がろうとしたが、もう遅い。ヴィーカは彼の首筋に手を突きつけていた。その、諜報員用の手袋を嵌めた手に目をやったマイケルは、立ち上がりかけた体勢のままで、平静を装って言う。

「なるほど、その手袋から神経毒なりを流して、こちらを葬ろうという算段ですか、しかし、先ほどこちらから握手をご提案したことでお分かりになりませんか？　リンカーンが私の身体に仕込んだナノマシンが、外部からの攻撃を許すかと言えば」

「あなたにとって、悪い報せと、悪い報せと、悪い報せがありますわ」

ヴィーカは彼に最後まで語らせなかった。針で刺すように視線を相手から動かさず、礼儀正しく、丁寧に、有無を言わさぬ口調で喋り立てた。

「どちらからお聞きになります？」

「……今さら記者一人を捕まえて脅しても何も止められないし、それこそ時計の針は戻せませんよ。あなたの悪あがきも引き続き世界の放送局に流れるだけですから、これ以上の抵抗は」

「承りましたわ。ご意志を尊重して、まず悪い報せからですわね。貴方が記録を送信した先の人工衛星ですが、三時間ほど前にヴォジャノーイが掌握してあらゆる通信の行き来を封鎖しておりますの。あなたが受け取っている通信は全て偽物。ですから、先ほどからのやり取りは一切、世間には流れませんことよ」

　相手の呼吸が止まったが、まだ大して焦ってもいないだろうとヴィーカは推察する。視覚・聴覚情報記録を彼が握っている限り、彼が逃げ切ればそれをどこかに託すことはできるからだ。だからこそ容赦なく続ける。

「次は悪い報せでしたわね。あなたは帰国が叶いません。複数箇所で火災を発生させたあなたのお仲間は順次拘束されつつあります。逃走用の偽造ＩＤも回収されたそうです。助けはきませんし、あなたもシベリア送りが決定しましたわ」

　眼の前に流れる情報を読み上げながら、向こうの心音が乱れているのを同じ視界で確認していると、リンカーンから党員現実への干渉も一部だけで、全てが筒抜けになっている訳ではないことに確証が持てた。耐えようと歯を食いしばる相手を見ているうちに、少し高揚を覚えずにはいられなかった。

　そして、とどめはこれからなのだ。

「最後に悪い報せですわ。実はあなた方、入国時点で既に目をつけられていたために、意識を奪った際、体内ナノマシナの生体時計を全て狂わせた上、視覚・聴覚に干渉して時間に関する情報をすべて遮断しておりましたの。そして、あなた方がお眠りになっていらっしゃったのは数時間ではなく、三日間」

それを聞いた途端、マイケルが、金槌で殴られたような顔になり、うめき声を漏らした。

「あら、数え間違いでしたわね。もうひとつ悪い報せですわ。その間にテキサスの投票も終わっていましてよ。出身地の知れない若い扇動者が現れて、世論を大分動かしたとか。投票率は七十七パーセントで、賛成五十二パーセント、反対四十八パーセント。めでたくあなたの故郷の州は、現実世界を離脱して電脳世界入り、ご同胞は今ごろ『資本主義勢力が勝った世界』の夢を謳歌していらっしゃることでしょう。夢の世界は、来世紀が五分の一ほど過ぎた頃らしいですわ」

マイケルがゆっくりと膝から崩れ落ちるのを見て、ヴィーカは、安堵と憐憫《れんびん》の混じったため息を吐いた。そして腰を折って、諭すように言う。

「あなたを拘束します。あなたご自身はさしたる罪を犯した訳でもありませんので、個人的には心苦しいですけれど――」

ヴォジャノーイの指示通り、マイケルの手を後ろに回させ、左手首と右手首を触れさせると、そのまま くっついて離れなくなったようだった。どうやら、マイケルの体内に忍び込ませたナノマシナに強い磁力を発生させたらしい。そんな拘束方法があるのなら、最初からそうして欲しいと、ビニール袋製の不出来な即席ロープを思い返しながら、ヴィーカは文句が言いたくなった。

だがいずれにせよ、恐らく任務は成功した。ヴィーカの個人的な予定、ジェーニャの誕生日パーティーの破綻という犠牲を払って。

階段を下り、複数の展示室を抜け、展示品の並ぶ廊下を戻っていく間も、囚われ人は項垂《うなだ》れ、無言のままだった。

ヴィーカはなんと声を掛ければよいのかわからなかった。彼は今日、少年の頃から抱いていたであろう東側への復讐という夢を失ったのだ。彼の背中が先ほどまでよりも小さく見える……そんなことを思っているうちに、ふと気づいた。ヴィーカに伴われているとはいえ、照明が落ちている廊下を、彼は迷いのない足取りで進んでいる。闇の中で、左右どちらかに寄りすぎることもなしに。

つまり、彼にはまだ党員現実が視えている。

リンカーンの党員現実への干渉がまだ途切れていないのだ。

どういうことだろう、ヴォジャノーイがリンカーンに出し抜かれていたように見えたのは、全てヴォジャノーイの策略のはずだったが。

「あなたには、ご家族がいらっしゃいますね？」

いきなり、男が顔を上げ、こちらを向いた。

それまでの、軽薄ながら人懐っこい微笑からは一変して、狂気が滲《にじ》む笑顔だった。ヴィーカの体内に、平静を保つホルモンの効果はまだ残っているはずだが、彼女は今晩初めて、明確に動揺していた。

過去を言い当てられた時にも生まれなかった焦りを感じ始めていた。

「前言を撤回しましょう、あなたは諜報員失格です。目の前に敵国の人間がいるんだ、意識を失っているとはいえ、家族に連絡なんて取るもんじゃない。『じっとしててちょうだいね』でしたっけ」

炎が閃いた。

マイケルが靴で床を擦《こす》るやいなや、ヴィーカのすぐ傍の壁面に掛けられていたソヴィエト国旗、十五年前に歯車を加えられた布製の一枚が、瞬時に燃え上がったのだ。こちらが彼を案内している間に仕込んだのだろう。

「同志ヴォジャノーイ、消火を」

慌てて身を引き、わざわざ声に出したのは、ひとりでに作動するはずのスプリンクラーが動かなかったからだ。それでもなお消火用の水は降り注がない。リンカーンの妨害の可能性が脳裏をかすめたが、すぐに意識を切り替えて、身構える。

マイケルは姿勢を低くして、こちらを睨み据えた。

「取引の材料を変えよう、あんたが今こちらに付いて来て歴史の証言台に立つならあんたは亡命の英雄だ。もし断るなら、次の機会には合衆国の総力をあげてあんたの子供を狙い、人質にしてこちらの有利に運ぶ。それを避けたいなら降伏しろ」

苦し紛れで策も何もない悪あがきで、けれどもマイケルの語気は荒かった。言葉の力だけで人を殺すことができると信じるかのように。

しかし、ヴィーカは途中からその言葉をほとんど聞いていなかった。雑音程度にしか耳に入れられなかった。

もっと静かな音に耳を奪われていたからだ。

虫の羽音のような、機械の震えるさざめき。あの懐かしい旋律。

微かな音は、すぐにけたたましい唸りへと変わり、ようやくマイケルもそちらに首を向けたが、やがて轟音になる。

バラライカ。

無人の戦闘機から、エンジンの駆動音が響いている。無人の戦闘機が、博物館の順路を逆走し、滑走路にして進んでいる。

――動いている。人工知能搭載とはいえ、かつては搭乗者なしでは身動きすることのできなかった銀色の獣が、自ら咆哮《ほうこう》を上げている。

すぐさま破砕音とともに扉を破り、二人の前に、それが姿を現した。バキバキと音を立てて、両翼が壁面を裂き、部屋を破壊し、柱を倒して、展示パネルをもぎ取っていく。二階の展示品をも巻き込んだらしい。ひび割れた天井からドゥエル社製の生首がひとつ落ちてきて、床面に転がる。二人の目前で、機体はそこに壁でもあるかのように急停止する。

「……なぜ？　何が起こっている？」

逃げ出すことも忘れ、マイケルは呆然と立ち尽くしている。座席に誰も乗っていない、幽霊が乗っているのでなければ動くはずのない機体を見上げて。

「ご存知かしら。我が国の誕生日の祝い方を」

ヴィーカの言葉はマイケルに向けたものであったが、その実、彼のことはすでに意識の外にあり、バラライカとは反対の方向、入口から現れた人影の方に、首を向けていた。

「よそには、祝われる人のために、周りの人間がパーティーの準備をする国も多いそうですわね。当地では、誕生日を迎えた本人がパーティーの準備をして、客を歓待するんですの。ですから、パーティーに来るはずの保護者がいつまで経っても姿を現さなければ、──本人自らが、呼びに来るに決まっておりますわ」

ずっとバラライカに気をとられていたマイケルが、今ようやく小さな足音に気づいて、振り向いた。

七歳の少女が──寝巻き姿のジェーニャがそこに立っていた。

「ごめんなさいね、誕生日に間に合わなくて」

ヴィーカが背を丸めて、少女の銀髪に優しく手を重ねると、ジェーニャは無言のまま、小さく頷いた。

何か無茶をしでかさないよう忠告するため、マイケルの方を見たが、彼は青ざめ、恐怖に打ちのめされた表情で、どうやら良からぬ企みを立てる余裕はなさそうだった。

「なんで……なんでその子どもは、中佐と、死人と同じ顔をしているんだ？」

答える義理はなかった。だからヴィーカは、返答を心に留めておいた。

レーニンやらスターリンやらをクローン再生するたわけた倫理観の人工知能が、大祖国戦争以来の戦闘機乗りを死なせたまま放っておくと思うかしら？　残された者が死者の安寧を望んだとして、それを受け入れてくれるとでも？

ヴィーカの返答が無くても、マイケルは彼なりの洞察に達したようだった。

「そうか、やっと分かった。あんたが沈黙を続けた理由が。あんたはただの倒錯者だったんだ。自分の敬愛する義姉を殺しておいて、今度はそのクローンを娘扱いして育ててるなんて正気の沙汰じゃ――」

否定する必要はなかった。反論する前に、まるで突然の発作を起こしたように、彼が胸を押さえると、そのままどさりと倒れたからだ。傍らのジェーニャが、彼へ向けて指を振っていた。胸が上下しているのを見ると、マイケルは死んではいないらしい。国境でヴォジャノーイが仕込んだナノマシナが作動させられたといったところだろうか。もっとも、有人でなければ動かないはずの旧型機を操ったのを見れば、不可視の気象扇によって空気中の分子や大気の流れを操作するという能力をジェーニャが隠し持っていて、彼の体に直接干渉したのだと言われても驚かないが。

だいたい、指を振るという行為そのものがジェーニャに必要な動作だった訳でもなく、そうした方が、何が起きたかヴィーカに分かりやすいと判断しただけだろう。

また別の足音が近づいてきた。案内用と警備用のレーニンだった。彼らは二人がかりで、そのままマイケルを担ぎ上げ、バラライカの後部座席に座らせた。力を抜いて背もたれに体重を預けているマイケルの姿を見ると、ヴィーカも長い緊張がようやく解けて、少し哀れみが浮かんだ。自国の正義に殉じようとし、その夢を達せられなかった者への、同情心だった。

レーニンたちがマイケルの始末をつけている間、ヴィーカはジェーニャの頬に優しく触れながら、マイケルの残した疑問を反芻していた。

なぜヴィーカがジェーニャを育てているか、そんなことはヴィーカ自身が知りたい。確かに、ある日玄関先に這ってきた赤ん坊を、その声帯を通じてヴォジャノーイから命じられるままに、唯々諾々《いいだくだく》と受け入れて育てていることは、ただ国家に従順なだけだと言い張れるかも知れない。しかし自分の内的な動機としては何なのか。贖罪《しょくざい》の意識か、歪んだ欲求なのか、感傷的な重ね合わせの願望なのか。

ジェーニャを育てていけば、義姉の本心がわかるかも知れないという淡い期待か。

けれど、遺伝情報が同じだったところで記憶を受け継いでいる訳でもない。

……遺伝情報が同じかすら怪しい。明らかに、ヴィーカ自身よりも高い権限を付与されているジェーニャが何かの実験体であることは間違いないだろうし、言葉を発することなくコミュニケーションを図ろうとするジェーニャが、人類と同じ組成で出来上がっていると短絡するのも希望的観測だ。頭脳のうちヴォジャノーイに明け渡している演算量は、多いのか少ないのかは知らないが、自分達とはまるで違うだろう。

眼前に指示が流れる。敢えて後部座席にマイケルを置いた理由は薄々感づいていたが、前の座席には、やはり自分が乗らなければならないらしい。マイケルをシベリアの平行世界観測所に連れていくのも自分の任務のようだ。無人機で済むであろうことを手伝わされるからには、更なる厄介事が待ち受けているのだろう。もしかしたらマイケルやリンカーンまで巻き込んで。ヴィーカは先の長さを思って、一度天を仰いだ。

ヴィーカが、倒れた柱を足掛かりに座席に登っていく間、ジェーニャは二人のレーニンによって、機首へと押し上げられていた。

「そんなところに上がって、大丈夫なの？」

低温、振動、風圧、G、博物館の天井、あらゆる問題点がヴィーカの頭に浮かんだが、ジェーニャはひとつ頷いて見せただけだった。恐らく全てが人類の、神ならぬ身ゆえの、杞憂《きゆう》なのだろう。博物館内で再び戦闘機を発進させることが引き起こす危険性や被害も。

風防が自動で閉じられる。機首の上に座ったジェーニャがこちらを向き、目配せする。青く点灯を始めたスイッチを押す。燃料が切れている可能性も思えば、これもただの儀式に過ぎないのかも知れない。

歓喜の咆哮を上げ、再びバラライカが走り始める――博物館の内装を壊しながら、過去を蹴散らすように。

後方で一つ炎の柱が上がった。マイケルが点けた火は壁を少し広がっただけで消えかけていたのに、風を受けて火勢を取り戻したらしかった。

上昇を始めた機体を三度衝撃が襲った。博物館の一階の天井と、二階の天井、そして屋根と、機械の獣が自らの閉じ込められた檻を、躊躇なく突き破る度に。繰り返す振動で思わず目を瞑っているうちに、やがて揺れが収まった。

ヴィーカの眼下に、モスクワが闇の中で息を潜めていた。

下手に視覚補正がきいていて分かりにくかったが、街灯や住宅や公共施設、一切の明かりが落ちていた。あの停電はモスクワの町全体に及んでいたのだ。レニングラードに拠点のあるアルメニア・ラジオからの情報が流れてこない以上、停電は更に広範囲の可能性さえある。

その町の中に、無数の人影があった。

老若男女を問わぬ人々が、祭りでもあるかのように路上に繰り出して、ただめいめいが立ち尽くしている。戦闘機の騒音に驚いて出てきた訳ではないだろう、数が多すぎる。恐らく町に暮らす人全てだ。ヴォジャノーイに脳を操られ、そこにいるに違いなかった。

その無数の視線が上空に、こちらに向けられている。

訳もわからず、正面――いつの間にか機首に裸足で危なげなく立って、こちらを向いているジェーニャの方を見やると、七歳の少女は、小さく指を鳴らす仕草をした。

刹那、知覚が爆発した。ヴィーカの脳内が爆裂したかのように一挙に拡散し、瞬きひとつしないうちに感覚が東側全土へ広がった。座席に押し込められている自分自身は、機首にジェーニャが佇んでいて、後ろでマイケルが意識を失っている戦闘機に、モスクワの町に、レニングラードに、ミンスクに、アルマアタに、レニンスクに、バクーに、イルクーツクに、ウラジオストクに、カムチャッカに、ウラルの山々に、永久凍土の大地に、東シベリアの凍える海に、磔にされた歴代書記長に、党員一人一人の脳髄に、労働者一人一人の呼吸に、赤ん坊一体一体のニューロンの発火に、動物一頭一頭のタンパク質の合成に、ソヴィエトに。

全く同じ瞬間に、ヴィーカは自分が書記長現実と呼ばれる視座の直中《ただなか》にいるのだと理解し、遥か以前からその全知の力を我がものとしていたかのように錯覚した。ヴォジャノーイは、人類や国家はおろか、リンカーンさえ盤戦を交える相手に選んでいなかった。人類もリンカーンも駒ですらない、駒を削り出すための大工道具を作る、そのための素材ほどにしか考えていない。ヴォジャノーイが自身の無数の分身と競うごとく未来を演算し合いながら、対峙しようとしている、人間の理解の範疇を超えたもの、遥か先に待ち受ける異邦の存在、彼らの行動原理の深奥。すべてがあまりにも自明だった。

ヴィーカはそれよりずっと些細な事への理解にもたどり着いた。遥かに卑近で、塵《ちり》に等しいこと。目の前に存在しなくても瞼に浮かぶイメージがあった。

チェルノブイリ人工知能研究所――イルクーツク演算湖――イガルカ鉄道駅――ウラジオストク産業胎児培養所――レニングラードの永遠の火――レニンスク空軍基地の火――モスクワ人工知能博物館。

これで、七ヵ所。

今この瞬間、全土が停電し、闇に覆われたソヴィエトに、七つの明かりが灯っている。真っ暗な大地に七つきりの炎が揺らめいている。そう、七つだ。

その知覚に達した瞬間、風船が破裂するように、急激に把握世界が萎《しぼ》み、凄まじい虚脱感に襲われた。刹那の間、彼女を満たしていた知識と確信の全てが、手を、心を、すり抜けていくのが分かった。喪失感は、一度に書記長現実と党員現実を失って、労働者現実へ引き戻されたから、だけではなかったのだろう。死の直前の義姉が残した思考、ジェーニャがヴォジャノーイに与えられた使命。求め続けた謎の答えが蜃気楼《しんきろう》のように目の前を通りすぎていった。

無論、ヴォジャノーイが、何を目指しているのかの理解も、彼方へ消え失せてしまった。ただ、長い夢を見たあと、醒める直前のただ一場面だけが記憶に留まるように、真実は一つだけ手元に残った。

今日起こったことは、今日という日を演出したマイケルとその仲間や、ロスアラモスの人工知能の判断は……彼らの知らぬうちに、すべて次の何秒かのために誘導されていたのだと。

発作的に、笑いそうにさえなった。

闇の中、横を向いたジェーニャが、強風で顔にかかった銀髪をかきあげる――そうして少し身をかがめて――見えないタンポポの綿毛でも飛ばすように、ふうっと一つ息を吹きかける仕草をした。

再びヴィーカに浮かんだイメージは、もはや鮮明ではなかった。書記長現実ではなく自身の想像力によって産み出されたものだったから。それでも、激烈だった。

ソヴィエトというバースデーケーキの上に載った七つの蠟燭を、七歳の誕生日を迎えた少女が一息で吹き消し、闇が降りる。

更なる暴風に髪をぐしゃぐしゃにされながら、ふとこちらを向いたジェーニャが、微笑みを寄越した。それに頷きを返したとき、ヴィーカもまた笑みを浮かべていたのは、そうすることしかできなかったからだ。幼児が大人の表情を真似るように、自動的な振る舞いだった。

七歳の少女の誕生日のために、あまたの犠牲をいとわず、東側全土を停電させ、足りない炎はテロリストに付けさせ、その蠟燭を一瞬のうちに吹き消してしまう者がいるとして、クラッカーを鳴らす代わりに、何が起きるのだろう？　八歳の誕生日には、地球全土をケーキ代わりにするのだろうか？　この光景を現出させた真の理由は？　人類はいつまで、テーブルに呼んでもらえるのだろうか？　圧倒的な疑問を矮小化し弄んでみても、覆い切れない戦慄が身体を這い上って、絶叫に形を変えようとした時――

大丈夫よ、何も心配しないで、ヴィーカ。機械の神様があなたを守ってくれるから。

はっと目を見開く。かつて義姉から聞かされた言葉が、頭の中に響いたような気がしたのは、錯覚だっただろうか、それとも。

機首の上で横を向き、モスクワの夜空に対峙している少女が、小さく口を動かしたようにも見えた。

誰かに喋りかけたくなって、ヴィーカは、起きているはずのない後部座席の人間に、小さく声を掛けた。

「ぐっすり眠りなさいな、夢見る国の人。もうじき目覚めの時間が来るでしょうから。こちらの国もそちらの国も、そう安らかには眠ることができない時代がね」

義姉はきっと、そんな世界が訪れるなどとは予想もしなかっただろう。しかしそれは、かつて義姉が願い、自身の屍《しかばね》の上に築かれることを選んだ未来だった。

ならば、見届けよう。

ヴィーカは囁くように口ずさみ始める――誕生日を祝う歌を。

ひかりより速く、ゆるやかに

「人間は脱出しなくてはならないのよ」リーナはいう。「人間は闘わなくてはならず、自分のおかれた条件を支配しようとつとめなくてはならない。かりにそうすることによって、より悪い消滅の道をたどったとしても、それもやはり人間の運命なんだわ」

「わたしは死者なんか気にかけていないわ」リーナはいう。

「わたしが気にかけているのは生者だけよ」

――バリー・N・マルツバーグ「ローマという名の島宇宙」(浅倉久志訳)

僕はクラスメートたちの将来の夢を、新聞で知った。

そりゃ、同じ文芸部に所属していた寺浦健太郎がゲームのシナリオライターを目指していたこととか、隣の席に座っていた細原海斗がNBAを目標にしていたこととか、幼稚園から一緒だった檎穣天乃《きんじょうあまの》が漫画家を目指して投稿を続けていたことなんかは、僕の薄情な記憶にも残っていた。

でも、二十九人いるクラスメートの大半とは、ただ毎日同じ教室で授業を受けて行事をこなし、休み時間や放課後につるむだけの知り合いでしかなくて、心の中に秘めた未来については知ろうともしなかった。将来の夢や人生の目標を語り合う機会なんてなかった、一度も。もう同じ教室で授業を受けられなくなってからやっと、新聞越しに彼ら彼女らの、人となりの深奥《しんおう》を知ることになるなんて、天乃に聞かれたら笑われるだろう。

だから、僕は知らない。

たった今、保護者席のどこかで上がったすすり泣きの声が、誰の家族のものかなんて。やがて二つ、三つと重なって、コーラスになっていく慟哭《どうこく》のそれぞれが、誰のための祈りかなんて。

確かめるために保護者席へ目を向けることも、できやしない。卒業生の一人たる自分が、余計な振る舞いをしたら、体育館のあちこちに陣取っているマスコミのカメラの餌食《えじき》だ。だから、僕はじっと前を見つめている。目が向かうのは、壇上に立って卒業生に向けたメッセージを読み上げている知事じゃない。その奥だ。

ステージ奥の幕には、国旗と校旗の間に挟まれるように、四枚の写真が飾られている。修学旅行三日目、ディズニーランド前で撮影した、A組からD組それぞれの集合写真を大

いる。
や昴ぶりに自然と表情を緩めていて。学年のほとんど全員が、僅《わず》かな例外を除いて映って
まではいかないけれど、六割くらいの子は笑っていて、そうでなくてもちょっとした興奮
きく引き伸ばしたものだ。きっとカメラマンが優秀だったんだろう、全員が満面の笑顔と

僕は知らない。皆が東京の観光地でどんな会話をして、どんな自由時間を過ごしたのか。
その中身に頭を巡らせていたとき、不意に真隣でカシャリと音がしてギョッとする。そ
っと視線だけをそちらに向けると、隣のパイプ椅子に座った薙原叉莉《なぎはらさり》が、恐ろしく短いス
カートから覗く日焼けした膝の上に、卒業証書の筒とスマホを乗せて、スクショを撮り続
けている。
画面に映っているのは、新幹線の窓越しに見えるクラスメートの姿だった。
「やめなよ、薙原」
「あ?」
喧嘩腰にしか聞こえないその口調が、敵意あってのものではなく彼女の素《す》なんだと、僕
は学んでいた。怯《ひる》んで言葉を引っ込めれば本当に機嫌が悪くなることを、今は知っている。
「卒業式なんて無くなるかも知れなかったのに、僕たちのために開いてくれたんだから」
「誰も開いてくれなんて言ってないだろうが。あたしもお前も」

「平成の不良みたいなこと言わないで」

「何も嘘は言ってねえだろ。自己満足なんだよあいつらの」

「ちょっと、あんまり大声出しちゃまずいって。みんなこっち見てるから」

僕はできる限り声を落としたけれど、薙原は声量を絞らない。

「自意識過剰だろ」

「そんなことないよ。だって」

その先を告げるのに少し躊躇《ちゆうちよ》して、僕は自分の右肩にゴミがついていないか確認するような素振りで、首を少しだけ斜め後ろに向ける。

パイプ椅子の列。体育館の一番後ろには在校生代表の二年生計百十九人が座っている何列か、その手前には二百人を超える保護者や関係者の座った何列か、そして一番手前、僕たちの真後ろには、百以上並べられた、無人のパイプ椅子の海。

僕は前に向き直って、薙原のほうを見ないまま言った。

「卒業生二人しかいないんだから」

私立紀上《きのかみ》高等学校第四十七期生は、三年前、四クラス百十七名で入学式を行って、今日、一クラス二名で卒業式を迎えた。

『四十七期生の皆さんを襲ったのは、歴史上初めての災害でした。巻き込まれなかったお二人も、保護者の皆さんも、まだ受け止め切れていないと思います。歳月が一日一日、前へと進んでいく中で、皆さんの心はあの一日に囚われたままかもしれません。でもどうか知っておいて欲しいのは、私たち大人が、忘れてはいないということ──』

壇上での知事の挨拶は、二人きりの卒業生が耳を傾けていなくても、まだ終わる気配を見せなかった。体育館の壁に貼られた式次第を見ると、これは「知事から贈る言葉」らしくて、その後に続くのは「電報」。卒業式で「祝辞」「祝電」を始め「祝」の文字を排除した結果できあがった頓珍漢《とんちんかん》な式次第は、現れないはずの出席者分のパイプ椅子も全部並べておくという狂気にしか見えない気遣いと同じく、僕たちの与《あずか》り知らぬところで大人たちの世界が動いていることの、証明だった。今日一日、あの車両に向けた定点カメラを置いて関係者が観れるようにするなんて措置も、きっと人生で一度も不幸に遭遇したことの無い、心優しい人間の思いつきなんだろう。

僕は、卒業生席に座るはずだった連中のこと、僕のいた、私立紀上高等学校二年D組のことに思いが及んで、つい、薙原の膝の方に目をやった。

ちょうど、映っていたのは、檎穣天乃の──幼馴染の姿だった。

スマホに映っているのは、リアルタイムの映像。

写真なんかじゃない、それは動画だ。

僕たちと一緒に卒業するはずだった百十五名は、卒業式には参加できていない。

皆は目下のところ、引率の教員ともども、修学旅行で訪れた東京からの帰路にある。

ここ六百日ほどの間。

◆◆◆

白鱗《びゃくりん》の竜が、死を迎えようとしている。

冬の終わり、神鉄草が赤銅の花を散らせ始めるころに、そんな噂が一族の間で囁《ささや》かれ始めた時、少年はまず噂を信じようとしなかったし、信じたくもなかった。大人たちが瞳占《どうせん》師《し》と〝壁〟の陰でひそひそ話をしているのは、確かに何かいつもと違うと感じていたけれど、話を盗み聞いた友だちが、噂を息せき切って伝えに来ても、飲み込めなかった。

でも、その話を聞いて、心に鈍い痛みを感じたのは確かだった。

少年にとって、白鱗の竜はかけがえのない友だったからだ。

無論、竜は口を利かないし、こちらをどう思っているかは分からない。

けれど、少年にとって竜は、背に登って日向《ひなた》ぼっこをしても咎めることなく、腹の陰に潜り込んで涼を取っても身じろぎひとつせず、ただそこにいてくれる確かなもので、少年が幼い頃に疫病で命を落とした父親よりも揺るぎないものとして、心に根を張っていた。

竜の背に登って、ともに駆けっこをした弟も、風邪をこじらせて亡くなった。竜は少年がまだ弓矢で壁蛇《へきじや》さえ狩れなかった幼い頃から、太りもせず痩せもせず、ただ草原に巨体を横たわらせていて、歳月が巡る中でほんの少しずつその身を西へ向けて這わせる。

竜の白に比べれば、竜の背から眺め下ろした天幕の茶色は、風にはためいていて、大嵐が来ればたちどころに空へ舞い上げられてしまいそうな危うさがあった。数十の天幕のうちから、少年の血族が住んでいる一張りを探しだすと、いっそう心許なく見える。その下で自分が寝起きしているのは、不思議といえば不思議だった。

夏至の祭が来るたびに、竜の背に座して長《おさ》が語った物語は、若者たちにはとっくに聞き飽きたものだったけれど、少年はいつも、それを初めて聞くように、目をきらきらと輝かせて耳を傾けた。

――遥か昔の人々、我々の遠い祖先たちは、旅に憑《つ》かれていた。池のほとりに生まれた者も、川辺に生まれた者も、山深くに生まれた者も、旅をした。旅人が集って石を積み上げ、巨大な村を作ってもまだ、彼らは彼方の地に焦がれ、能《あた》う限り早く、叶う限り遠くへ向かおうとする魂に急きたてられた。

その願いを満たすには人の身では限りがあった。

だから昔日《せきじつ》の人々は、疾《と》く駆ける多くの生き物を飼い馴らした。光よりも速く走る竜の力を借りて、遠い天地を瞬く間に行き来した。竜ばかりでなく、空を舞う大鷲も、水を泳ぐ亀も、天翔《か》ける麒麟《きりん》さえ彼らは操って、彼方を目指した。

されど、天命として与えられた場所を捨てて、異邦へ去っていく人間たちは、やがて神の怒りに触れた。飼い馴らされた動物たちは、呪いをかけられてしまった。一気に年を取らされて、竜も大鷲も亀も麒麟も、人間よりも歩みの遅い生き物に変えられたのだ。

再び神の怒りに触れることを恐れた人々は、生まれた地で生き、生まれた地で死ぬことを選ぶようになった。石の柱は毀《こわ》れ、巨大な村は土に還った。

そんな中にあって、我らの祖父の祖父のそのまた祖父の、九百代も昔の祖父は、留まらぬことを選んだ。いつか神が人々を赦《ゆる》し、竜の呪いが解かれる日を願って、ゆっくりと、ゆっくりと這い進む竜に寄り添って暮らそうとした。竜の進む道が我らの進む道となった。

我らは竜の守り人になったのだ。

いずれ神が赦しを与え、竜が再び光よりも速い脚を取り戻した時、その時、我々は竜とともに祝福された地に至るだろう。

……少年には、そんな物語のどこまでがおとぎ話で、どこまでが真実か分からない。

けれども、自分たちの祖先の祖先が、今とは全く異なる暮らしをしていたのだろうことは、疑っていなかった。

　証拠はある。

　竜の脇腹には、ぴったり規則的に間を空けて、幾つもの四角い絵が描かれている。そこには古代の人々の姿が描かれていて、昔日の不思議な文物を後世に伝えている。

　奇妙な模様の腕輪に目をやる者。祭具らしき小さな板を指で撫でる者。

　彼らの纏《まと》う服は、少年たちの部族が着るものよりもずっと色鮮やかだった。それこそ、竜の鱗のように目を刺す、純白や藍色だった。村にいる、草花の汁で絵を描くのが好きな変わり者たちも、どんな花を潰せばあれほど美しい色が手に入るのかと、噂し合った。

　老人たちが語るところによれば、絵は古代の人々が魔術の力を得て描いたものであって、時とともに少しずつ姿を変えているのだという。確かに、絵の中で目を閉じていたはずの男が、長い歳月を経《へ》ていつの間にか目を開いていたのを、少年は見知っていた。

　そんな美しい絵のひとつに、少年はとりわけ愛着があった。

　奥にも複数の古代人が描かれているが、手前に大きく描かれているのは、腰かけた台から今にも立ち上がろうとしている少女。やはり白と藍の服に身を包んでいる。

　何かが待ち切れないような、そんな期待の色を浮かべた鳶色《とびいろ》の瞳。

　件《くだん》の絵の前に来るたびに少年はどぎまぎして、かえって目を逸《そ》らしてしまうのだ。

その理由は、絵の中の少女が美しいからだけではなかった。

少年が幼い頃に出会い、別れた少女に瓜二《うりふた》つだったからだ。

◆◆◆

初めてあの新幹線を見に行ったのは、修学旅行の三日後だった。学校からは自宅待機を命じられていたのをいいことに、叔父さんの運転する車に揺られ、混み合う高速道路や一般道を乗り継いで、八時間がかりで向かったんだ。

「ハヤキも大変やなあ。気を落とさんと」

この小旅行で何度も繰り返された叔父さんの言葉は、どこか白々しい。後部座席の僕と運転席の叔父さんの間に横たわる距離は、目に見えるよりもずっと遠い。親戚の集まりで二、三度会っただけの叔父さんが、いきなり父に電話を掛けてきた辺りから、どこか薄《うっす》らと嫌な気分に苛まれていた。

叔父さんは、芸能人の下半身事情とかスポーツ選手の乱行とか宗教団体の跡目争いとかヤクザの抗争とか、胸焼けのするような内容を詰め込んで極彩色《ごくさいしき》の表紙で飾り立てた雑誌の編集者で、僕は高校生らしい潔癖《けっぺき》さで、そんな叔父さんを心の底で侮《あなど》り遠ざけていた。

でももちろん、そういう内心を口に出して物事を波立てたりしないくらいには分別のある高校生だった。

「……なんていうか、気を落とすとかいう以前に、まだ何が起きたのかもよく分かってなくて」

それが起こった時、僕は自室のベッドで横になったまま、自分の行けなかった修学旅行の実況が飛び交うＬＩＮＥからしばし離れて、ツイッターのＴＬを追っている最中だった。トレンドに「新幹線」「のぞみ」「事故」「信号途絶」みたいな文言がずらりと並んでいるのを見てぎょっとして、付近の住民の「新幹線が停車して一時間くらい動いてない」というツイートが目に入り、クラスのＬＩＮＥグループを確認した。そうして、雪崩《なだれ》のような発言数で追うことも困難だったはずのその場所がおおよそ一時間前から沈黙に落ちているのを見つけて、とにかくＴＶを付けた。けれど、あとはろくに状況を知れなかった。新幹線が停まっていて、中に人が閉じ込められていて、そして――ニュースで流れていた理解不能の言葉については、新幹線のもとに間もなく辿り着くこの瞬間でさえ、理解できていなかった。

そんなことを改めて一つ一つ説明すると、叔父さんは、いかにも大人ぶって諭すような口調で言った。

「いずれ分かってくると思うで。その時に潰されんように、最悪の想定もしとき」

最悪の想定というのがいまいちピンと来ていなかったけれど、僕は頷《うなず》いた。

続けて叔父さんが言ったことは、単なる軽口だったのかもしれない。ただ、

「クラスに好きな子とかおったんやない」

身体の柔らかいところに触られた、そんな風に錯覚するくらい、不意をつく質問だった。

「うん、まあ。いたよ」

「そうか。頑張りや」

後部座席から叔父さんの表情は窺《うかが》えなかったけれど、その言葉は、初めて叔父さんが見せた、本心からの気遣いのような気がした。

助手席には、僕の着座を拒んだ先客である、大量の本が積まれている。二十冊はあるだろうか。僕は沈黙の中で、背表紙の題字をぼんやりと眺め、妙に印象に残るそのタイトルを口の中だけで唱えていた。

『恐怖の館』『地球はブレイン・ヨーグルト』『山手線のあやとり娘』『故郷から100光年』『忘却の惑星』『海を見る人』『ある日、爆弾がおちてきて』『サムライ・ポテト』『拡張幻想』……

その時、叔父さんがブレーキを踏んだ。

近づいてきた警察官に向けて、窓から身を乗り出した叔父さんが、自身の免許証と、僕の学生証を見せてこう言った。

「私立紀上高等学校二年D組の伏暮速希《ふしぐれはやき》と、その保護者です。静岡県警の室田さんに話を通してます」

叔父さんが僕を連れてきたのは、この瞬間のためだったようだ。

問題の新幹線から管制と他車両への信号が途絶え、パトカーと消防車と救急車が到着した後、対応に苦慮した彼らは、ひとまず車両周辺への野次馬の立ち入りを禁じ、上空からヘリで近づいた何社かを除いて報道陣もシャットアウトした。

〝静岡県警〟という文字が書かれた、運動会で使うような四角い屋根つきのテントがあちこちに張られていて、そこでは諦めの悪いマスコミや乗客の家族らしき人たちが警官と押し問答を繰り広げている。当時乗車していた人間がおよそ八百名とニュースで聞いたから、関係者は数千人単位だろうか。もしもこの地点がもう少し新横浜に寄っていれば、詰めかける関係者で現場はパンクしていただろう。幸か不幸か、交通の便は悪い場所だったし、東海道新幹線自体、この馬鹿でかい障害物のせいで、全線止まっている状態だった。

叔父さんは指示に従って、路上を区切って作られたスペースに車を停めた。

下車した僕たちは警官に伴われて、立ち入り禁止の柵を抜け、階段を登って鉄橋の上に向かう。のぞみの車両は規制線に囲まれていた。ドラマでよく見るような黄色と黒の規制線だけでは数が足りなかったのか、単なるロープを張り渡している箇所さえある。

「はい、二名入ります。高校のせいぞ――同級生の人！　それと学校関係者！」

無線機に向けて告げたのは僕たちを規制線の向こうに通した警官だった。彼の言いかけた、生存者という言葉が、僕には不吉に響いた。

十五両編成、その最後尾車両最後列の窓に、僕と叔父さんは近づいて行った。

まず窓を覗きこんだ叔父さんの表情には、真剣さだけでは説明できない、得体の知れない輝きがあった。未知のものに触れた時の好奇心――そう、たとえば美しい蝶の羽ばたきから目を逸らせない幼子のような。

「見てみ」

興奮気味の声に促されて、僕も恐る恐る窓に顔を寄せた。

そして目に入ったものが、僕には、現実の光景とは思えなかった。

ガラス窓一枚隔《へだ》てた向こうで、スーツ姿のサラリーマンが駅弁に割り箸を伸ばしていた。

そして、伸ばしたまま止まっていた。

視線はあくまで彼自身の昼食に向けられていて、自分の身に起こった事態に毛ほども、そう、たとえば地震の初期微動ほども感づいていないのは、明らかだった。

「蠟人形のように、って書こかと思てたんやけど、蠟人形感は全然ないなあ、リアル過ぎる、っちゅうか……おい、大丈夫か」

言われるまで、ふらついていたことに気づかなかった。車両に手をついて、何とか崩れかけたバランスを取り戻す。叔父さんが窓に向けてシャッターを切る音が遠くに聞こえた。

少しずつ歩いて行って、二つ、三つの窓を覗いた。

現実感は濃くなるどころかどんどん薄れて行って、夢の中にいるみたいだった。

頰杖をついたまま大きくあくびをしている、壮年の男性がいた。目にはうっすら涙が浮かんでいたけれど、それが頰に流れる気配はない。母親らしき女性の膝の上で両手を伸ばしている園児の姿があった。何か訴える表情で口を開いているのに、言葉が発せられることはなかった。団扇《うちわ》で自分をあおいでいる、着物姿の少女がいた。風を受けて翻《ひるがえ》った髪は、その軽さを感じさせたまま空中で彫刻のように固まっていた。

新幹線の外には、関係者だろう、僕たちのように普通に動いている人間がいくらかいた。窓を拳で叩きながら必死に誰かの名前を呼んでいる男性がいた。窓の前で立ち尽くして途方に暮れている母子連れもいた。幾つもの窓を越え、車両を越えていく間、なんだかふわふわと落ち着かない気持ちだった。けれど、そうやって浮遊感に逃避できたのも途中までだった。

見覚えのある色が視界に飛び込んできたからだ。十一号車の最後列、そこに、見間違えようもない藍色、僕の通う高校の制服に使われた色を見つけたのだ。

反射的に、叔父さんを追い越して、無言のまま僕は窓に顔を張り付けた。

クラスメートだった。播本さくら。深いつながりはないけれど、クラスの委員長で、お節介扱いされながらも嫌われてはいなかった。修学旅行の班決めで壇上に立ったのも彼女だったし、出発の四日前に班行動のスケジュールについて説明していたのも彼女だった。彼女は片手に開いた修学旅行のしおりのページを、眼鏡の奥の神経質そうな瞳で見つめていた。後はもう帰宅するだけなのに、それでもスケジュールの遅れを懸念していたのだろうか。

杞憂だなんて笑うことはできなかった。彼女たちはまだ帰宅できていないのだから。

「この辺、ハヤキのクラス?」

後ろから叔父さんに投げかけられた言葉に、僕は振り向きもせず小さく頷いた。

「まずこの窓から見えとる子。一番手前から通路のとこまで、名前分かる?」

僕は窓にいっそう顔を寄せて、半ば機械的に喋った。

「えっと、この窓際にいるのが、播本さくらさん、クラス委員長です。真ん中が日垣梨子さん。陸上部でした。通路寄りは、A組の女子で、確か、鈴本……すみません、下の名前は分かりません、あと、A組じゃなくてC組だったかも」

叔父さんがメモ帳にさらさらとペンを走らせながら言った。

「分かった。自信が無いところは自信が無いで構わない。じゃ、写真撮ったら次の列」

見落としの無いように一列ずつ前進し、僕は窓を覗き込んでそれぞれの名前を叔父さんに伝えていく。きっと雑誌の記事に載せるつもりだろう。どの席に誰が座っているかの確認が、叔父さんが僕に求めていた仕事だったのだと気付いても、反発する気持ちも浮かばなかった。むしろ仕事を与えられたことに、感謝さえしていた。数日前まで同じ教室で過ごしていたクラスメートたちが静止して沈黙しているという目の前の出来事に、心が荒れ狂い過ぎて訳が分からない気持ちだったからだ。例外はいなかった。誰もが停まっていた。寺浦も、細原も……

僕ははっと気づく。

天乃は、何をしているんだろうか。

この車両のどこかに檎穣天乃がいる。高速道路を走っている間、ずっと頭を占めていたことだったけれど、この〝事故〟を眼前にしたショックで意識から飛んでいた。

もしかしたら、心に蓋をしていただけだったのかもしれない。だって、思い出した瞬間に呼吸がしづらいほどに胸がきりきりと痛み始めて、鼓動が耳に届くようになってきて。

もうクラスメートの顔を半分近く見た。

ほら、もう次の窓のところに座っているかも——

「紀上高校の教職員の方ですか。静岡県警の者ですが」

その時、警官の一人が叔父さんに話しかけてきたことで、僕の思考は途切れた。教職員だと誤認しているのは警官同士の情報伝達のミスだろう。後で知ったことだけれど、学校関係者と保護者の一部希望者を乗せたマイクロバスがここに到着するのはこの二十四時間後だった。

「ご苦労様です。逢坂勝《おうさかまさる》と申します。こちらはD組の生徒の伏暮速希です」

叔父さんは警官の前で嘘はつかずに、けれど誤解をそのままにして情報を引き出そうとしているようだ。僕はおじさんの手前、黙っているしかなかった。

警官は、制服姿の僕の方も一度ちらりと見やってから、

「あちらにもお一人、生徒の方がいらっしゃるんですが、ちょっと教員の方から説得して頂けませんか」

もう一人生徒が来ていると聞いて僕は少し驚いたし、期待めいた気持ちも湧いた。学校生活でも一番の思い出になる行事に参加できなかった不運な人間——違う、異常事態に巻き込まれずに済んだ幸運な人間が、自分の他にもいる。僕はまだ見ぬ相手に、一方的な仲

間意識を覚えていたんだ。

その誰かを止めるために、叔父さんが警官に言われるがままについていくので、僕も一旦、車体をぐるりと回って、反対側の窓の方へ向かわなければならなかった。

確かに窓を通して見ると、車両の反対側で揉め事が起きているらしいことは分かったが、はっきりとは視認できない。僕は頭の中で、お仲間がどんな理由で修学旅行に行けなかったのか想像した。そこそこ金のかかる私立だったから、金銭的事情ではないはずだ。やはり、急病だろうか。

逆側でもちょうど十一両目、うちの生徒たちがいるはずの車両のところに、警官三人に三方を固められるような形で囲まれて、その人物はいた。

警官の一人が宥《なだ》めようとしているのに対して、怒鳴るように反駁《はんばく》している。

ここまで近づいても誰か分からなかった。かろうじてうちのセーラー服を着ているから同じ学校とは分かったけれど、頭にはフルフェイスのヘルメットをかぶっていたんだ。

大人の男に囲まれても、見劣りしないくらい背が高い。そして、右手には鈍く光る銀色の得物――金属バットだ。

僕と叔父さんがそちらに駆け寄っていくと、警官たちの方が気を取られてしまったらしくて、視線が一瞬こちらに集まった。その瞬間を、フルフェイスの人物は見逃さなかった。

自分の目の前に立っていた警官を手で押しやると、

「おらっ！」

金属バットを両手で振りかぶり、恐ろしく力のこもったスイングで、振り下ろした。押しのけられた警官の向こう側にあったもの、新幹線のガラス窓めがけて。

僕は思わず目をつぶった。

だけど、目を開けても、予測された事態は何も起きていなかった。

散らばる破片が飛んでくることも、ガラスの砕ける音が耳を聾することもなく。音も衝撃もすべてどこかに消え失せてしまったみたいに、傷一つないガラスがそこにあった。

警官たちが、バットを振り抜いたまま息を吐く彼女に声をかける。

「だから言ったでしょう。ドリルで穴を開けようとしても傷一つ付かなかったんです」

「うるせえ！　全部の窓を試した訳じゃないだろ！」

言い捨てて隣の窓に向かう彼女の腕を、とうとう痺れを切らしたらしい警官が摑《つか》む。それを振りほどこうとする彼女の姿を見かねて、

「おい、ほっとくと公務執行妨害で捕まるぞ」

そう叔父さんに言われるまでもなく、僕は小走りでそちらに近づいていた。

「あ、あの……、先生の指示を待った方が」

「あ？」

僕の言葉に説得されたというよりは、同じ高校の制服に視線を奪われた彼女の動きが止まったところで、彼女は警官たちによって地面に組み伏せられてしまった。

「おい、離せよ！」

警官の手で外されたヘルメットから、金色に染めた長髪が零《こぼ》れ落ちた。

地面に押さえつけられ、憎々しげな瞳でこちらを見上げる彼女の姿を見て合点がいった。

ああ、そうか、修学旅行に参加できない理由は、風邪とか金銭的な事情以外にもう一つある——補導だ。

僕以外にただひとり修学旅行を休んだ人間は、学年で一番の問題児である札付きの不良、薙原叉莉だった。

◆◆◆

おろかだねハヤキ
かぜ引くなら別の日でいいのに

自由自在にインフル引く日をコントロールはできないので

そこは気合い
気合いが足りない
おみやげ何がいいすか

ちょっと待って下さい、考えます

じゃあアイスで

早い
しかもまた溶ける

注文が多いぜ君
代わりに自分で買いに来なよ

思い出話だけでいいよね

発想がひどい

病人へのいたわりが欲しい

頑張れ
早く治りなさい
わたしも頑張ってくるんで
応援よろしく

天乃の幸運を祈ります。頑張って

「おい、その相手、天乃か」

薙原の言葉に、僕は慌ててスマホを机に伏せた。

早めにプリントを済ませた心の緩みから、LINEの画面を覗いていたのがよくなかった。隣の席から僕の行為を見咎《みとが》めた薙原の表情は、夕陽を背にしているせいか、今にも飛びかかろうとする獰猛な野生動物じみて見えた。

「訊いてんだろ。天乃なのか、それ」

「そ、そうです」

僕は思わず丁寧語で返答した。誰だってそうすると思う。

薙原叉莉は、トイレでタバコを吸っていたとかセクハラ教師を病院送りにしたとか気に入らない男子上級生をシメたとか夜な夜な単車で峠を攻めてるとか、どこまで真実でどこまでジョークなのか分からない噂が別クラスの僕にまで届くような奴だった。僕は噂を聞くたびに、どうか永久に接点が生まれませんようにと祈ったものだった。

祈りは届かなかった。夕闇が生き物のように忍び込む教室にいるのは、僕と薙原の二人だけだ。事故から一ヵ月後にやっと登校した僕らは、D組の教室に隣り合って着座していた。プリントを渡した教師が戻って来るまで二十分はかかるだろう。助けはきっと来ない。

過疎地の小学校じゃあるまいし、たった二人の生徒に対して授業やテストを行うのは労力面でも費用面でも正気じゃない。教職員七人が〝事故〟の巻き添えになったんだから、なおのことだ。実際、僕と薙原は、別の私立高校に特例で転入を認められる話が進んでいたけれど、そこにPTAの有力者何人かが横槍を入れた。

C組の遠藤聡の両親を中心とする一派の主張にいわく——新幹線に閉じ込められた生徒と教職員たちは、あくまで一時的な事故に巻き込まれているだけで、事故が終息して学校に復帰できるのは明日かもしれない。この学年を解体するということは、彼らの帰る場所を奪うことに他ならない。

新聞にも取り上げられたその声明は、テレビのコメンテーターにはそこそこ擁護されて、ネットの人たちからは「こいつら馬鹿じゃないの」っていう現実的な批判と嘲笑を浴びたけれど、とにかくOB出身の新校長が着任した上、二人だけの新D組に他校の教師が次から次へと出前授業にやってきたのは事実だ。保護者たちは、心に風穴を開けられて、子供に使うはずだった資産とエネルギーの行き場を見失ったんだろう。うちの生徒以外の被害者の家族も含めて、のぞみ123号家族協会というのが結成されて、国とJRに早期解決と賠償を求める運動が始められた。こんなわけのわからない事態に賠償責任があるのかどうか、僕に聞かれても困る。

とにかく、僕は狂犬とたった二人で、二十九ぶんの二つ、教卓の真正面の座席で残りの高校時代を生きることになったようなのだ。僕のスマホ画面に薙原が食いついたこの日は、その最初も最初の一日目、六時間目のことだった。

「少しでいい。貸せ」

「いや、ちょっとそれは」

僕が慌ててスマホに伸ばした手に薙原の手が重なったけど、それで僕がどぎまぎしている暇はなかった。薙原が僕の手首を捩《ねじ》りあげて、スマホを強奪しようとしたからだ。ヤバい、と思った。人生で初めて不良に絡まれた。不良って実在するんだ。いや、そんなことはいい。何が何だか分からないけれど、とにかく天乃とのやりとりを見られるわけにはいかない。

教師が教室に戻ってきた時、僕は身体を丸めて、襲いかかる薙原にスマホを奪われまいと必死で抵抗している最中だった。

今日が初対面の教師から二人揃って冷ややかな注意を受け、プリントを回収されて、僕たちの復帰第一日目の「授業」は終わりになった。

帰宅のために席から立ち上がったけれど、このまま帰ると後ろから襲われそうだったし、後ろから襲ってきそうな相手と明日以降の授業を受けたくはなかった。スマホを鞄の奥に押し込んで警戒態勢は全力で維持したまま、僕は慎重に、身体を引き気味に尋ねた。

「何で、スマホ獲ろうとしたんですか」

「気になるだろ。天乃とお前が、あの事故まで何話してたか」

僕は咄嗟《とっさ》に、薙原と天乃の繋がりに頭を巡らせる。でも、分からない。僕は高校に入ってから天乃とずっと同じクラスだったけど、薙原とは一度も同じクラスになったことはない。天乃と同じ、漫画研究会や図書委員会に薙原が所属しているとも思えない。訝《いぶか》しんでいると、薙原が答えを言った。

「天乃は妹だ」

「……は？」

「だから言ってんだろ、檎穣天乃は、あたしの妹」

「いや、おかしいよ。名字も違うし、お姉さんがいるとか天乃から聞いたことないし、学年も同じだし、全然似ても、」

「父親が同じだ。本妻の子と愛人の子」

薙原がさらりと言ってのけたものだから、二の句が継げなくなった。

「人聞きが悪いから、あたしも天乃も他人にはあんま言わないようにしてる」

僕の中で好奇心が破裂しそうになっていたけれど、深入りすべきではないように思えた。だからその事情については触れなかった。ただ、

「いや、でも姉妹だったとしてさ。それで、ＬＩＮＥを見る理屈にはならないよね」

自分のですます調がいつの間にか解除されている。それほど衝撃が大きかったのだ。

「妹に悪い虫がつかないようにするのは姉の義務だろうが」

目が据《す》わっている。しかもさっきから、僕の鞄の方にいつでもダッシュできるように、足を開いているような気さえする。身の危険を感じた僕は必死になって反論を捻り出す。

「でも、だけどだよ、妹のLINEを勝手に盗み見る姉は、妹に嫌われると思う」

ぐうっ、と飛びかかる直前のライオンの唸り声めいたものが薙原の喉奥から響いて、僕は、選択肢を誤った、殺されると思った。

「確かに、お前の言う通りだ」

杞憂だった。狂犬は餌をお預けされた犬のように項垂《うなだ》れてしまった。

自分の都合でLINEを見せたくないだけの僕は、罪悪感に襲われて、慌てて付け足す。

「え、えっと、クラスのグループLINEの方は見ていいんじゃないかな、大勢見る前提だし、天乃も結構、画像上げてたし」

「本当か」

今度はこちらにずいっと近寄って来たので、僕は額に脂汗が浮かぶのを感じた。これ以上焦《じ》らすと、このまま喉笛を嚙み千切られないとも限らない。観念して鞄から取り出したスマホを、クラスのLINEグループの画面にして差し出した。

薙原は画面を切り替えたりすることなく、律儀に発言をスクロールしていく。時折スクショを撮っているのは、ひょっとして自分のスマホに送るつもりだろうか。

全て追うのは大変だろう。修学旅行中の発言群はめちゃくちゃに流速が速かった。深夜の教師の見回りだとか、アトラクションの待ち時間情報だとか、インスタ映えするスイーツの店だとか、人気漫画とコラボした土産物の情報だとか、旅行情報誌並みになっていた。

視線を画面に釘付けにしたまま薙原は言った。

「お前の名前も結構呼ばれてるな。人気者じゃねえか」

「天乃が、欠席した人が少しでも修学旅行に参加してる気分を味わえるように、って、画像をいっぱい上げるように提案してくれたらしい」

「なんだ、ずいぶん優しくされてるじゃん」

「でも、『本当は、こうしたら効率的に作画資料が集まるから』だって個人宛てに送ってきた」

「……天乃らしいな」

そう言って、ふっと笑った薙原の表情は、今日はじめて少し緩んでいるように見えた。だから、魔が差した。心を開いてもらったと信じて無防備にケルベロスの檻へ飛び込む飼育員のような、そんな愚を犯したのだ。

「妹に悪い虫がつかないようにっていうのもそうだし、妹に嫌われたくないっていうのもそうだけど……」

「あ？」

こちらをじろりと睨みすえた彼女の、凄むような声に怯んで、先が訊けなくなる。

「いや、なんでもない」

「何でもねえわけねえだろ。言いたいことあんならはっきり言えよ、おい」

少し距離が縮みかけていたのに、一気にまた北極くらいまで遠ざかって、空気が氷点下になったので、僕はかえって言葉を続けざるを得なくなった。

「な、薙原さんは、天乃や他の皆が、ちゃんと帰ってくるって思ってるんだね」

「当たり前だ」

即答だった。なんなら少し食い気味だった。

「天乃はやることがある人間なんだ。止まってられない人間なんだ。暴走特急だ。だからあんなのすぐ終わる。どうにもならなかったらこっちでどうにかする」

無根拠に力強い言葉を言い捨ててスマホに再び目を落とす。その横顔に滲《にじ》むひたむきさは、確かに、天乃の芯の強い部分を彷彿とさせなくもなくて、睫毛はどきりとするほど長くて、瞳は天乃と同じくらい澄んだ鳶色で——そんな風に、こちらが油断している隙に、天乃の写真を探すつもりか、薙原は僕のスマホ内の写真フォルダを確認し始めていた。

「ちょ、ちょっと、そっちは」

「あ？」

また凄まれたのかと思ったけれど、今度は首を傾《かし》げてポケットから自分のスマホを取り出した。銀紙に包まれた板チョコがモチーフの可愛らしいスマホカバーに、似合わないなと思ったが、口に出すほど命知らずではない。何か気がかりがあるみたいで、自分のスマホで検索をかける彼女を見て、僕は薙原の「あ」の一音に威嚇以外のニュアンスもあることを学んだ。

「これとこれ、ちょい違くね？」

薙原がまず指した画像は、僕のスマホ、叔父さんとともに車両を見て回った時の写真の一枚だった。

D組の出席番号24番、文山大輔は11号車の3列目E席に座り、スマホで音ゲーをプレイしていて、その画面が窓の外から撮った写真にもばっちり映っている。

続いて薙原は、自分のスマホに映った画像を指す。

「こっちが昨日、TVでやってた生放送のキャプ」

ほぼ同じ構図の画像を、画面を思い切り拡大して見比べる。

「文山のスマホの画面、微妙に違うだろ？」

平凡な視力の僕には、その間違い探しの答えがすぐには分からなかったけれど、よくよく見れば、最初の音ゲー画面に表示されているExcellent!の文字に、一ヵ月後の画面ではハートのアイコンが被さっている。まるでゲームが進んでいるみたいに――

その時、僕の頭にふと突拍子もない考えが浮かんだ。

「もしかして……中は、止まってないんじゃないかな？」

「止まってない？」

「もし、事故から三日目の写真と、昨日の映像で中の人に変化があったって言うなら。僕たち皆、車両の中の人が止まってると思ってるけど……本当は、ものすごく遅くなっているだけなんじゃないかな。肉眼では分からないほどの速度でずっと動き続けているんだとしたら……」

その日中に、僕らはその画像二枚を、仮説とともに、警察と新聞社と叔父さんの雑誌とに送りつけた。

この比較画像はネットに上がって大量の憶測を呼び、検証を招いた。

文山がプレイしていた本来のゲームでは、文字が表示されてからアイコンが出るまでに、肉眼では視認不可能なほど短いラグがあるのだという。だから、文山の音ゲー画面上では、事故三日後から一ヵ月後にかけて、非常にゆっくりとではあるけれど、ゲームが進行していたのだ。

　ここでようやく警察側が、新幹線の車両そのものも少しずつ移動していることを発表した。規制線のこともあるし、〝事故〟から数日以内に把握していたのだろう、事なかれ主義で隠蔽《いんぺい》していたのだろうとマスコミに糾弾されたけれど、警察側は一切認めなかった。

　とにかく、秒針のあるアナログ式腕時計を嵌《は》めている乗客が捜索され、テレビ局によって超スロー撮影のカメラのレンズが、その窓に向けられた。

　結果的にいえば、秒針の目盛がひとつ動くのに、およそ三百日を要した。

　これはつまり、新幹線内で一秒経過するのに外では二千六百万秒ほどを要していることになる。新幹線内の時間は、おおよそ二千六百万分の一になっているということだ。車内の人間は、その速度で思考し、呼吸し、発汗し、普段通り生きている。

　新幹線の現在位置から計算すると、結論は明瞭になる。

　新幹線のぞみ123号博多行は、次の停車駅、名古屋駅に間違いなく到着する。

　およそ、西暦四七〇〇年ごろに。

◆◆◆

夜の底に沈む新幹線は、月面基地のように煌煌《こうこう》と光り輝いていた。静かの海に佇《たたず》む飛行士が、遠目に眺める彼らの拠点はこんな風に、オアシスじみて見えるんだろう。実際、あの中で修学旅行の楽しい思い出に浸る時間を引き延ばされて生きている友人たちは、もしかしたら楽園の住人なのかも知れない。限りなく煉獄《れんごく》に似た、楽園。

「……静かだ」

僕は口の中だけで独り言を言ったつもりだった。でも、

「夜は、人が少ないからね。ついさっきまでショベルカーが動いてたけど」

後ろから武《たけし》さんが声をかけてきた。A組の佐々木翔真と僕はもともと、まるで接点が無かった。のぞみの事故後、家族協会のメンバーの一人として精力的に活動していたのがその父親であり、複数のベンチャー企業を経営する武さんだった。

振り返ると、武さんの向こう、陸橋の下に、十数棟の家……というには少し小さい建物が、連なって立ち、深海魚のような淡い光を漏らしている。東日本大震災のニュース映像でしか見たことがなかった、仮設住宅だ。乗客の家族の一部は、もともと畑だった土地を買い上げて、ここに住居を作った。家族によっては、全員でここに引っ越す人たちもいたし、夏冬の長休みにしか訪れない人たちもいた。卒業式を終えて春休みに入ったばかりの

僕は、家族協会が確保している一棟に、今日、泊めてもらえることになっていた。

武さんも、仮設住宅の群れに目をやって、ぽつりと呟く。

「本当はちゃんとした家を建てたかったけれど、年が経ったら何キロも動いちゃうから」

聞き流しかけたけれど、その発言に秘められた武さんの意志に気付いてしまって、僕は慎重に尋ねた。

「それは、……何十年も経って、もっと車両が移動したら、移動した先に引っ越しするつもりだってことですか？」

「その時になってみないと分からない。でも、万が一レールに悪戯する奴が出たら大変だからね」

武さんのさらっとした言葉に、僕は返事ができなくなる。

二千七百年後に停車する新幹線のレールを守るためだけに住居を選び、そこに安住すらできない人々のことを思って。

車両の後方を眺めやると、「3／1」「3／8」「3／15」「3／22」のように、一週間ごとの最後尾地点に標識が建てられていて、新幹線がごくわずかずつ前進し続けていることを証明していた。ただの記録以上の意味を持たないであろうその印は、日付が夜目にも光っているせいで、終末へ続く道を作る、神々の建設現場のように見えた。

当然だけど、事故から一年以上過ぎた今、もう警察も消防もいないし、規制線も張られていない。代わりに対応の貧乏くじを引かされた国土交通省の役人が、車両の移動について記録を取るという不毛な作業の合間に、国内外の研究機関を迎え入れては何の成果も無しに送り出すということを繰り返している――それが武さんの教えてくれた現状だった。

「NASAが来たときは、みんな少し期待して、盛り上がったけどね」

武さんの解説に、どう答えていいか分からず、「そうなんですね」とだけ相槌を打つ。

「同じ状況を再現すれば、同じ現象が起きる可能性がある、ってね。隣の線路に、客を乗せずに新幹線の車両を走らせて調査したんだけれど、何も起きないし、手がかりも摑めなくて……」

武さんは遠い目で、のぞみの隣の線路を見つめている。失敗に終わった計画について、無言でいるのも返事をするのも気まずかったから、夜の中を石を踏みしだく音が近づいてきたことに、僕は感謝した。

「佐々木さん、これ、お返しします」

闇の中から姿を現して、武さんに手を差し出したのはジャージ姿の薙原だった。大人にはきちんと丁寧語で喋れるらしい、という驚きがあったけれど、茶化す気にはなれなかった。暗くても分かるくらい汗が額に滲んでいて、ジャージは泥だらけで、顔には憔悴《しょうすい》の色が濃く浮かんでいた。

薙原が武さんに渡したのは、ショベルカーの鍵だった。武さんは労《ねぎら》いの言葉を返す。

「お疲れ、大変だったね。明日も使うんなら、貸したままでいいけど」

薙原は、ありがとうございます、とらしくない返事をして、鍵をポケットに戻した。

武さんが住居の方へ歩き去ってから、僕は薙原に声を掛けた。

「お疲れ様」

「おう」

「これ、食べる？」

「ああ」

言葉少なな薙原に、カロリーメイトのチョコ味と綾鷹のペットボトルを手渡すと、彼女はほとんど機械的な動作でそれらを飲み食いし始めた。一年と少し、同じ教室で二人きりで過ごして、こんなに素直な彼女は今日が初めてだった。

卒業式の翌日、僕が免許取りたての危なっかしいバイク運転で、二日がかりでのぞみに辿り着いた時、薙原はとっくに先乗りしていた。卒業式が終わってすぐいなくなったと思ったら、帰宅すらしなかったらしい。自分と天乃の分の、卒業証書の緑の筒が車両近くに並べて置いてあった。

薤原は相変わらず恐ろしい頻度でここにバイクで通っていた。卒業前から、もはや校則が形骸化《けいがいか》していたのをいいことに、学生の出場できるオートバイレースにまで出ていた。のぞみ123号低速化災害関係者義捐《ぎえん》奨学金という舌を嚙みそうな名前のお金に彼女は手を付けず、バイト代やレースの賞金を、ここに通うことと天乃の母親を援助することに使っていた。

のぞみ123号の〝事故〟が与える影響は、乗客とその家族の問題では済まなくて、日本をぐちゃぐちゃにかき乱していた。

乗客の「家族」と表現すべき箇所を「遺族」と言ってしまったニュース番組のコメンテーターは、家族協会の猛抗議を受けて番組を降板させられたし、早めに車両を処理した方がいいと発言した与党政治家は、問責決議案を食らった上に党を除名された。

もっとも、処理どころか、のぞみの車両は撤去さえできなかった。クレーンで吊り上げようとしてもなぜか微動だにしない、という物理的な観点からも、生きた人間が中にいる状態で迂闊《うかつ》に手を出すべきでない、という綺麗ごとの観点からも。下りが塞がっていても上りの線路を使えば、本数は減るものの路線自体は維持できるはずだったけれど、停まっている新幹線の真隣を走らせようなんて主張できる政治家はいなかった。

東海道新幹線東京‐大阪間というドル箱を失ったJR東海は、莫大な赤字を積み上げた。

正確には、名古屋以西と新横浜以東には従来通り新幹線を走らせ、問題の箇所は在来線で代替する方式がとられたのだけれど、日本の東西を繋ぐ要衝が低速化したことは、コロナ以上の鉄道利用者数急減を招いた。「のぞみ」の車両が全て「きぼう」という新たな名に変えられたのは、天乃なら「呪術じゃん」と笑うだろう発想だったし、原因不明の奇妙な〝事故〟の再発を恐れたのか、北海道や九州の、関係が浅い路線さえ乗客が激減した。僕がバイク免許を取る前にここに通うため使っていた在来線も、休日でさえガラガラだった。

迂回路、つまりのぞみが停車しているエリアの前後数十キロを避けて新幹線を通すための新線路の建設計画が持ち上がっているけれど、用地買収の目処もすぐには立たないし、完成しても、のぞみが万一再び動き出した時のことを考慮すれば、低速化も減便も免れないだろうと語られた。メディアでは、この状況を受けてリニアの開通が当初の予定より数カ月前倒しになるとか、JR全体の資金難で数年先送りになるとか、真逆の憶測が流れていた。

叔父さんは、長距離移動は必ず飛行機を選ぶようになったけれど、似た考えの人が多かったのだろう、飛行機の需要が爆発的に増えて、チケットは高騰し、プレミア化した。高速道路の混雑具合も激増して、高速バスや長距離トラックの絡む痛ましい事故が幾つも起こった。普通郵便の到着に五日以上かかったり、Amazonの荷物発送が予定日から週単位で遅れるのも日常茶飯事になった。

僕がバッグに入れてきた食糧は日持ちのする栄養補助食品ばかりだ。生鮮食料品やスイーツ類といった消費期限が短い商品は、一部のコンビニから姿を消していた。

「つめてえな」

そんな呟きが、ぼそりと薙原から漏れた。

彼女の後ろを歩く僕に見えるのは背中だけで、どんな表情かは分からない。ペットボトルのお茶が冷たかったのか、それとも、三月の夜気が肌寒かったのかは、聞けなかった。もしかしたら、この車両に向ける世間の人たちの心を指したのかもしれない。

薙原のスマホのライトで明かりの道を作って、僕たちは、夜の中を一歩一歩歩いていく。

もう新幹線の外では、人々が眠りに就いているだろう。でも修学旅行生に、眠っている者はほとんどいなかった。残りわずかな修学旅行、その最後の思い出を作ろうとするかのように、それぞれの時間を過ごしている。

出席番号1番、井ノ本菜摘は5列目A席に座っている。手にはスマホを握りながら、頭を窓ガラスにもたれさせて、窓の外を見るともなしに眺めている。これほど近くから窓越しに彼女と見つめ合っても、彼女がこちらに気づくこともないし、彼女の瞳にこちらが映ることもない。彼女の目に映っているのは、とっくに過ぎ去った日々の光だ。

　出席番号13番の多賀井直樹は、肌色面積の多いキャラが映るスマホの画面を、隣にいる出席番号18番の豊西航に得意げに突きつけている。どうやら同じソシャゲ仲間でガチャを引いて盛り上がっていたらしい。その画面が今後何年も、もしかしたら何十年も晒されるかもしれないゲームは、しかし実は〝事故〟から一年経たずサービスを終了していた。未来の人は彼の画面に映るキャラを聖母とでも解釈するんだろうか。

　出席番号11番の芝谷真帆は、出席番号12番の関口栞に差し出されたプリッツの先に笑顔でかじりついていた。芝谷のあどけない笑顔と関口の大人びた微笑みに友情以上のものを感じ取ったのか、この二人を主人公にしたショートコミックが数万リツイートされた。だけど事故の犠牲者である他人を勝手にモデルにしていたので当然のように炎上し、ショートコミックを描いたアマチュア漫画家は住所氏名を特定され、アカウントを消した。

　出席番号9番、雲川ひなたが伸ばした指の先には、スタバのカップが空中にある。きっと何かのはずみにテーブルから滑り落ちそうになったのだ。彼女の指をすり抜けつつあるカップは、そのまま落下して床面を汚すだろう、きっと二年先くらいに。事故から数カ月後、日本におけるスタバのカップのデザインが変わった理由は、家族の感情に配慮してのことだとかイメージを気にしてだとか、そういう都市伝説になった。

　出席番号3番の大仲茜は、窓際に座った出席番号7番の北辻芽衣の手からトランプのカードを引こうとしていたらしく、その顔は窓の方を向いていた。雑誌のモデルもやっていた大仲は、ただこちらを向いているだけで絵になった。しかし、それがメディアに何度となく取り上げられて、終いに興味本位の聖地巡礼者まで現れたものだから、大仲の両親は、北辻の家族やC列に座っていた出席番号2番の浮舟智也の家族の許可を得て、ポスター用のスタンドを地面に立てて暗幕を垂らし、外から目隠しをしてしまった。

出席番号29番の若間駿は、半年後に来日する米国ロックバンドのコンサートチケットを、スマホで予約しようとしている最中だった。バンドのボーカルがそのコンサートで、若間駿用の永久プラチナチケットを用意する、事故が終息するまでは解散しないと宣言したことは美談として語られた。駿の両親はこのバンドとともに、毎年恒例のテレビチャリティー番組に出演した。

出席番号10番の鷺森翔太は、修学旅行に疲れ果てたのか、座席にもたれて眠っていた。ただ窓の外では、折りたたみ椅子に腰かけた彼の母親が、毎日語りかけている。その話題は親類や知人の近況、芸能や社会のニュースといった他愛のないものばかりらしいと、彼女に毛布を被せに来た、翔太の中学生の弟から聞いた。その弟が声を掛けても母親は窓の向こうの長男に話しかけるばかりで、僕は薙原にそっと袖を引かれて、その場を離れた。

出席番号15番の竹綱和馬はスマホをポケットに入れようとしていたところで、彼の撮った窓からの写真はクラスLINEに流れただけでなく、既にインスタにも上がっていた。いいねがひたすら付き続けていた一方で、その穏やかな風景写真は、匿名掲示板では「意味が分かると怖い画像」として何年も流通することになった。インスタのアカウントとツイッターや読書メーターのアカウントが紐づいていて、そこで流行のアニメや漫画に批判的な文言が並んでいたから、ネットでさんざん玩具にされた。

出席番号5番の笠脇歩夢と出席番号6番の勝元翼が談笑している列の窓は、張り紙で塞がれている。『現在、この新幹線には異常事態が発生しています。速やかに非常ドアのロックを解除し避難してください。他の乗客にも伝えてください』云々と書かれた張り紙だ。最初は新幹線の最前面、運転士の眼前の広い窓に、緊急停車を命じる張り紙をしていたけれど、何カ月経っても内部の人間にその情報は伝わらなかったようで、今では奇跡を信じる一部家族の希望する列の窓にだけ、脱出を促す張り紙が貼られている。ただ、もしメッセージが伝わったところで、緊急脱出した乗客が正常な時間に戻れる保証はどこにもない。

出席番号20番の林匠は手品が趣味だった。彼は、出席番号25番の細原海斗に、青いシルクのハンカチーフがスマホを貫通するマジックを披露している最中で、細原の方は驚きに目を丸くし、口を開けている瞬間だった。けれど、新幹線の窓の外からはスマホの裏面に仕掛けられたもう一枚のハンカチーフを隠すギミックが丸見えで、外にいる人間にはその手品の種が周知の事実になってしまった。

出席番号4番の奥尾美羽と出席番号27番の矢倉大和は、座席には座っていなかった。新幹線のデッキ部分で、奥尾が矢倉の身体にもたれかかっていて、キスでもしそうなムードだった。その姿が見える窓の正面には、今日薙原が使用していたショベルカーが向かい合っている。側面からも天井からも歯が立たない新幹線に、底部からアプローチしようとしたのだった。だが新幹線の底面も人知を超えた防壁に守られていて、ただ徒《いたずら》に時間を食っただけだった。

播本さくらが修学旅行のしおりを読み、日垣梨子が播本に呆れた視線を向けるその前列では、出席番号14番の高橋七海と出席番号28番の吉岡凜が笑顔で身を寄せ合ってスマホに向けてピースサインを作っていた。ただ高橋の手首に、リスカ跡を思わせる太いリストバンドが嵌《はま》っていたために、彼女がクラス内で凄絶ないじめを受けていて、その負のエネルギーが低速化現象の原因になったのだという内容の小説が、匿名で小説投稿サイトにアップされ、noteやはてなブログで袋叩きにされたあげくに規約違反で削除された。僕も、彼女のそれがリスカ隠しなのかどうか知らなかった。

音ゲーをプレイしていて、僕たちに車内の時間経過を気づかせた出席番号24番の文山大輔の横では、出席番号16番の寺浦健太郎と出席番号26番の堀彩花が親しげに語り合っている。窓の外では、車内の子供たちの扱いに意見が割れた結果、寺浦家がこの窓の前を訪れる度に花を供え、堀家がそれを見つける度に撤去する、ということが繰り返されていた。今日は花のある日で、小さな花瓶に刺さった白い花が夜露《よつゆ》に濡れていた。

13列目A席に座った出席番号17番、殿井千尋は修学旅行の最中だというのにこれ見よがしに単語カードをめくっていた。単語は、「irrevocable／取り返しがつかない」。修学旅行前に彼女が受けた模試の結果が事故後に戻ってきたが、合否結果はE判定だった、というまことしやかな噂がネットで流れた。彼女の両親は、JRを相手取って訴訟を起こしたグループの中でも発言の多い人たちで、そのことが反感を買ったのかも知れなかった。

出席番号19番の根来葵は、スマホのカメラで自分の身嗜みを整えているようだった。彼女がスマホを摑むその左手の薬指には、指輪がきらめいていた。家族協会のメンバーの一部だけが、毎週必ず一度はその場所に訪れる大学生らしき青年の指に同じ指輪が光っているのを知っていた。半年ほど前、青年が窓を訪れる瞬間をカメラに収めようとした週刊誌記者を、たまたま居合わせた薙原がバットを振り回して追い払ったこともあった。

凍った夜、僕は皆とともにいた。罪悪感を背負いながら。

窓の外の人間は窓の中の人間を、自分たちの求める物語の素材として貪り尽くしていた。ほんの一年と少し前まで、皆と僕は、同じ教室で普通に授業を受ける普通の学生たちで、模試の結果や体育の授業内容や課題の量に一喜一憂し、動画を回し見してソシャゲの話題に興じて、誰かが告ったとか別れたとかいうゲスい噂に盛り上がる仲間だった。

気づけば、二千七百年隔たっていた。

やがて、僕たちはある窓のところで止まった。僕と薙原はこの地に来るたび、何度もその窓を巡礼した。

けれど今日は、まだ、中の人間を見る気にはなれなかった。

「中三の夏休みの頃に、親父が夫婦喧嘩の勢いでお袋殴って逃げやがったんだよ」

新幹線に背を向けた薙原がいきなり語り始めたのは、夜に飲まれていたからだろうか。

「親父は独身時代、付き合ってた女がいたのに、上司の娘との縁談話が舞い込んで来たもんで、悩んだあげく出世の方を取って縁談に乗った。その時に捨てられた方が天乃の母親だったけど、実は天乃を身籠《みごも》ってた。親父は手切れ金も払ってたらしいが、まあ未練たらだったんだろうな。あっちの家にもしょっちゅう通ってたらしい」

「これ、聞いていいやつなの？」

薙原は僕の発言など聞こえなかったように、無視して続ける。

「だからあたしも親父のことなんざただの汚物だと思ってたけどよ、ある日家に帰ってきたら、殴られて泣いてるお袋がいたから、ケジメつけさせることにした。こっそり親父のスマホに仕込んでた居場所追跡アプリで追っかけたら、そっちの家にいた。チャリ飛ばして辿り着いたのが、あいつの——天乃の家だった」

僕は、天乃と幼馴染で、幼稚園の頃から毎日のように顔を合わせていた。なのに、父親は亡くなったという天乃の話を、ずっと信じていた。薙原に出会うまで。

「で、あたしは天乃の家に乗り込んで、チャイムを押したら普通に出てきたクソ親父を玄関先でボコボコにした」

「き、金属バットで？」

「金属バットで人殴ったら死ぬだろ」

「そこの常識はあるんだ……」

不用意な発言をスルーして、薙原は続ける。

「親父が玄関にうずくまってる、そこにちょうど初対面の天乃が下りてきたから、『警察と救急車を呼べ。女強盗が家に押し入ってわたしのお父さんに暴行を働いて居座ってる、って電話しろ』って言ったんだよ。そしたらなんて言ったと思う？」

僕は首を横に振る。

「『その前に、わたしもこの男殴っていい？』ってさ」

「腹に据えかねてるじゃん」

「こっちが返事する前に、気絶した親父の頬を平手打ちしてた。で、『通報したげるから、ちょっと手伝って』って言われてよ。無理やり二階に上がらされて、そしたら……なに手伝わされたか、お前なら分かるだろ」

「……原稿？」

まさかと思いながら訊くと、薙原は頷いた。

「救急車が来て、親父は一応運ばれてったけど、それに応対したらまたすぐ二階に連れ戻されて、天乃の母親が旅行先から戻って来るまで、一晩ベタとトーンとホワイト手伝わされた。あんなもん初めてで、ベタがはみ出た時すっげー怒られた」

「……天乃、あの時期アナログに挑戦してたんだよね。試したけどやっぱりデジタルより良い部分とかないじゃんっていう結論になって、すぐやめたけど。僕もトーン貼らされたことある」

「あれもムズいよな」

薙原と僕は顔を見合わせ、アナログチャレンジ被害者同士の親睦を深め合った。

「で、あたしは原稿に疲れ果ててそのまま天乃ん家で寝てた。なんでか普通に家帰れた。天乃と二人で親父をボコしてたことになってて、警官に絞られたけど補導はされなかった。そっからちょくちょく天乃と遊びに行くようになった」

「悪い遊びに誘ったんじゃないよね？」

「なわけねーだろ。普通に買い物とかだよ。あんな健気《けなげ》な生き物の人生狂わせらんねぇもん。あたしだって、天乃に言われて学校割と行くようになったし、だいぶ真人間になった。便所でヤニ吸ってたのがバレて修学旅行に行けなくなった時は、天乃にめっちゃ叱られたけどな」

「そんなんでよく真人間を名乗れたね」

「だからあの後ずっと禁煙してんだよ」

「未成年者が禁煙を威張るの？」

「上等だろ、もう大人に目えつけられなくなったしよ」

「よく言うよ。先生に何度言われても、髪、染め戻さなかったくせに」

「昔、天乃に綺麗って言われたんだよ。戻せる訳ねえだろ」

そう言って俯いた薙原の表情には、どこか怯えるような陰が差していた。

「ずっと聞けなかったんだけどよ。お前さ、あたしのことを全然知らなかったってことは、天乃ってあたしの話してなかったんだよな？」

「いや」

僕は小さく首を横に振る。

「高校入った辺りから、家族と遊びに行ったたって話、しょっちゅうするようになった。僕は、母親と一緒に旅行してるのか、本当は彼氏ができたのか、どっちかだって思ってた」

「家族、か」

薙原がその言葉を噛みしめるように呟いてから、小さく息を吐く。指先を口元に近づけたのは、それこそタバコが吸いたくなったのかもしれない。

彼女は新幹線の車体に、自身の体重を預け、夜空を仰いだ。

僕たちは、時速二百九十キロの二千六百万分の一の速度でゆるやかに疾走する新幹線に背中をくっつけて、天乃のいる窓をはさんで、二人で語り合っていた。

「天乃が、どんな風に話してたか分からないけど……僕の方は天乃との出会い方は、覚えてないんだ。ずっと幼馴染で……」

「薄情だなお前。天乃の方は覚えてたぞ」

「本当に？」

「幼稚園の頃だろ。読み聞かせられる絵本の続きの話を、お前が勝手に作って、人に聞かせまくってた。かぐや姫が月から帰ってくる話とか。一番聞き相手になってたのが天乃」

「言われて思い出した。恥ずかしっ」

今この瞬間まで忘れ切っていたのだから、僕の記憶がやっぱり薄情なのか、羞恥心のあまりに記憶を封印してしまっていたのか、どちらかだろう。

「でも、そんなに僕のこと聞いてたんだったら、なんで最初あんなに信用してなかったの。『悪い虫』とかって」

「そんくらい、初対面のお前が挙動不審だったんだよ。なんか分かんねえけど、すげー嘘つきっぽく見えたし」

その台詞を聞いて、僕の腹の底から、すっと言葉が湧き上がった。打ち明けたいことがあったのだ。

「あのさ、僕が、新幹線に——」

ただ、それがあまりに小声だったせいで、薙原の耳には届かなかったようだった。

「まあ、あの時は信じてやれなくて悪かったな」

そう謝られてしまったせいで、僕は続けるべき言葉を見失った。

「ん？　どうした？」

「いや、あの、僕、新幹線に……天乃と乗ったことがあるんだ。中学の頃」

「天乃から聞いたな。東京に漫画の持ち込みだろ」

僕はこくりと頷いた。

「うちは父子家庭で天乃も母子家庭だったから親も放任主義で、子ども二人旅だったし、僕も天乃も、初めての新幹線だからテンションMAXで。駅では駅弁買ったし、車内販売のワゴンが来たら、二人ともアイス頼んだんだ。なのに、販売の女の人は、スプーンを用意し忘れたらしくて。アイスをクーラーバッグから取り出して座席のテーブルに置いたあと、『スプーンを持って参りますので、少々お待ち下さい』って、ワゴンを押しながら車内を引き返してった。僕はじっと待ってたけれど、どんどんアイスが溶けて、販売の人が戻って来た時には、どろどろで食えたもんじゃなくなってて。仕方なく新幹線のトイレに流した」

「……で、天乃は？」

「スプーン待たずに駅弁の割り箸をぶっ刺して食べてた。待ってると溶けるよ、って」

「あたしのに比べて、地味な話だな。割に合わねえ」

「いや、だから、言いたいことはさ」

混ぜっ返すような薙原に、僕はまじめな口調で言った。

「天乃は待つ方の人間じゃなかった。止まってられない人間だった。だよね？」

出席番号8番、檎穰天乃は、ホワイトチョコを象《かたど》ったカバーに包まれたスマホを手にして、写真をLINEに流そうとしている。それは、当時まだ世に出回っていなかった、編集者から渡された雑誌の一ページを撮った写真で、彼女が投稿した作品が賞に残ったことを示すものだった。スマホの画面は送り先を選んでいるところで、その指先は「薙原叉莉」と「伏暮速希」の間に浮いている。どちらに真っ先に吉報を伝えようとしたのか分かる頃には、きっと僕らは大人になっているだろう。

◆◆◆

少年がまだ幼い頃に出会った、あの絵によく似た少女は旅人だった。

竜の鼻先から僅かな距離、草原の中に、〝永遠の壁〟は屹立《きつりつ》している。美しい模様が刻まれた、雪のように白く、しかし透き通る不思議な石。大人五人分の背丈はありそうで、横幅もそれと変わらない。かつて神様が、竜や大鷲や亀や麒麟を年老いさせた時、人間たちへの戒めのために、その美しい壁を人々に与えたのだという。だからその壁に、一人で近づこうとする者はいなかった。

少年が彼女を見つけたのは、朝露が草に滴る早朝、神鉄拾いに出たからだった。

〝永遠の壁〟に、太い木の枝の何本かを梯子代わりに立てかけて、上のほうまで登った少女は、刻まれた模様に指を這わせていた。彼女の身に纏った衣は、藍色に染め抜かれていて、少年は不意に、自分が着ている草木を編んだ茶緑の服が、貧相で恥ずかしいものに思えた。

何をしているのか、何者なのか尋ねる少年の言葉に、少女は少しだけ梯子を下りて、少年を見下ろす立ち位置のままで答えた。

昔の人たちの文字を調べて回っているんだ。この壁に書き残されているものを、君たちは模様だと思っているかもしれないけれど、本当は歴史を書き残した記録なんだよ。

彼女の言葉に興奮して、少年は尋ねた。

それが本当なら教えて欲しい、〝壁〟にどんなことが書かれているのか、と。

少年は、竜に描かれた絵の中の少女に繋がることなら、何でも知りたかった。昔の人のことを知ることができるなら、何でもいい。そう伝えた。

夏至の祭で何度も聞かされた話を、少年は諳《そら》んじることができた。それを一通り聞き終えた彼女の顔に浮かんだ微笑に、少年は不思議な既視感を覚えた。

彼女は口元に謎めいた笑みを浮かべたままで、告げた。

あの壁に書いてあることを、教えてあげよう。

あそこに刻まれた言葉が教えてくれるのは――君らの間に伝わる竜の伝説なんていうのが、嘘っぱちだ、ってことさ。

あれは生きた竜なんかじゃない。かつて私たちの祖先が作った道具なんだ。昔の人は、大地を駆けたり、空を飛んだり、海を渡ったり、天を翔けたりするような道具までもこしらえた。動物ではないから、年老いた訳ではないし、神罰を与えられたなんてのも誤りだ。ある日突然、道具の調子が悪くなってしまって、早く進めなくなっただけなんだよ。

少年は、彼女を見上げながら、困惑したように答える。もしその話が本当だとして、伝説と大して変わらないんじゃないか。竜を神様が作ったか、人間が作ったかくらいで。

確かにそうかもしれない、と少女は頷く。

でも一つ、君たちが大きな思い違いをしていることがある。

君の言う、古代人を描いたっていう絵だけどね、あれは絵じゃないんだ。透き通った水の向こうに人がいるみたいに、あの透明な壁の向こう側に、本当に人間がいるんだよ。中では昔の人間たちが、自分たちの作った道具が目的地まで連れて行ってくれるのを、ずっと待ち続けている。君ら天幕の住人は、中にいるそんな人たちを待とうと決めた者の子孫なんだよ。

少女の言葉に、少年はようやく気づく。

彼女が古代の言葉を調べて回っているなんていうのは、ただの口から出まかせだと。いくら古代人といっても、竜の中でそんなに長生きして、ずっと年も取らないはずがない。

少女はただのほら吹きだったのだ。

戸惑って、何も言えなくなった少年に頓着せず、少女は続けた。

そして忘れてはならないことがもう一つ。いつか君らの言う〝竜〟が目的地に辿り着いて、その中から、昔の人たちが抜け出して来る日が、必ず訪れる。その時、世界のあり方はすっかり変わってしまうだろう。私はその時には立ち会えないだろうけれど、きっと誰かがその瞬間を外で待ち構えて、出迎えなければならないんだ。我々はあなたたちのことを忘れていなかった、こうして全てのものを守り続けてきたんだと伝えてあげなければ、きっと中の人々の哀しみは、計り知れぬものになって、多くの災いを呼ぶだろうから。けれど、もし忘れられていなかったとしたら、代わりに奇跡がもたらされるかもしれない。

語り終えた彼女は梯子から降り切って、その梯子を蹴倒すと、手際よく荷物をまとめて歩み去ってしまった。彼女の所作があまりに自然なものだったから、この先どこへ行くつもりなのか、少年は聞きそびれてしまった。ただ、西の方へ去って行ったことだけは確かだった。

彼女が立ち去ったあとようやく、少年は、彼女の面差しが絵の中の少女に似ていたことに気づいたのだ。

その後、今日に至るまで少女と再び会うことはなかった。少年の他に、あの少女を見かけた者はいなかったし、〝壁〟を探る少女と出会ったことを大人に伝えても、誰も信じようとはしなかった。何年も経つうちに、少年自身も、夢でも見たのではないかと思うようになった。

けれど、竜の死が囁かれるようになってから、少年が何度も思い返したのは、彼女の言葉だった。あの竜は生き物ではない、という言葉。

大人たちは、竜が死につつあるからこそ、竜の歩みが遅くなって、ゼロに近づいているのだろうと語っている。けれど彼女の言葉通りだったとしたら、〝竜〟がほとんど動かなくなったのは、死の徴《しるし》ではなくて、長い歳月を経て、目指す場所に辿り着きつつあるということなのだ。そして、動きを停めた竜の中から古代の人々が現れて――災いを振りまくか、奇跡をもたらすか、どちらかが起こるのだ。

◆◆◆

高層ビルに囲まれた駅のロータリーのど真ん中に、突如としてモノリスが出現したように、それは見えた。高さは、マンションの二階分くらいはあるだろうか。

大幅な路線見直しのための工事を終えたばかりで、JR名古屋駅の桜通口周辺は、タクシーやバスの待合所も、標識も看板も何もかも、真新しい柔らかな暖色に満ちていた。そんな中で巨大な構造物は、武骨なブルーシートで覆われ、まだその色は確かめられない。桜通口の閉鎖が解かれるのは明日の朝からで、まだタクシーもバスも乗用車も停まってはいない。それでも多くの人々がロータリーに集まっていた。モノリスがベールを脱ぐその瞬間を待ち構えて。

スイッチを押したのは、壇上に立った家族協会のメンバーの一人だった。

ウインチの唸りとともに、ブルーシートが引き下ろされていくと、その透明な威容が少しずつ姿を現す。

スケートリンクを四角にしてそのまま縦にしたような白さだった。石英ガラスの中にレーザーで文字を彫って、遥か未来まで破損したり削れたりせずに読める文章を刻みつけたのだ。

「のぞみ123号のみなさん、おかえりなさい」とまず巨大な文字で書かれていて、その下に、彼らに事情を説明するための文章が続く。つまり彼らの乗った新幹線が謎の減速に巻き込まれて、乗客が名古屋に辿り着く時には二千七百年以上が過ぎていること。乗客の関係者は、国の協力も含めて彼らを元の時間に取り戻そうとしたが果たせなかったこと。幾つかの品を彼らのために地下に埋めて遺すこと。

そして、残るスペースには、ひたすら名前が書かれていた。この碑を残すことに賛同した、乗客の関係者たちの名前。乗客側の名前を載せた方が人数も少なくて済んだだろうに、メッセージを送った側の名前が載った理由は単純だった。

乗客の名が刻まれていたら、それは——彼らの慰霊碑にしか見えないから。

もちろん、この碑はどう足搔いても墓石にしか見えない。造る前から分かっていた。ならばせめて、二千七百年後の乗客にとって、外の人々の墓に見えるようにしたのだ。

碑の真下には、大量の物資が埋められた。ただ、碑そのものとは違って、各々の家族に委ねられた品々は、二千七百年の時を超えられないだろう材質の物も詰まっていて、紀上高校二年生全員分の卒業証書と収納用の筒を入れたのは、どう見てもこちらに残る人間たちの自己満足だった。

式典の登壇者は次々に入れ替わっていく。うちの高校の生徒以外にも、あの車両の乗客は老若男女大勢いたのだ、登壇者たちの語る乗客の思い出は様々だった。のぞみに飲み込まれた人々に、金婚式記念の旅行に出た老夫婦、就活中の大学生、同人イベント帰りの漫画家など、無数の人種がいたことを彼らは伝えていく。

僕は自分の卒業式のことも思い出しながら、集まった人々の列を眺めていた。

けれど、卒業式とは決定的に違うことがあった。

まず、泣いている人の割合が少なかった。場所が遠い分、関係者しかいなかった卒業式と違って、野次馬も多かったのだろう。でも、一番の理由はそんなことじゃない。

風向きが変わったのは、事故から五年後、僕が長い長い逡巡の末に、大学卒業後の進路をどうにか決めた年だった。

契機になったのは、ネット配信された連続ドラマだった。

それは修学旅行で搭乗中のクルーズ船が突然遥か未来に飛ばされた高校生たちのサバイバルを、最新のCGを駆使して描くものだった。ドラマの脚本家と監督は、昔のマンガや海外のSFドラマに影響を受けたのだとインタビューで答えてはいたけれど、それが紀上高校の〝事故〟をモチーフにしたものであることは小学生にも分かった。それでも、これまでの便乗作とは違って概ね好意的に受け止められた。作品の出来で批判をねじ伏せたのだと言われていた。

けれど、本当のことを言えば。

五年という歳月が、世間の様々な感情を摩耗させ風化させていたのだと思う。

何度炎上を繰り返しても、浜の真砂は尽きるともとばかり小説投稿サイトに上げられ続けていた〝集団低速災害もの〟は、とうとうパンデミックが起きたように激増していた。

二千七百年後の世界に飛ばされた少年少女たちは、無数の未来に直面した。

核戦争で崩壊した世界の文明を、もう一度立て直した。機械に支配されたディストピアに抵抗を企てた。水棲生物が食物連鎖の頂点になった世界で虐殺から必死に生き延びた。闘争心を失っていた未来の人類を統率して国を作り戦争を起こした。性的なタブーが破壊された世界であらゆる人体損壊とインモラルな性行為を体験した。聖人的な倫理観が当たり前になった世界で奇異の目で見られ迫害された。

紀上高校ではなく、あからさまに書き手の学校とクラスメート達をモデルにしたであろう作品も量産された。思春期の青少年にとって、自分の周囲を巻き込む妄想の素材として、これ以上のものはなかったんだろう。

二千七百年前に残してきた恋人との別れが描かれた。二千七百年後と行き来できる不思議なトンネルに救われた。なぜか二千七百年前のネット掲示板にだけ繋がるスマホを活用した。二千七百年後の世界からもう一度新幹線に乗り込んで更なる未来を目指した。

恐ろしい速度で、のぞみ123号の外の人々は、中の人間たちを消費し、消化していた。紙では廃刊し、オシャレな横文字タイトルのWEB誌になったけど実態は何も変わっていない、そんな媒体の記者として活動していた叔父さんは、苦々しげにこう言ったものだ。

「こうなるのは分かってたんや。架空戦記とかバトロワとか異世界とか、そういう前例があるんやから絶対にこうなるのは分かってた。でもパイオニアになれなければ何も得られん。後追いではあかん。一手遅かった」

僕はそんなことをぼやく叔父さんのことを、恐らく少し、憎んでいた。僕が二十歳の時に父が亡くなったことで唯一の肉親になった叔父さんは、僕のことをより気に掛けるようになっていたけれど、僕の方は、むしろ縁を切りたい気持ちさえ湧いていた。

でも僕に、そんな資格がないことは、誰よりも自分が分かっていた。

卒業式と違うことが、もう二つある。

薙原がここにいないこと。彼女はこの式典への参加をFEEL一通で拒否した。エンパスを押さなくても込められた感情は文面だけで十分に伝わった。

《誰が何言おうと、ありゃ墓だろ。生きてる人間のために墓作る悪趣味には付き合いきれねえ》

薙原も、一応は割り当てられたタイムカプセルに品物を入れたはずだけれど、プロのレーサーになった彼女自身は今、海外にいるはずだ。

僕自身が壇上に上がって、言葉を発さなければならないことも、卒業式とは違っていた。

マイクの前に立って、僕は口を開いた。

「私立紀上高校二年D組所属だった、伏暮速希です。私立紀上高校の関係者を代表して、ご挨拶をさせてください」

老若男女、多くの視線がこちらを向く。

その中には、見覚えのあるような顔もあった。２年Ｄ組の顔を群集の中に見出して一瞬驚いては、icon《アイコン》で拡大してみて、ただ親族だから似ているだけだと気づかされて、小さな落胆を味わった。同級生たちの、事故当時はまだ小さかった弟妹が、そっくりに成長していることに、歳月の流れを否応なしに感じさせられた。

そんな風に、心の中で別のことに気を取られていても、iconは用意していた文章を視野に表示してくれるから、前もって用意した文言をとちることはなかった。

「あの事故が起きた時、わたしは家のベッドで寝込んでいました。インフルエンザで修学旅行を欠席することになって、最初の日には不貞腐れる気持ちもありました。けれど、クラスのＬＩＮＥに次々流れる写真や情報を見て、いつしか自分も修学旅行に参加しているんだと錯覚するようになっていました。クラス委員長の播本さくらさんが、欠席したわたしのためにできる限り旅の思い出をＬＩＮＥに流すよう呼びかけてくれたおかげでした。わたしにとって、クラスメートがかけがえのない仲間だということを改めて知ったまさにその時に、クラスメートとの別れを経験することになるなんて、思ってもみませんでした。

それはクラスメートたちの方も、同じだったと思います。皆、自分の明日や未来について、ごく自然に語っていました。若間駿くんは、半年後に来日する海外のバンドの曲を、友達に勧めて回っていました。ライブのチケット発売日を今か今かと待ち侘びていました。

クラスメートたちはもっと先の未来も見ていました。殿井千尋さんは、幼稚園児の頃に東日本大震災で被災した経験がありました。その時、医師になってたくさんの人の命を救いたい、と決意して、そのために勉強を頑張っているんだと、英語のスピーチの時間に、真っ直ぐな瞳で語っていました。

檎穣天乃さんとは、幼稚園時代からの知り合いでした。彼女は幼い頃から漫画家を目指していました。東京への持ち込みについていったこともあります。彼女には担当編集者がついて、夢を叶えるすぐそばにいました。わたしは彼女が夢を叶えるのを間近で見たいと思っていました」

ここまで喋ると、流石に、涙ぐむ人やハンカチを取り出す人もちらほら目に入った。

——こんな嘘だらけの演説で。

怒りが湧いた。他の誰でもない自分自身に。

会場の皆は騙せても、僕を騙すことはできない。

僕は知っている。僕のためのＬＩＮＥへの投稿を呼びかけたのは、播本ではなく天乃だ。播本の名前を出したのは、家族協会の間で播本家が財政的に大きな役割を果たしていたので、ここで印象的なエピソードを語る必要があったからだ。チケットの転売で小銭を稼いでいることを自慢していた若間駿は、ライブに自分が行くつもりも無かっただろう。今年のチャリティー番組で例のバンドにもう一度スポットが当たるため、PRをしなければいけなかったのだ。殿井千尋が医師を目指していたことを、僕は新聞の、事故後一年の特集に載っていた母親の証言を読むまで知らなかった。殿井のことに触れたのは、単語帳をめくりながら静止した彼女が今なおネットで揶揄されていることに胸を痛めた、家族協会の意向だ。

何もかも嘘だらけだ。天乃のことも、僕のことさえも。

紀上高校の関係者代表として残すべき、大人たちから求められた偽りだらけのスピーチを僕は滔々《とうとう》と、詰まることなく述べながら、自分だってとうに大人と呼ばれる年になっていることに思い至る。心の中に、何かがふつふつと湧いてきているのに気づいた。

爆発物のような、衝動。

これは爆弾だ、全ての真実をぶちまけて楽になりたい。そんな抑えきれない想い。

全部言ってしまえ。

「わたしは――」

強烈な誘惑に負けなくて済んだのは、おかしなことに気づいたからだ。

何人かが一点を凝視してiconに集中している。何人かが、指を顔に近づけRingYouに囁きかけて検索している。こそこそ話し合う姿もある。ただの客だけでなく、家族協会の見知った顔や、出席した政治家までもが気もそぞろに。中には、空を見上げる者さえいた。

……万座の誰も、僕の話を聞いていない。

ざわめきが、少しずつ広がって、そして、誰かが叫んだ。

「アメリカから日本に来る飛行機が落ちたって！　〝低速化〟して！」

――その後、数時間の記憶が、僕からは吹き飛んでいる。また一人を喪ったショックで。

◆◆◆

RingYou の画面に映った記者会見場には、日本人に加えて外国人の記者もたくさん詰めかけていた。

禿頭の国土交通大臣による、恐ろしく分かりにくい説明から、それは始まった。

「航空管制の記録によれば、八月一四日午後四時一五分ごろ、ＪＮＡ２５６便の通信がまず途絶えた、ということであります。同午後四時二八分ごろ、付近を飛行中だったＪＡＲ３１２便が、管制に緊急連絡を送りました。目視範囲一二時方向に、レーダーに映っていない機体があると。その挙動から、機体はどうやら空中で静止している可能性が高い、と、同四時三二分に追加報告あり。この、空中で静止していた機体というのは、２５６便のことだったと思われます。四時三五分以降、複数回、管制から256便に交信しましたが、やはりこれに返答はありませんでした。

四時三八分、312便の連絡が途絶えました。続いて、四時四二分にレーダーに反応がありましたが、これは先に連絡が消失していた256便と思われます。256便の消息が復活すると同時に312便の消息が途絶した訳です。四時四四分、256便から管制に報告あり、六時方向に突然別の機体が現れ、接触を避けようとしたものの失敗、油圧系統を失って制御不能に陥ったとの内容でした。そのまま256便はコントロールを失って、姿勢制御を試みましたが太平洋上に墜落しました。推定時刻は四時五〇分です。312便に関してですが、他機からの目視情報によれば未だ空中に静止しているものと思われます」

256と312という言葉が行ったり来たりしていて、何が起きたというのかまるで要領を得ない。記者もそんな顔をしていたのだろうか、大臣は汗を拭いつつ言葉を重ねる。

「そのー、ハリケーンか何かに喩えた方が分かりやすいでしょうか。まず256便が突如発生したハリケーンの中で消息を絶ち、なんとか無事にハリケーンから脱出したと思ったら、その出口で312便に遭遇し、回避行動を取れず墜落した。一方の312便は、いまだハリケーンの中でもがいていて、まったく前進していない。問題は、これがハリケーンのような既知の現象とは違うらしいということですが」

分かりやすいという前置きなのに、真実の周囲を遠回りしているので大して分かりやすくならなかったその言葉を、挙手して指名された記者が代弁した。

「つまり、２５６便は——一度『低速化』してしまった。それで空中に静止しているように見えた。それが何らかの理由で『低速化』から抜け出したものの、その間に３１２便が接近して来ていたため、衝突を避けようと回避行動をとったが失敗、２５６便は墜落した。現在は３１２便の方が空中で静止、もとい『低速化』している、というわけですか」

「『低速化』という名称が何を指すか把握しておりませんので、ご回答致しかねます」

画面が切り替わって映し出されるのは、空中にピン止めされたような旅客機の姿。

そこでRingYouを撫で動画を終了し、僕は顔を上げる。

高速バスが停まったのだ。目的地にたどり着いた訳ではない。サービスエリアに、四度目の停車だ。東京にある叔父さんのアパートに向かうため乗車した高速バスは、渋滞でパンクしそうな高速道路を走る途上、何度も運転手を交代して、何度も休憩を挟んでいる。

ほぼ四十五年ぶりの大規模航空機事故によって、事故後三カ月経っても、日本はパニックに陥ったままだった。何しろ新幹線に続いて飛行機まで、いつ得体の知れない災害に巻き込まれるかも分からない欠陥インフラだという烙印を押されたのだ。国内線に限らず、日本と行き来する国際線の乗客もコロナ禍を上回るレベルで激減した。日本中で幾つかのフェリーの航路が復活した。国からの特別保障金を得たJR東海によって、リニアの建設は急ピッチで進められているけれど、リニアさえもすぐにあの現象に見舞われるんじゃないかという説が、運行を開始する前から囁かれていた。

バスが立ち寄ったサービスエリアは人で溢れていたけれど、日持ちする食品しか置かれていない商品棚は貧相なものだった。

ペットボトル飲料は国際条約によって高額の環境税を掛けられていたところに輸送費高騰の直撃で、ほぼ絶滅した。長持ちしない紙パックも消えた。歴史が数十年巻き戻ったみたいに、飲料の棚には缶製品しか並んでいない。けれど、自販機の商品供給も怪しくなったから、買わずに済ませるのも危うい。仕方なく防災用品めいた缶入りの水を抱えてレジに並ぶ。長蛇の列だけど、どうせ交通規制のせいで休憩に三十分も取るのだ、諦めに似た境地だった。

「あの、伏暮速希さんですか」

その時、後ろから声を掛けてきた人物に、見覚えがあった。

「鷺森くん？」

一瞬、幽霊に出くわしたような気になったけれど、よく見ればD組の鷺森翔太の弟、蓮《れん》二《じ》だ。かつて、中学生ながらにのぞみの傍らで母親の世話をしていた彼は、もう兄よりも年を取り、兄よりも背が高くなっていた。

「バスの二列後ろに座ってたもんで。もしかしたらと思って声をお掛けしたんですが、お久しぶりです」

そう言って頭を下げる彼に、こちらも「ご無沙汰しています」と挨拶を返す。彼の手に収まっているのも、同じメーカーの缶入りの水だった。彼は、ためらいがちに言葉を紡ぐ。

「失礼ですが――もしかして、どなたかお知り合いが飛行機で亡くなったんですか」

数カ月も前のニュース映像を再生していたのを、後ろから目撃されていたらしい。

「……叔父です。のぞみが停まった時に、現場まで車で連れてきてくれました」

僕の叔父さん、逢坂勝の名は、太平洋上に墜落して乗員乗客が全員死亡した256便の乗客名簿に載っていた。アメリカでの取材からの帰りだった。身寄りの無かった彼の全財産は、僕が丸ごと相続することになった――叔父さんの死で、僕はとうとう親類縁者の全てを喪った。

新幹線の事故を真っ先に取材した叔父さんが、次の事故で犠牲者になるなんて、偶然にしても出来過ぎなくらいだった。

「お悔やみ申し上げます。親しくされていたんでしょうね」

「ええ、でも、どちらかというと、叔父さんは、こっちに親切にしたかったというよりは、それ以上に、あののぞみの方に関心があったんでしょうから」

あまり深刻になり過ぎないよう、少し口調を軽くしたのが、自分でも卑屈に響いた。

「――自分の母も、似たようなもんです」

返って来た彼のそんな言葉の方が、重々しかった。

「兄が普通に生きていた頃は、母は自分と兄のどちらかだけを構うことなんてありませんでした。でも、兄がのぞみに閉じ込められてから、母はずっと兄にかかりきりで、こちらのことは顧みなくなった。二人ぶんの進学費用を全て、あの場所で毎日過ごすために費やしてしまった。もちろん、今も」

僕は、あの車両を訪問する度に見た光景を思い出してしまう。ガラスの向こうとこちらに隔てられた瓜二つの兄弟がいて、でも、椅子に座った彼らの母親は、ガラスの向こう側、ゆるやかな時間の中にいるただ一人に視線を注ぎ、優しくいたわるような声を掛けている。

「……心中、お察しします」

「いえ、すみません。伏暮さんも大変な時でしょうに、ついこちらの事情をお話ししてしまって」

彼は申し訳なさげに頭をかいて、表情を緩めた。

「こうやって、伏暮さんと直接お話しできて良かったです。家族協会の方でも、実はご相談したいことがあって、連絡を取ろうとしていたところだったもんで」

その言葉に、僕は咄嗟に先回りして返事をしてしまう。

「すみません。式典とかチャリティー番組みたいなものには、もう出られる気力が無くて。職種柄、夜も忙しいですし」

自分が望んで得た今の職が、激務であることも事実だったけれど、自分が演説をした時にちょうどあんな事故が起きたのだ、あまりにも縁起が悪い。

「いえ、そういうお願い事ではありません」

辺りを憚《はばか》るように、彼は缶を持ったまま、口の横に手を当てて言った。

「囚われているのぞみの乗客を救い出す方法についてです」

さっきまで意識に上っていなかった、レジにバーコードを読み込ませる電子音や、店員の、次の方どうぞ、の声や、客どうしの諍《いさか》いの声が、いきなり耳に入ってきた。意識が瞬間的に遠ざかるほど、それは衝撃的な一言だった。

「救い出す？　のぞみの乗客を？」

僕は馬鹿みたいに、口をぽかんと開けていたと思う。

「思いついたのは自分ではありません。のぞみ123号家族協会のメンバーです。元々、その可能性をネットなどで語る人はいましたが、何しろ事例が一つしかなかったために空論の域を出なかった。傍証が出たために確率が上がった、ということです」

「傍証……って何ですか」

「あの、飛行機事故です」

口を噤《つぐ》んだ僕に構わず、興奮気味の言葉が続けられる。

「報道によれば、最初に低速化した256便に比べて、312便は航行速度が少しだけ速く設定されていたようなんです。つまり、あの時の256便は、より速く移動する標的が近距離に現れたために、照準を解除された。解除された時に312便との接触で不運にも墜落してしまったわけですが、そのことはいい、単なる偶然です。とにかく、より速度を出すデコイを走らせれば、低速化現象はそちらに乗り移る可能性があるということです」

まくしたてられて最初は脳がフリーズしていたけれど、じわり、と言葉が心に染み込んできた。僕の鈍さに苛立ったのか、彼はこちらから缶を取り上げる。

「分かりませんか？　のぞみ123号の真隣の線路に、のぞみ123号が当時出していたであろう時速二九〇キロを超える速度でもう一台、新幹線を走らせるんです」

彼は手にした二本の缶を車両に見立ててすれ違わせた。

「……確か、同じ実験をNASAがやったんじゃなかったんでしたっけ？」

「運転士だけで乗客のいない実験用の車両です」

「そこに何か違いが？」

渇きを覚えた。今すぐ缶を取り戻して蓋を開け、水を飲みたかった。

「ただ単に高速移動する物体を〝あれ〟が捉えるというのなら、世界中のステルス戦闘機が低速化を食らっていると思います。新幹線にしろ飛行機にしろ、多くの人が搭乗した交通機関がターゲットになっているのは、生命を察知するそういうシステムに従っているからじゃないでしょうか。ですから、デコイとなる新幹線にも、乗客を満載すべきです」

「たった二つしかサンプルが無いのに、乱暴じゃないですか」

「三つ目を待っていられるような時間は、もう残されていませんからね」

自嘲するように言う彼の目の下に、濃い隈が浮かんでいることにようやく僕は気づいた。乗客を満載した新幹線の車両を、低速化したのぞみの隣に走らせる。

僕はその可能性を頭の中で検討して、首を横に振った。

「あなたの仰る実験によって生じる結果は三つあり得ると思います。一つ目、目論見は不首尾に終わって、新しい新幹線は時間の網に囚われずに何事もなく通過する。要するに失敗です。これはまあ、金と時間とをドブに捨てるだけだからそれでいい」

もちろん、損害を出して良いわけはないが、他の可能性に比べればまだましだ。

「二つ目です。のぞみ123号は時間の網に囚われたまま、次の新幹線、そうですね、のぞみ456号も囚われて、同じような低速新幹線になってしまう。これは事態が解決しない上に犠牲者が倍になるという、最悪の失敗の場合です。そして三つ目、これは新しい新幹線が時間の網を引き剝がすことができて、123号が通常の時間の流れに復帰できる。最大の成功です。しかし、このパターンですら問題が残る。致命的な問題が」

いつの間にか握りしめた自分の手に、汗が浮かんでいた。

「成功した場合ですら、新しい乗客の方が時間の囚われ人になるんでしょう？　誰を乗せるんですか。死刑囚でも言い含めて――」

「我々の中から456号の搭乗者を募るんです」

鋭い言葉で遮られた。爛々《らんらん》と輝くその瞳に、僕はたじろぐ。

「伏暮さんの言う第一のパターン、何も起きなければこの計画は失敗です。第二のパターンであれば、出発時刻と速度のせいで多少のずれは生じますが、我々は彼らとほとんど同じ未来に辿り着くことができる。未来なら低速化現象の解明も実現しているかもしれない。第三のパターンであれば、確かに我々は時間に囚われますが、456号を救う789号を後の誰かが走らせてくれるかもしれない。そうならなかったとしても、今あの新幹線に閉じ込められている大切な相手は、助け出すことができる。兄さんのような、今を生きるべき人を」

喧騒が遠くなった、そんな風に錯覚した。目の前にいる相手が突然、正気を失っているように見えたからだ。彼は、自分の兄に、もしかしたら兄に囚われた母に、囚われていた。

彼は誇らしげに締めくくった。

「八百十四名を生贄に差し出して、八百十四名を連れ戻す。等価交換できるなら、安いものじゃありませんか？　それが我々の計画だ」

彼らは——天秤にかけてはいけないものを、天秤にかけようとしていた。

「ぜひ伏暮さんにもその新幹線に乗って欲しい。あなたのような立場の人が搭乗者に志願してくれたら、もっと多くの人を呼び込めると思います」

その時、不意に僕の頭に浮かんだのは、かつての『同級生』のことだった。この計画が耳に入ったら、シスコンの彼女は喜んで自分の身を差し出しかねない。僕は、目の前の相手を何としてでも思い留まらせなければいけないと悟った。

「……のぞみに閉じ込められた人たちに、それぞれの人生があったように、外に残された人たちにもそれぞれの人生があります。それを犠牲にしろという活動には、とても賛同できません」

彼は、実験用マウスに注射針を刺すような目で、じいっとこちらを見つめた。

「それは、伏暮さんにとって、自分の人生を擲《なげう》ってでも取り返したい相手があの車両にはいない、ということですか」

「そういう訳じゃありません、でも、僅かな希望に縋《すが》ろうとする人にそんな提案をするのは、難病の患者に重大な副作用のある未認可薬を勧めるみたいなものです」

喋りながら、相手の心を全く動かせていないことに気づく。彼の表情は冷めきっていた。

「まあ、参加して下さらないのなら無理にとは申しません。アイコンの代役がいないという訳ではありませんし、あの人だって、伏暮さんを引き入れる必要は無いと仰ってましたから」

挑発するような物言いにカチンと来て、僕は少し乱暴に尋ねた。

「あの人？」

ええ、と彼はにこやかに告げた。

「この計画を立案した人——あなたのご友人の、薙原叉莉さんです」

◆◆◆

竜が死ぬ時、災いが起こる。神によって封じられたあらゆる古《いにしえ》の罪科が呼び覚まされ、草木は吹き散らされ、大地は抉《えぐ》られ、闇の帳《とばり》は全ての命を呑み込むだろう。

瞳占師《どうせんし》が、不気味に輝きを変えた竜の瞳からそんな託宣を受けた、と語った晩、長の天幕で長い長い討議が行われた。夜明けが迫る頃に、長は決断を下した。

守り人の役目は終わった。我らは竜に別れを告げ、進むべき道を我ら自身で切り拓かねばならない。

神鉄が打ち鳴らされ、朝焼けの中で、彼らは支度を始めた。

天幕を畳み、皮の食器を纏め、食糧を布袋に詰め直して、幼子を急かして。

一刻も早く移動するため――いや、逃亡するために。

竜の加護によって、自分たちが今日まで守られてきたと信ずる彼らは、間もなく息絶える竜の死を間近で見届けることを良しとしなかった。

向かうべき方角は決まっていた。竜とともにこれまで辿った道を引き返すのだ。

東へ。東方へ。

竜が息絶えるであろう地から、少しでも遠ざかるために。

一族の中には、瞳占師の託宣や長の決断を疑う者もあった。けれどやがて、不信の声は途切れた。災厄の訪れを裏付けるように、空が突如かき曇り、落雷が落ちたからだ。

荒天の中で東方に向かうという行為が愚かなものであると、これまでただ西へ西へ進み続けてきた彼らは知らなかった。やがて土砂降りになった雨に身体を冷やされながら、凍えと身震いに負けぬよう、彼らは呪文のように唱え続けた。

竜が死ぬ時、災いが起こる。

逃げなければならない、東へ。

嵐の中の行軍だった。

その一団の中から、一人がこっそり列を離れたことに、まだ誰も気づいていない。

いなくなったのは、あの少年、絵の中の少女に憧れ、古代の言葉を識《し》る少女に禁忌の知恵を与えられた少年だった。

逃げ出した人々の心にあったのとはまるで別の真実が、彼の胸には刻まれていたのだ。

古代の人が作った道具が、遥かな時を費やして目的地にたどり着く。その中に乗っていた人々が、今、長い長い旅を終えて、目的地に辿り着こうとしている。

誰かが、それを見届けなければならないんだ。

昔話に語られる英雄になった気持ちで、少年の足どりは、雨の中でさえ軽かった。

けれど、やがて辺りは霧に包まれた。ふと気づくと、四方を乳のように真っ白な霧の壁に遮られ、遠目にもあれほど大きく確かなはずの竜の姿を見失った。

濃霧の中を、少年は闇雲に歩き続けた。

「ああ、家族協会の方ですね。控室の方は奥の階段を二階分上って右です」

「ありがとうございます。ご苦労様です」

何度目かの警備員の誰何《すいか》を、icon の目配せ一つでかわして、僕は迷宮のようなテレビ局内を進んでいく。家族協会の武さん経由で発行してもらった入局用のパスは、僕の身分を出演者の家族として表示させているはずだ。身分を偽って、関係者以外立ち入り禁止のエリアに忍び込んでいく自分のことを、誰かに似ているなんて思って、首を振った。

せわしなく行き来する人たちと目が合わないような、かといって気を引き過ぎないような早足で、真っ白な廊下を歩いていく。壁面に貼られた番宣ポスターの中には、〝低速化災害〟ジャンル小説のドラマ版のものも混じっていた。

◆◆◆

デコイ計画について、家族協会はテレビやネットを通じてPRを始めていた。次の収録が今日この局で行われ薙原も出演すると、武さんから聞いて僕は単身踏み込んだのだ。

飛行機事故の直後から、薙原との連絡は途絶えていた。例の計画を聞いて慌てて連絡を取ろうとしたら、FEELが返って来ないどころかあらゆるSNSをブロックされていることに気づいて愕然とした。

焦り過ぎたために、上るべき階段を一度間違えたものの、iconの指示に従って何とか正しいルートに戻って、ようやく目的地に辿り着く。

「控室　のぞみ123号家族協会　薙原叉莉　様」

扉の前で深呼吸する。既に様々な覚悟を決めてしまっている相手、しかも、あの猪突猛進な彼女を翻意させられる自信はなかった。けれど、天乃に続いて彼女までもが低速世界の住人になってしまうかも知れない事態を、見過ごす訳にはいかなかった。

なんとか心を決め、ノックする。返事が無かったので、思い切ってノブを回した時、鉢合わせした。

猛獣の鬣《たてがみ》のように明るい金髪。向こう側に、ドアを開けようとする薙原が立っていた。

「何しに来た」

鋭い視線とともに投げつけられたのは、単なる拒絶、ではなかった。導火線に火のついた爆弾をギリギリ抑え込んでいるような、恐ろしく重い一言。後ずさりしかけて何とか留まったけれど、準備してあった前置きの言葉は思い出せなくなった。

「その、あんな破滅的な計画についていくのは、危ないから、説得できないかと思って」

はっ、と吐き捨てるような声に、彼女が抑えつけている感情が、怒りだと確信した。でも、その理由が分からなかった。冷や汗が額に浮かんでいるのを自覚する。

「そんなくだらねえことで、よくあたしの前にその間抜けヅラ見せられたな」

薤原と知り合って八年経つのに、ここまで激昂した彼女は初めてだった。八年分で積み上げた関係が、チャラになるどころか、一気にマイナスに裏返ったみたいな剣幕だった。

「な、何で怒ってるの？」

だから、間抜けにもそう尋ねるしかなかったけれど、

「お前の死んだ叔父さんから、色々聞いた」

その一言に、全身の毛が逆立ち、血の気が引くのを感じた。

「ずっと思ってたよ。お前は天乃のことが好きだったし今も好きだってな。お前はあの新幹線をどうにもできないと思ってるけど、それでもあそこから天乃を助け出したいと願ってるから、あたしはお前を同志だって信じてた」

ああ、これは——まずい。足がすくんで、足の裏がその場にくっついてしまったようで。

身動きが、できない。

「はは、買い被りもいいとこだったな。一個、すげー勘違いしてたわ」

首根っこを思い切り摑まれた。怒りの言葉を吐き出しながら、薤原の顔に浮かんでいたのは彼女に似つかわしくない薄ら笑いだった。

「お前、天乃に戻って来てほしくないんだろ？　二千七百年先、自分がくたばった遥か後

に天乃が戻って来るように願ってて、あいつにあの新幹線に乗ったままでいて欲しくて、あの車両の時計の針を動かしたくないんだろ？」

顔をぶん殴られた。

いや、殴られてなんかいない、そう錯覚するくらい恐ろしい言葉だった。

「さ、流石に、それは言いがかりだと、思う」

息も絶え絶えに、僕は必死に言葉を紡いだ。

その言葉はたぶん、一切届いていない。彼女は僕を右手で吊り上げたまま、ポケットからスマホを左手で取り出し、器用に操作して、こちらの鼻面につきつけた。

「――じゃあ、これは、何だ」

スマホの画面に表示された、その文章の冒頭が、目に飛び込んできた。

白鱗の竜が、死を迎えようとしている。

冬の終わり、神鉄草が赤銅の花を散らせ始めるころに、そんな噂が一族の間で囁かれ始めた時、少年はまず噂を信じようとしなかったし、信じたくもなかった。

僕は……叔父さんが彼女に全てを伝えてしまったことを、悟った。

それは小説だった。

　僕が、伏暮速希が書いた物語。遠い未来で竜と呼ばれるようになった、あの新幹線の物語。霧の中に主人公が迷い込んだままで止まっている、書きかけの物語。

「無関係の人間が書くならまあ仕方ねえよ、こっちがどんな思いでいるかなんて分かんねえんだから。でもこれ、お前が書いたんだってな、出版目指して。事故の生き残りがこういう話書いたら話題になって売れるっつー、あのおっさんの口車に乗せられて。何年も前から、匿名で頭の方を小説投稿サイトに載っけてたんだろ？　一緒に新幹線見に行った時も、卒業式の後の夜も、お前、ずっと頭の中で二千七百年先の世界に残された天乃を材料に妄想して、お涙頂戴の話作ってひと儲けしようとしてたんだろ？　違うなら違うって言ってみろよ！」

　スマホが音を立てて床に落ちた。

　薙原の顔は憤怒に染まっていて、こちらを糾弾する声は殺意が込められたように低くて、それでも彼女の眦《まなじり》には、涙が光っていた。

　揺さぶられて、僕は自分の身体が宙に浮いていることを自覚する。乱れた呼吸のままどうにかこうにか口を開いた。

「も、もしも、僕が未来の天乃のことを想像した物語を書いて、二千七百年未来に万が一にでも残ったら、少しでも、お互いの救いになるかと思って」

襟首を締め上げる手が僅かに緩んだ。だからこそ、続けた。

「――誰かに『不謹慎だ』って言われたら、そう答えるようにって、叔父さんは言ってた。僕も同じ理屈で自分を納得させた。でもきっと僕の本心じゃない」

再び薙原の手に力がこめられて、僕はむせた。けれど喋らなければいけなかった。いつか人に知られた時のための言い訳、弁明の言葉はいくらでも用意してあった。でも、相手が薙原だからこそ、僕はありのままを伝えなければならなかった。天乃の姉だからこそ、あの歳月を共に過ごした相手だからこそ。

「天乃に、どんな顔して会えばいいか、もう分からなかったんだ」

この言葉を、今まで誰にも言えなかった。

叔父さんにも、家族協会の人にも、薙原にも、天乃にも。

震えと涙の混じる言葉を、僕はゆっくりと紡いでいく。

「中学校までは、単純だった。小学生の頃、最初に漫画家になろうって持ちかけたのは、天乃じゃなく僕からだった。僕がお話作って、天乃が漫画描いて、それで賞とか目指して、二人で漫画家になろうって。そんで僕は、天乃に片思いもしてて、どっかで告白できればいいなって思ってた。でも、二人で東京に行った後、全部変わった」

二人ともが期待に胸をときめかせて、初めて新幹線に乗った、あの日。

「どこの出版社に行っても、絵の方は才能あるし上手いけど、話の方はお粗末だって言われた。そんなにはっきり言わない会社もあったけど、編集の人がこっちを見る目で、僕の方が天乃の足引っ張ってる邪魔者なんだって、気づいた。天乃の方は特に気にしてないみたいだったけど、僕は自分に才能が無いんだって、分かった。その後も、どんどん天乃は漫画を描いて、幾つかの出版社で担当がついて、電話で打ち合わせなんかもしてて。僕は自分で役目を減らしてった。最後の方なんか二言三言のアイデア出すだけで。気がついたら僕は、幼馴染相手に片思いしてるのか、嫉妬してるのか、もう自分でも訳が分かんなくなってた」

叔父さんと新幹線を見に行った車の中で、クラスに好きな子がいるか尋ねられて、僕は、「いた」と答えた。それは少なくとも、過去においては百パーセントの真実だったから。

「そもそもずっと天乃を好きだったのは、天乃の才能が自分の夢に利用するには好都合だからそう思ってただけなんじゃないかって、自分がすごいクズなんじゃないかって思った。天乃と顔を合わせるのも、ＬＩＮＥに返事するのすら怖くなってた。今まで通り毎日会って今まで通りの距離で話してるのにそれだから、気が狂いそうになってた。片思いしてるはずなのに、東京に行って誰か男の人とくっついて、二人で幸せに暮らして、僕の知らないところで夢を叶えてくれないかななんて、思う時もあった。天乃は、そんな風に僕がおかしくなってるのに全然気づいてなくて、それまで通りに僕に接し続けてて。編集の人が別の原作つけようとするのも断って、修学旅行の自由時間でまた出版社に持ち込みにいくから、一緒に行こうって誘われて、僕は絶対にムリで、新幹線にまた乗ること考えるだけで吐きそうになって。でも僕は断れなくて——前日に、インフルエンザっていうことにして、休んだ」

僕と天乃やクラスメートたちの運命が分かれたきっかけは、偶然なんかじゃなかった。天乃が隣で夢を叶える瞬間を見届けるのが、怖かったからだ。自分の嫉妬や暗い思いが、幼馴染に向ける恋心を超えるのが、怖かったからだ。

「天乃が結果を携えて戻って来る、そのことが怖くて、もう会いたくないって願った。だからあの新幹線が停まった時は、自分の無茶な願いを悪魔が聞き入れたんじゃないかとすら思った」

叔父さんは僕が天乃に嫉妬していることを知らなかった。ただ単純に僕が天乃に片思いをしていて、告白できないまま二千七百年隔てられてしまったのだと思い込んでいた。叔父さんは、勝手に想像した悲恋の物語を真実だと思い込んで、だからこそ僕に小説を書かせて、僕を立ち直らせ、ついでに世に売り出そうと目論んでいたんだろう。

「だから、叔父さんに唆《そそのか》されて書き始めたのも、未来の登場人物視点でだったら、天乃のことに向き合えるかと思って。まともに向き合えるようになっておかないと、帰って来て欲しくない気持ちが、僕の心から消えてくれないから。だからあれを書いたのは、きっと、僕の精神安定のためで、本当の天乃の思いなんて考えてなかったんだと、今は思う」

それでも、二千七百年間のぞみが帰って来ない話を書くのは不吉過ぎるから、予測を裏切って五年後にのぞみが戻って来る話にしようと、最初は叔父さんに提案した。

そんな僕に、叔父さんは呆れて、笑いながら言った。

――五年先とか十年先に再会できるような話で売れる訳ないわ。二千七百年未来へ飛ばされて、生き別れて、もう二度と会えんから、全米が泣く話になるんや。ハヤキ、もっと本読んだ方がええで。

僕はそんな叔父さんに抵抗したけれど、結局は妥協した。というより、近い未来を舞台にしたら、一行も書けなかった。遠未来を舞台にして筆が進み始めてようやく、僕は、僕自身の痕跡が少しでも残っている時代のことは書けないのだと分かった。

遺品整理の時に、叔父さんのアパートに入って知った。叔父さんの部屋は本だらけで、棚に収まりきっていない本があちこちに地層を作っていた。目立つところに積まれていたのは、時間についての小説だった。叔父さんが、かつて自分が感動させられたのと似たようなお話を、僕にも書かせようとしたんだろうと、その時気づいた。

いきなり手を離された僕は、したたかに腰を打った。

「……ちょっとは誤魔化せ。思ってること全部口に出したら他人に全部受け入れられると思うな。気持ち悪い。引く」

薙原の声のトーンは、既に少し落ち着いている。

顔を上げて見た彼女の瞳には、もう涙は浮かんでいない。そこに宿っていたのは、怒りですらなかった。もちろん、怒りはいまだに煮えたぎっているのだろうけれど。

でも彼女が僕に向けたのは、憐憫の目だった。

「お前の叔父さん、あたしになんて言ったと思う？　ハヤキが書きあぐねてるから、協力してくれ、だとよ。君とハヤキがくっついて何とか子孫を残して、その子孫が二千七百年後の檎穣さんと出会えばそれで一番上手い形に話が纏まるから、出演許可をくれってさ」

自分の頬がカッと熱くなるのを感じた。叔父さんへの怒りと、羞恥によって。

「ごめん、僕はそんなの知らなくて――」

「謝るな。あのおっさんは追い返したし、あれでも少なくとも、のぞみを取り返す手段を考えてくれた。客乗せたデコイで引き戻せるかもっつってたのは飛行機が事故る前のあのおっさんだ。お前には謝る資格なんてない」

最後の言葉に、心臓を貫かれた。口から血を吐きそうだった。

「天乃はあたしが救い出す。お前はお前のでっちあげた二千七百年後の未来で永久にお人形遊びしてろ。あたしは、そんな未来、願い下げだ」

薙原は、踵《きびす》を返すと、乱暴にドアを閉めた。

死人のような足どりで、廊下をよろよろと歩いて、何度も人にぶつかりかけた。心配と不審の両方で僕に声を掛けてきた警備員にも、大丈夫ですと答えるのが精一杯で、気づいたらトイレの便器に吐いていた。でもきっと吐きたかったのは、僕の書いた小説の存在を知らされた時の薙原の方だっただろうと思うと、情けなさに嗚咽《おえつ》が漏れた。死にそうな気分で顔を上げると、壁に貼られたドラマの番宣ポスターの人物と目が合った。〝恋人を、千年想い続けることができますか？　時間に隔てられた二人の、千年泣けるタイムトラベルラブストーリー『一千年特急』〟という文言が躍っていて、僕はもう一度吐いた。

結果的に、薙原の決意の言葉は、予言としては二つの誤りを生ずることになった。

僕には、物語の続きを書くことはできなかったし。

薙原には、天乃を救い出すことはできなかったからだ。

◆◆◆

時速三百キロを超える速度で、東海道新幹線きぼう82号が、低速化したのぞみ123号の車両とすれ違ったのは、のぞみの低速化事故から九年と三ヵ月後のことだった。

もしも、「123号よりも多数の人間を乗せた、123号を上回る速度の車両を真隣に走らせる」という計画が、事故から二年以内に立案されていれば、未知の災害に出くわした異様なムードの中で、例のNASAの実験と一緒くたに実行されていたかもしれない。

けれど、何もかも変わってしまっていた。少なくないメンバーの離脱によって組織力が低下してしまっていた家族協会は昔ほどの政治的影響力も資金も持ち合わせていなかった。

ロビー活動は空回りした。数年前まで国からの補償を勝ち取るために尽力していた家族協会出身の議員たちは、検討すると言うばかりで何もしなかった。計画を実行した際に二台目も低速状態になってしまった場合のリスクが、政治家たちにとっては大きすぎたのだ。政府のお墨付きが出ない以上、JRも首を縦に振らなかった。

首謀者は、A組の杉浦有里の父親と、C組の遠藤聡の父と兄、D組の鷺森翔太の弟・蓮二、D組の根来葵の家庭教師、修学旅行生とは別にのぞみに搭乗していた会社員の妻の五人で、その他に家族協会のメンバー七人が協力していた。

彼らが目を付けたのは、JRの不断の努力と献身だった。JRは、万が一、新横浜・名古屋間の安全が確保された場合に、いつでも新幹線の運行を再開できるように、線路や切り替えポイントを保守し続けていたのだった。事件を起こした者たちは、気づいてしまったのだ――許可が下りなくても、のぞみが停まっている下り線の真隣、上り線に新幹線を走らせることは、できる、と。

大晦日の夕方便が狙われたのは、それが乗客数の激減した今でも数少ない、混雑する車両だったからだ。乗客九四一名を乗せた大阪発名古屋行きのきぼう82号に乗り込んだ彼らは、電波妨害装置で乗客の外部連絡手段を絶ったうえで、ネイルガンを用いて乗務員を脅し、運転席に侵入して制圧、運転士に刃物を突き付けて命令した。

「時速三百キロ出して東京へ行け」と。

滑稽と言えば滑稽な脅迫で、仮に彼らが十年前に時速三百キロで東京に行きたければ、ただ同じ列車の切符を買って、自由席にでも座っていればそれでよかったのだ。ほんの十年で、それを実現する方法は、新幹線ジャックの他に残っていなかった。

勤勉なJRの社員によって恭《うやうや》しく保守され続けた線路は、罪を犯した人々も優しく出迎えた。順調に車両は名古屋駅を突破し、やがて静岡県へ突入した。

のぞみが視界に入った時、運転席を占拠していたメンバーの中で歓声が上がったという。

彼らは期待に胸を躍らせて、きぼうがのぞみとすれ違う瞬間を待った。

そして、何も起こらなかった。

デコイとなった『きぼう』にその現象が憑りついたり移動したりすることは無かった。

新横浜駅で待ち構えていた催涙弾とＳＡＴの突入で、テロリストたちは拘束されたが、彼らは逮捕された後も、条件を変えたうえでの実験の再試行を叫んでいた。

新幹線ジャックを経て、国は重い腰を上げた。もちろん、正式な実験の許可を出した訳じゃない。のぞみの隣にこの上り線の線路が存在し続けていることが、無謀な犯罪を誘発したのだと、彼らは判断した。迂回路が完成間近のＪＲにとっても、この判断は渡りに船だった。

行政代執行によって、東海道新幹線の新横浜－名古屋間の上り線路は剝がされ、アスファルトで舗装されることが決定した。のぞみ１２３号ミレニアムメモリアルロードというセンス皆無の名前が公募で付けられ、歩道になった。

国側の決断はそれだけでは終わらなかった。デコイを用いたのぞみへの干渉という計画に関わった主導的メンバーを、新幹線ジャックについて予《あらかじ》め知っていたか知らなかったかにかかわらず、一網打尽にしたのだ。当然ながらそのリストには、発案者の名前も含まれていた。

初対面の日、何度も補導された経験があるのだろうと僕が思い込んでいた薙原叉莉は、謹慎こそ何度か喰らったことがあるものの、実は人生で一度も補導されたことがなかった。

彼女は噂よりもずっと真っ当に生きていた。

——けれど、彼女の経歴には傷がついた。

組織犯罪対策法違反による、連座的な逮捕。

僕が申し込んだ面会に、薙原が応じてくれることは無かった。

◆◆◆

「先生、また明日」

放課後、最後まで残って自習していた女生徒は、見回りにきた僕に促されて机を片づけると、律儀に頭を下げてこちらに挨拶した。彼女の制服の色は白と紺で、日本中で有名になってしまったあの白と藍の制服からは代替わりしている。

「ああ、また明日」

その後ろ姿を見送ると、僕はただ一人、窓から夕陽が柔らかく射し込む教室に残された。

2年D組が使用したのと同じ教室だった。

教師として母校に戻る——その決断をした大学生の頃は、過去と向き合うための選択のつもりだった。でも今は、過去に後ろ髪引かれたゆえの選択だったように感じている。同級生は誰もいなくなって、僕だけが居残っている。暖かな風を受けて微かに揺れるカーテンは、白い生地に歳月のくすみを湛《たた》えていた。高校から背も伸びたというのに、僕の今見る教室は、あの時よりも広々と寂しく見えた。並んだ座席は、今や二十に満たなかった。

都会から、子ども達の数は減っていた。公共交通機関不信の広がりと高速道路の機能低下によって、長距離移動そのものが忌避されるようになって、交通費も青天井になったために、生まれ故郷から離れて暮らす人が激減したからだ。自転車や徒歩でどうにかならない距離を通勤したり通学したりするのは、珍しくなった。

リニアの建設は緊縮派政治家たちの標的となり中断した。輸送費の高騰によって、都道府県境をまたぐ食料品は全て高騰し、地産地消を強いられた。多くの魚や野菜が、生産地以外で食べられなくなった。会場に人を集められなくなりVR以外のライブやイベントが絶滅した。インターネットで遠方の人と知り合っても、会うことは稀になった。Amazonが日本国内の配達事業から撤退した。〝一期一会〟が流行語になった。

僕は二千七百年後を書く時に、新幹線以外の交通手段も全てが失われた世界を設定したけれど、全部の電車や全部の飛行機が犠牲にならなくても、ただ不安だけで、防ぎ得ない災害に巻き込まれるかも知れないという恐怖だけで、ゆるやかに世界は変わっていってしまうんだということを、改めて思い知らされた。

僕は汚れの残っていた黒板を、黒板消しで拭き消していく。

文化祭でD組が異文化喫茶を開くことになって、装飾を任された天乃が、自身の投稿した漫画に登場させた、僕命名の猫のキャラクターを、何色ものチョークを使って大書したのも、この黒板だった。

修学旅行の班決めをした日、自分がもし修学旅行を欠席する羽目になったら、同じ班になった寺浦や文山や浮舟にどう詫びようかと、日直として黒板を拭き消しながら一人悩んだのも、この黒板だった。

薙原と二人きりで授業を受けることになって、日直が一日おきに巡ってくるようになった教室で、彼女が僕に免許を取らせようと、休み時間ごとに道路標識を書いて教えていたのも、この黒板だった。

天乃も、他のクラスメートも、薙原さえ、僕からは遠いところに行ってしまった。

胸が張り裂けそうだったけれど、泣く訳にはいかなかった。泣くのならば、そうすべき機会は、何度もあったはずだった。でも僕は天乃のために泣くよりも、自分自身の葛藤を抑えつけることで手一杯で、泣いたのだって薙原に問い質された時だけだった。今さら謝る資格が無いように、天乃たちのために泣く資格さえも僕には無かった。

ただ、少し天を仰いだ。黒板の上に掛けられた時計、その秒針が変わらず時を刻むのをじっと見つめていた。

「あ、伏暮先生」

ふわりと柔らかな声が響いて、我に返った。廊下の方から、司書教諭の堀双葉先生が、こちらを呼んでいた。

目元を拭い、先ほどまでの醜態を気取られないようにしてから、そちらに歩み寄った。

「以前、先生に寄贈して頂いた本についてなんですが」

僕は叔父さんの蔵書の一部を、母校の図書室に寄付していた。本を捨てたり売り払ったりすることができない性分だったけれど、薙原に絶縁されたあの件以来、手もとに置いておくのも忌まわしかったからだ。

「何か問題がありましたか？　一応、保存状態の悪いものは無いと思うんですが」

「いいえ、実は本の間にメモ書きが挟まっているものがあったので。メモは廃棄しようかと思ったのですが、念のためご確認をと思って。恐れ入りますが、図書室にいらっしゃって頂けませんか？」

「わざわざありがとうございます。お手数おかけします」

堀先生も、同級生の妹だった。新幹線に閉じ込められた堀彩花と、その隣の席にいた寺浦健太郎は、同級生の間では知られた仲だったけれど、それを事故後初めて知ったそれぞれの両親は、いずれも仮設住宅に暮らしながら折り合いが悪く、家族協会で度々トラブルを起こしていた。

けれど、堀先生は家族協会には加わらずに独り暮らしをして自分の人生を生きていたし、それでいて、乗客の家族から寄贈され続ける大量の本を活かして、恐ろしく充実した図書室を作り上げていた。恐らくそれが、あの事故に対する後ろ向きでない向き合い方の一つだったのだろう。

図書室に辿り着いた僕は、カウンターで件の本を受け取る。大昔に、叔父さんの助手席に積んであったうちの一冊だった。タイトルは、『タイムマシンのつくり方』。

最初、図書室の閲覧スペースで中身を確認しようとしたけれど、少し考えて、本棚の間に隠れるようにして本を開いた。叔父さんのことだから、何かよからぬ企みがメモに記されていないとも限らなかった。

そこに挟まれていたのは折りたたんだルーズリーフだった。記されていた文字は、確かに、叔父さんの筆跡だったけれど、あの居心地の悪くなるような親しげな口調ではなくて、とても簡潔な、メモ書きだった。

低速化は現象ではなく別の文明からの干渉ではないか。あるいは攻撃？

高速移動する交通機関は、文明の維持に必須。その低速化は文明への破壊工作として有用

↓文明の有無を高速移動する物体の存在で判別し、干渉？

※自然現象であっても、水流、空気の流れなど、高速移動する物体は存在する。どう判別するか

大量の乗客を乗せた高速移動物体？

↓不可。１２３号以前にも大量の乗員を乗せた車両は無数にあった

僕は驚いていた。ルーズリーフ一枚を費やして書かれた叔父さんの論は、ただ人間を多く乗せていればいいものではないと、この時点で案じていたのだ。飛行機事故で、低速化現象の二例目が現れる前から。もしも叔父さんが生きていたら、これより先の議論、続きも聞けたのだろうか――そんな風に思いながら、何気なく裏返して、そこに、「続き」を見つけた。

当時ののぞみの特殊性（現象を誘発したもの？）

×　修学旅行生の搭乗
×　搭乗者数
？　スマホ・ＳＮＳでの内部相互通信
↓高速移動する物体内の、移動とは無関係に行われる、相互の大量データ通信

「どうされました、伏暮先生⁉」

堀先生が駆け込んできたのは、僕がのけぞった勢いで肘をぶつけ、背後の本棚に収まっていた本を何冊も床に落としてしまったからだ。

「す、すみません。すぐ片づけます」

こちらを心配する堀先生を手で制し、落ちた本を拾い上げて、棚に戻す。その作業をしている間も、頭の中はぐるぐる回り続けている。

大量のデータ通信だけなら、新幹線だろうと飛行機だろうと運行のために毎日行っているだろう。だが、乗客たちがそれとは無関係の大量の画像やテキストを内部で送り合っていたとしたら、その余剰をこそ文明の証明と見做《みな》すのなら。

叔父さんの仮説が正しいのなら、あの新幹線を低速に招いたのは大量のデータが飛び交うＳＮＳのやりとりで、それに絶対的な拍車をかけたのは、天乃の提案でクラスの皆が欠

席者の僕のために大量の写真と文章を流したことで、そうなったのは、インフルエンザで欠席すると伝えた僕を天乃が気遣ったせいで、僕がそんな嘘をついたのは、僕が天乃を妬《ねた》んだためだった。

——あの事故は、僕が、天乃に嫉妬したから、起こった。

僕が、天乃にもう会いたくないと願ったから、起こった。

今ここで受け止め切るには、それは重すぎる苦しみだった。

ガタガタ震える身を必死で抑えつけて、呼吸を整えながら、ルーズリーフが挟まれていた本のページをめくっていくと、何かが床に滑り落ちた。他にも挟まれている紙があったのだ。震えの止まらない手で拾ったそれは、ルーズリーフのメモ書きではなく、メールのプリントアウトだった。

プレスの方々へ

飛行機に搭乗しながら会議を行う新アプリのデモンストレーション

それは会議用のRingYouアプリのPR企画だった。RingYouを介して飛行機内でもタイムラグなく大量のデータをやりとりできるという代物で、そのデモのために模擬会議を行う、という内容だった。

そこに記された、デモが行われるという便名に、あの飛行機事故に関わった二機の名が記されていた。

やっと気づいた。叔父さんがあの飛行機に乗り合わせたのも、偶然なんかじゃなかった。高速移動する物体内の、移動とは無関係に行われる、相互の大量データ通信。それが文明の存在を知らせ、何者かの干渉を呼び、低速化を招く。

自身の仮説に賭けて——低速化現象を起こす可能性のあるフライトを探して、それに乗ったのだ。自ら実験台になってしまえば、仮説の正しさを世に広めることもできないのに。

叔父さんの本棚に並んでいた小説の群れを思い出して、僕は、もしかしたら——叔父さんは、お金以上に、未来への憧れに突き動かされていたんじゃないか、そんなことを思った。叔父さんは、新幹線の中の人たちが羨ましかったのかもしれない……遠い未来に辿り着ける人たちのことが。その想いを確かめることは、もうできないけれど。

そしてもはや、叔父さんの仮説の正しさを世間に向けて証明する手段も、ない。

たとえ大量の通信機器を用意できたとしても、既にあの線路は外されて、アスファルトで覆われた。のぞみの隣に新幹線を走らせることはできないだろう。

新幹線の他に、個人の力で時速三百キロを実現できる物体なんて——

「……あった」

新幹線のように莫大な人員と資金を要さずに、時速三百キロを出すことのできる乗り物。僕には、そんな乗り物に、ひとつだけ心当たりがあった。

「何があったんですか？」

独り言を聞きつけた堀先生が、本棚の間からひょっこり顔を出した。

「たぶん……タイムマシンのつくり方です」

◆◆◆

ここから　のぞみ123号ミレニアムメモリアルロード
車両の立ち入りはご遠慮ください

看板と車止めを避けて、僕はバイクを侵入させる。高校の頃とは違う、免許を取ったばかりの大型二輪だ。

背負ったリュックの中に詰め込んだのは、百六十九台の充電済み軽量スマホ。ウエストバッグやライダージャケットに仕込んだものも含めて、計二百台。熱暴走を回避できるよう冷却材でサンドイッチしているけれど、気休めにしかならないだろう。

ネットで旧型の中古スマホをかき集め、ペーパーカンパニーを作って大量の電話回線を契約した。SNS内で大量のデータ通信を互いに繰り返させるプログラムは外注した。

ただの機械同士の通信を乗客のそれと認識してもらえるかは分からなかった。もしも失敗したら、無数のマウス一匹ずつにスマホをくりつけて同じことをしなければならないとも覚悟していた。

大学進学に大半を使った義捐金の残りも、貯金も、全て切り崩した。昔、叔父さんから贈られた本のほとんどを古書店に持ち込んで、なんとかここまで揃えられた。

家族協会の人に協力を仰げれば、もっと全てが楽に進んだだろう。車両への訪問をまた増やした僕のことを武さんが暖かく迎えてくれる度に、何度も心が揺らいだけれど、新幹線ジャックの顛末を見れば、他人の手を借りる訳にはいかなかった。

それに、嫉妬心から修学旅行を休んだ僕の過ちが、何も知らない天乃を気遣わせ、SNSの濁流を生んであの現象を呼んだのだ。そうして、クラスメートや八百名を超える乗客から十年を奪い、家族や友人と死別させ、家庭を崩壊させ、たくさんの悲劇を呼んだのだとしたら――償いきれるはずはないけれど、自分の身を捧げるのがせめてもの償いだ。これ以上誰かを巻き込んで新たな犠牲を出す訳にはいかなかった。

ただ、堀先生宛には、時限式のＦＥＥＬが届くようになっている。叔父さんの仮説と僕が試みた計画の全てを明かし、家族協会に伝えて貰うための、それは遺書だった。戻って来れるとは——少なくとも彼らの生きている時代に戻って来れるとは、思っていなかった。僕のスマホは薙原の実家に送り付けた。パスワードも同封したから、出所後にいくらでも天乃の写真をサルベージできるはずだ。

車両から十キロの地点、そのアスファルト上。朝四時、人の姿はない。物好きがランニングに入ってきたりするこの道には複数の入口があるけれど、昨日の段階で全て偽看板で封鎖した。

エンジンをふかす。命を吹き込まれたバイクの、ギアを一速に入れる。

走り出したマシンは、卒業式の後、車両を目指して夜道を走った時と同じ確かな振動を、僕に伝えた。

この確かさが零れ落ちないように、力強く蹴って、ギアを上げる。

昨日、天乃にまた会いに行った。

低速化した車両内で、彼女の姿勢は、卒業式後に訪れたあの夜から変わっていなかった。けれど、違っていることもあった。あの時、まだ送り先を隠すようにさまよっていた彼女の指は、「薙原叉莉」の画面を選んでいた。天乃は自身の戦果を、まず家族に伝えようとしていた。目の錯覚かもしれないけれど、彼女の口元は、相手の反応を楽しみにするかのような、そんな笑みの形に結ばれている気がした。

僕の最後の覚悟が本当に決まったのは、それを見た瞬間だったと思う。

速度メーターは百キロから百五十キロへと向かう。icon の補正のおかげで、視野が狭まることはない。

もしも――もしも僕が天乃に今も恋をしていたのだったら。きっとこんな選択はできなかっただろう。想い人を救うために一人未来へ特攻して、帰って来れなくて、相手と二度と再会できないかもしれないなんて、きっと怖くて耐えきれなかった。

もしも――もしも僕がこの十年のうちに、薙原に恋をしていて、彼女の心を手に入れたいと願っていたなら。きっとこんな選択はできなかっただろう。あんな別れ方をしたまま、一人で未来に特攻するなんて、きっと怖くて耐えきれなかった。

でも、どちらでもなかった。

僕は、天乃と再会して、同じ時間を過ごしたかった。

僕は、薙原ともう一度、会って話をしたかった。

けれど、それ以上に、思ったんだ――僕は、天乃と薙原を、再会させてあげたいんだと。

修学旅行からも天乃からも逃げ回って、墓石が立つのを指をくわえて見ながら、空想の二千七百年後にまで逃げ込んだ僕なんかよりも。

バットを振り回し、ショベルカーを操り、デコイの計画を呼びかけて、天乃を取り戻そうとした薙原こそが。

天乃と再会すべきだ、再会しなければならない、そう願ったからだ。

バイクのメーターは時速二百五十キロから、ためらうごとく少し前後にぶれて、やがて意を決したように、二百六十、二百七十、加速へ傾いていく。

新幹線と同じ速度で飛び去っていく景色は、かつて窓越しに見たもののはずだった。

僕が話を作って、天乃が描いた漫画の原稿を、期待に胸を膨らませながら東京の出版社に持っていった時の窓。どこの出版社でも僕の役目を否定されて、悔しさに打ちひしがれて寝たふりをした時の窓。人生で二度きりの新幹線の車窓。

林が、住宅が、工場が、橋が飛び去っていく。それは十年以上の歳月を経て、少しは様変わりしているはずだ。

けれど僕に、その違いは分からなかった。

殴りつけるような風圧に、身じろぎもできない。痛みの感覚さえ飛びかけている。ただ手袋越しのアクセルの感触だけは、麻痺しないようにと祈る。

前傾姿勢の背中に尋常ではない重みと熱を感じている。胴回りにはウエストバッグの熱源。自分の身体が熱の塊になっているのが分かる。僕ごと発火するんじゃないかとさえ思う。それでも、その熱量こそが、互いに大量のテキストと画像を送り合うボットの活動を証明していると信じて、ただ加速する。いつか見た世界を置き去りにして。

icon の視界に、何度も何度も見た、目に焼き付いてしまった忌まわしいその白い尾が、飛び込んできた。

のぞみの最後尾の車両に、間もなく追いつき、そして追い抜く。

もしも目論見が失敗すれば、時速三百キロのバイクは瞬時に車両の先頭まで辿り着き、通り過ぎてしまって、僕の視界から車両は消えるだろう。

白い巨体の、影に入った。瞬く間に通り越しつつあるのが何両分か、数えることはできない。三百キロを下回らないよう目線はメーターの針に注がれているから、首を真横に向けることはできないし、一両ごとを追い抜く時間が早すぎる。

それでも僕の感覚がおかしくなっていて、たった十五両の長さを通り過ぎるのに、時間が歪んでもいないのに、永遠のように引き伸ばされている時の中で、幻覚だろうか、窓の向こうに霜が降りているような、そして新幹線の先頭が見えて、

——音が、聞こえた。

カタン、カタンとレールを踏む音が。

のぞみ123号が加速するか、こちらが減速するか、その両方が起こるかしなければ起こり得なかった——速度の一致。同じ時間が流れている世界への合流。

その瞬間、落としたい、と思った。アクセルを緩めて、マシンの速度を落としたい、という、予想もしなかった発作が、突然僕を捉えた。

高速移動する物体を捉える現象は、もしかしたら、バイクを急減速させたら、僕から離れていくかもしれない。速度を下げれば、あの忌まわしい現象から逃げ切れるかもしれない。右手を緩めさえすれば、ギアを落としさえすれば。

薙原に写真を送ろうとする天乃の微笑みが、脳裏をかすめた。

だめだ。まだギリギリまで引きつけなきゃいけない。のぞみから奴を引き離しきらない限りは、自分が怖気づくわけにはいかない。スピードを今落としたら、全てが無駄になるかもしれない。

レールを踏む懐かしい音が消えて、耳鳴りのように低い響きが始まった。幻聴だったのか、それとも、またのぞみが低速化してしまったのか——そうではなかった。きっとこれは引き伸ばされた音で、そして、
起きたことは、旋風に似ていた。

光よりも速く瞬きよりも短い刹那《せつな》に、白い竜の腹が僕の左半分の視界を埋めて／幻影だ

ろうか／目の裏に焼きついた／霜の降る中／スマホから顔を上げて／窓の外に向いた少女と／その目が合った／消えて、

こちらのメーターは三百キロのまま、変わっていない。

音はもう聞こえない。

ほんの一瞬、その尾が地平線の彼方に滲んでいくのが見えたような気がしたけれど。

——のぞみは、行ってしまった。

かき消えるように。走り去る姿を目の当たりにすることができなかったこと、そのことこそが僕が成功した証だった。

それは新幹線の代わりに僕が減速世界に取り残された証拠だった。

アクセルを緩め、速度を下げていく。二百七十キロ、二百五十キロ、二百キロ、それはもしかしたら、自分に纏わりついた低速化を引き剝がせるかもしれないという淡い期待を込めた減速だったけれど。

瞬きを繰り返している自分に気づいて、そうじゃないと悟った。昼と夜が切り替わっているんだ。百七十キロ、百三十キロ、百キロ、その事実を自分の頭で処理しきる前に、瞬きの速度は速くなって、認識できなくなって、やがて朝と夜が交じり合った灰色に。

二千六百万分の一の世界。

一秒分の息を吸うだけで、三百日が吹き飛ぶ世界に僕はいた。

希望的観測は打ち砕かれた。一度、減速世界に引き込まれてしまえば、やはりバイクの速度を下げても脱出できなかった。停車してもきっと同じだろう。

外界と窓ガラスによって隔てられない僕ならば、二千六百万倍で進む世界の速さを見届けられるかもしれない。もしそうならば、理研なりNASAなり、それとも僕の知り合いなりが、低速化した僕を見物にやってきたら——僕の視界に、何万何十万分の一秒かの揺らぎを与えるだろう。でも、超人でもなんでもない僕は、そんなものを察知する術は持ち合わせていない。身寄りもない僕が、罪人たる僕がそんなことを願うのはおこがましいとも知っていた。

眼下の木々が、生き物が身を起こすような速度で背を伸ばしていき、遠くのビルが瞬く間に積み上がり天を摩する高さになっていく。遥かな山々が刹那、橙の光に閃いたように見えたのは紅葉だっただろうか。

ふと視線を上げると、あり得ないカラフルな色の滲みが空を四角く切り取っているのに気付く。それが何か分からず一瞬怯えてから、正体を悟る。それはきっと、ビーチ用のパラソルかテントの類で、僕が雨に打たれないように誰かがそこに置いてくれたのだ、と。

一秒で三百日分、高速で僕を打つだろう雨粒から僕の身を守るために。そして、その誰かは、僕の乗ったバイクが進むたびに、パラソルを少しずつ前へ動かしてくれている。何日も、何週も、何カ月も。

僕は刹那、目を瞑った。

泣かないでいようと思ったんだ。泣いたりしたら、その情けない顔を何年も何百年も晒すことになるから。さすがの僕でも、誰かにそんな表情を見せたくなかった。特に、天乃や薙原には。せめて僕にも、誇らしい表情を装うことができていますように。

◆◆◆

霧の中で少年を導いたのは、一条の光だった。視界の隅に輝く何かを見つけ、少年は一歩、また一歩とそちらへ近づいて行く。

射し込んだ日の光が煌めかせたのは〝永遠の壁〟の天辺だった。

壁を見出して、少年の心は躍った。竜がすぐ傍にいるのだ。少年は姿勢を低くし、足元を探った。やがて少年は神鉄の失われた道を辿って、その場所を見出した。

竜の尾だった。丸みを帯びて、身体のどこよりも生き物らしさを感じさせる後ろ姿。

霧の中で見失ってしまわないように、彼は竜の巨体に手を当てて、手先の感触を頼りに、竜の頭の方へと横歩きしていく。彼は〝絵〟ひとつひとつに目を向けて、記憶と照らし合わせることも忘れていなかった。それぞれの絵は、座っていたはずの人が立っていたり、眠っていたはずの人が欠伸していたりと、彼の知る姿からは装いを変えていたけれど、それでもかつてと同じ人たちの姿が映っていた。だから、竜の尾から見て幾つ目の〝絵〟かをきちんと数えていけば、過《あやま》たずお気に入りの一枚を見つけられるはずだった。

彼女は今どんな表情でいるのだろうか。待ち続けていた目的地に辿り着いて、頬を緩めているのだろうか。目を輝かせているのだろうか。

ひとつひとつ数えて、ようやくたどり着いた、幼い頃から憧れた一枚の〝絵〟の中に

――けれど、あの少女は、いなかった。

遥か昔からそこにいたはずだった、鳶色の瞳の少女は消え失せていた。奥に小さく映った他の何人かを残して、彼女一人が、もともとそこには座席しかなかったと言わんばかりに、消失していた。

呆然と〝絵〟の前で立ち尽くした少年の胸をかき乱すごとく、心が弾むような、軽やかな音楽が霧の中に流れ始めた。たとえ〝竜〟が生き物でなくても、それが竜の最期の歌声だと言われれば信じるだろう、少年はそう思った。半身を失ったような痛みを抱えながら。

これが、奇跡なのだろうか。魔法のような別れこそが――

少年は、別れを奇跡と呼ぶなんて、到底許せなかった。

◆◆◆

もう一度、目を開いた時、目に入ったのは、時速六十キロを指すメーター。

耳に入ったのは、聞こえてはならないはずの……もう一つのエンジン音。

吹き狂う風の中、それは、僕の真横から届いた。

幻聴かと思ったけれど、思わず目線だけを動かして、隣を見てしまう。

黒とライトグリーンの目を刺すような色彩、生物を思わせる曲線、未来的なフォルムのバイクが、僕の横を併走していた。その車体は僕を追い抜こうとするように走っていて、

「──来るなっ!」

僕は叫んでいた。風の唸りとエンジン音に掻き消されないように、力の限り叫んでいた。

僕を救うために、誰かが、僕と同じことをしようとしているんだ。自分をデコイにして、僕を通常の時間に引き戻そうと。

いや、誰か、なんて曖昧な言葉で誤魔化すな。たった一人の人間のために、未来へ向けてバイクを特攻させる無茶をやらかす奴なんて、僕がよく知る相手に決まっている。巻き

添えにする訳にはいかない。彼女たちを、また離れ離れにしていいはずがなかった。

救援者を僕から引き離すために、またギアを切り替え、加速しようと決意した瞬間に。前触れもなく、ボン、と背中で音がして、一気に熱が被さってきた。リュックに押し込み、膨大なデータ通信を相互に行わせていたスマホの群れがとうとう限界を迎えたのだ。反射的に僕は急ブレーキをかけてしまった。バイクが停まった瞬間、急停止のために身体がバラバラになりそうな衝撃が全身を打ち据えた。

それでも、停車するや否や、火傷しかかっている背中を守るために、ほとんど本能でバッグを脱ぎ捨てる。アスファルトに投げ捨てたバッグは一部が焦げ、白煙さえ上げていた。

少し先の方で、もう一台のブレーキ音があった。はっと気づいて目をやると、停まったバイクから降り立った人物が、こちらへ一歩、二歩、向かってくる。

その歩みは、僕から見て、異常に速くもないし、異常に遅くもない。僕と相手は、間違いなく、同じ時間の流れの中にいる。

来てしまったんだ、この時空に。二人同時に減速世界に囚われるなんて、彼女から何百年も何千年もを失わせてしまうなんて、僕は望んでいなかった。

焦燥感に打ちひしがれていた僕の前で、相手は、すっと手を上げ、指をさした。

彼女が無言で指さしたのは、僕がさっきまでバイクを走らせていた方向。振り向いて見れば、円錐形の頭部を持つ小型のロケットらしき物体が——空中に静止しているように見えるけれど、静止できるはずがない、例の飛行機のように、〝低速化〟しているのだろう。

……自分のバイクじゃなくて、あれに通信機器を積み込んで、僕から低速化現象を引き剝がすデコイにしたのか。

僕は、のぞみから低速化現象を引っぺがすために真隣にデコイ《バイク》を走らせたけれど、垂直にデコイ《ロケット》を打ち上げる方法もあることには思い至らなかった。

そのロケットの先、東の空に、朝日が昇りつつあるのを、僕は見た。気づけば、空が明るかった。昼と夜の交じり合った灰色の空じゃない。目まぐるしい昼夜の交代が、無くなっていた。

僕たちは、もう減速した世界にいなかった。

僕は、通常の時間の流れに戻って来ていたんだ。彼女によって空へ打ち上げられた、新たなデコイに助けられて。彼女はただ単に、僕が通常時間に戻っていることを教えるためにバイクでやって来たんだ。

それを理解した瞬間に、心臓が跳ねた。首を巡らせて、三百六十度を見回してしまう。

帰って来れたのはいい。でも、帰って来るまでに、どのくらいの年月が経ったのかが、まだ分からない。

遠くに住宅が見える、商業施設が見える、テーマパークへの看板が見える。

少なくとも、人類の文明はまだ滅びていない。

そうだ、そんなに何十年も経っているはずがない、だって彼女に目をやれば、こちらへ一歩一歩近づきながら、ヘルメットを脱いだその姿は、忘れもしない、狂犬めいたあの懐かしい——

違った。

「髪が」僕は小さく、呟いてしまった。

顔は薙原と瓜二つだけれど、眼前に現れた女性の髪は、目の覚めるような赤色だった。

穏やかな微笑みも、薙原の顔に浮かぶのを見たことがない表情だった。

薙原叉莉の、娘か、孫か、曾孫か——

目の前にいる相手は、何世代、後の人間なんだ？

確かめるのが怖かった。心臓がバクバク鳴っているのが分かる。

「は、初めまして」

そう挨拶して、僕はできる限り友好的な第一印象を与えようと、無理に笑顔を作った。

「薙原叉莉さんの、お子さんですか？　お孫さんですか？　それとももっと……」

立ち止まって小さく首を傾げた相手は、こちらの顔をじっと観察してから、考え込む素

振りを見せた。やがてひとつお辞儀をして、握手を求めるようにその手を差し出して、

「初めまして、薙原叉莉の玄孫《やしやご》の玄孫の玄孫です」

木枯らしのような風が、僕たちの間を吹き抜けた。

僕は、目の前の女性から差し出された手に向けて、おずおずと手を伸ばした。

そうして、がら空きになった僕の腹に……拳が突き刺さった。

「——とでも言うと思ったか。お前は人の顔を髪色だけで見分けつけてんのか？」

僕の口から、呻き声とともに言葉が漏れた。

「なぎ、はら？」

「何年の付き合いだと思ってんだ、見間違えんなよ。あのTV局ですら殴らなかったのにとうとう殴っちまった」

間違いなかった。その少し不機嫌そうな表情は、薙原叉莉以外のものであるはずがなかった。痛みで身体をくの字に曲げながら、僕は訊いた。

「待って、い、今、何年後なの？」

「あー、ちょっと目え離すと、時代って簡単に変わってくよな。お前がのぞみをこっちに送り返してから二年経たねーうちに、米軍が通信装置積みまくった無人機《ドローン》飛ばして、例の飛行機を奪還した。そっから、NASAがカリフォルニアだかで自動運転車百台爆走させ

るわ、世界中の国が似たような実験するわ、あれとコミュニケーション取ろうと競争してる。NASAの連中の仮説じゃ、速度を言語に文明と接触しようとする、地球外かもわかんねー生命体とのファーストコンタクトなんだとよ。胡散臭え」

「あの、何年」

「挨拶で二千七百年持ってかれたら迷惑だよな。どんな尺度で生きてんだ。あ、遅くされてる時に霜っぽいの見えたか？　それ本体だって」

「薙原、薙原叉莉さん！　勘違いしたことは謝るから！　今、西暦何年か教えて！」

じとっとした目をこちらに向けてから、溜め息をひとつ落として、薙原は告げた。

「お前が出発してから、今、三年と三カ月かな」

答えが頭に染み込むのに、少しかかった。

……それは覚悟していたよりも、遥かに短い時間だった。安堵で全身から力が抜けて、僕はその場に座り込んだ。アスファルトにこもった夜の風が、肌を冷やす。ヘルメットを脱ぎ捨てて息を吐くと、こもっていた熱が霧消し、涼やかな空気が頬を打った。

自然と、次の質問が口をついた。

「皆は……どうなったの？」

「二年の奴らはまとめて学校に戻されて、指導要領変わってたから死ぬほど苦労したらしい。家族協会も生活取り戻すのに必死で解散した。新幹線ジャックにはだいたい執行猶予ついたし、そうじゃない奴も早めに出て来れる。あと、新幹線も飛行機も高速道路も元通りだし、リニアも開通するってよ」

薙原の言葉を、僕は、ひとつひとつ噛みしめる。

「そうか。本当に皆、帰ったんだね。終わったんだ、全部」

「で、天乃がどうなったのか、聞かねえのか?」

「……十年で漫画描くソフトも流行の絵柄もずいぶん変わった。取り戻そうと必死で努力してる。違う?」

「それは一年くらい前に通り過ぎたな。もうカンタベリで連載してSSP二千万……っつっても、三年前に出発したなら分かんねえか」

耳慣れない語彙が混じって来たけれど、僕は気にしなかった。天乃が戻ってきたのだ。そして、かつてと同じように、前を向いて走っている。

自分の口から、ふへへっ、と笑い声が漏れた。

そんな僕に向けて薙原は、大した話でもないように付け加えた。

「それと、お前の書いてた竜どうののアレ、事情を説明して天乃に読ませたら、『さすがに若干引く』って言ってた」

「嘘でしょ!?　やっていいことと悪いことがあるよ！」

笑顔が吹っ飛んだ。油断した途端にいきなりリアルな地獄に叩き落とされた。

二千七百年後ならいざ知らず、十年後に本人に読まれる想定なんてしてない。

「せっかくだから学年全体に回したけど、概ね女子には不評だった。男子は『あの伏暮がねえ……』みたいな感じだった」

「もう……元の時間に帰りたくない……」

僕は座り込んだまま、手で顔を覆ってしまった。

出発前に投稿サイトから消去するべきだった。でも学年中に読ませるとか、普通、そんな悪魔みたいなこと考えつかないから。ただでさえ低速化の真犯人として皆に恨まれているだろうに――僕は嫌なことを思いついて、顔を上げてこわごわ訊ねた。

「もしかして、薙原が一人だけで迎えに来てくれたのって、僕が腫れ物扱いされてるからじゃあ」

「なわけねえだろ。お前を救けるのに色んな法律破らなきゃいけねえから、表立って立ち会えないだけだ。ロケットにRingYouパンパンに積んで打ち上げるのもあたしだけの力でできるわけねえからな。今日この後、名古屋でお前囲んで祝勝会だ。クラスメートとか、武さんとか、家族協会だったメンツとか、学校関係者とかいろいろ。あと、これも先に渡しとく」

彼女がこちらに手渡したのは、僕のスマホだった。

立ち上げた瞬間に異常事態に気づく。LINEの通知が999+になっている。

呆然とした頭のまま、画面をスクロールする。

目に飛び込んできたのは、夥《おびただ》しい量の、文章と、写真。指が辿っていく写真の中には、皆が過ごした、修学旅行より後の行事、文化祭や体育祭、卒業式のものさえ含まれていて。

どれほどスクロールしても途切れない、彼ら彼女らの笑顔が並んでいて。

僕はその眩しさに潤んだ目を眇《すが》め、小さく身震いした。

「それだけありゃ感謝の寄せ書きとかはいらねーだろ。二十八人プラスアルファが、三年三カ月分送り続けたLINEだ。一カ月は眺めてられるな」

座り込んだままの僕の腕を強引に引っ張り、彼女は僕を立ち上がらせた。けれどそのままバシンと僕の背を叩いたものだから、僕はよろめいてまたへたり込みかけた。

「二千七百年を十年に縮めたんだ、胸張れ。『タイムマシン作った』って自慢できるぞ」

面と向かってそんなことを言われ、自分の顔が火照るのが分かったから、僕は話題を逸らそうとする。

「ねえ、その髪赤いのって、もしかして……」

「今はこっちの方が似合うって、天乃に言われたからな」

「シスコンのままなんだね」

「仕方ないだろ。あんな頑張り屋さんのお願い事、無視できねーもん」

照れるどころか少し得意気に胸を張ったので、重症だと思った。

「僕が出発してからずいぶん経ったのに、変わってないね。年取ってないんじゃない？」

冗談めかして本音を僕が伝えると、ヘルメットを被りながらこともなげに彼女は返した。

「一人だけ年食いたくねーからな。一人で『ちょっと走ったりして』調整した」

――聞き捨てならない台詞だった。確かに、いま三十歳前後にしては若すぎる気がした。

こちらの考え違いでなければ、火や電気を初めて手に入れた人間のような、神をも畏れぬ行為に手を染めたと薙原が仄めかした気がする。でも、今受け止めるには時間が足りなすぎた。あとでじっくり問い質そうと思う。

「あ、言い忘れてたが」

そう続けながら、彼女がこちらにヘルメットを投げて寄越す。受け止めた重みに僕が面食らっていると、彼女は自機のエンジンに点火した。

「お前の書きかけの竜のアレ、あたしと天乃で続き書いてオチまで付けた。戻ったら読め」

「へっ⁉」

僕が虚をつかれているうちに、彼女はもう前を向いている。

慌てて僕も、ヘルメットを被り、自分のバイクに飛び乗った。

尋ねたいことはたくさんあったけれど、今度こそ引き離されないように——今度こそ追いつけるように。

エンジンに火を灯す。文明と知的生命の証を立てた忠実な炎が、再び咆哮《ほうこう》を上げる。

「……ありがとな」

「え、今、なんて」

ふたつのエンジン音に、囁くほどの小さな声が混じったような気がした。けれど聞き返しても、彼女は振り返りもしなかった。

「さっさとついてこい。モタモタしてると、置いてくぞ」

◆◆◆

自分が喪失したものが信じられずに、彼女の消え失せた絵にかじりついているうち、少年は、霧が知らぬ間に溶け失せていることに気づいた。車体の周りだけではない、振り返れば、〝永遠の壁〟も近くに見えて、その威容を、雨風と雷の後でも変わらず保っていて

――そこに記された模様の変わらぬ美しさにまた見惚れていたからこそ、その次に起きた出来事に少年は仰天した。

壁に記された大量の模様が、壁から、生き物のように滑り出したのだ。ガラスの中に封じ込められていた透明な模様と模様、あの少女が文字と呼んだものどうしが中空でほどけ、絡み合い、睦み合い、あちらで弾け、こちらで転がり、あちらで渦をなし、こちらで逆巻いて、踊り狂い、どこまでもどこまでも膨れ上がって、炸裂した。あたかも光の洪水を思わせて、文字が降り注いで、世界がまばゆい光に包まれた。

輝きに目がくらんでしまった少年が、ゆっくりと、おそるおそる瞼を開いた時には、地平の彼方まで続いていた草原は、二千七百年後の緑野は、もうそこには存在しない。

地鳴りとともに、大地が弾けた。永遠の壁の下から、まるで水が噴き出すように、数えきれぬほどの緑色の筒が噴き出したのだ。それはあちらこちらで一斉に芽吹き、瞬く間に幹を伸ばし続ける。やがて互いに葉を広げ合って天蓋を覆い、葉叢からは果実が垂れ下がり、刻一刻とその形を顕わにしていく。若葉の天蓋から漏れる木漏れ日は、何本もの天井灯へと姿を変え、その明かりに真実は映し出された、梢に膨らんだ果実はぐにゃぐにゃと膨らみ、スピーカーに、駅名表示板に、あるいは電光掲示板に姿を変え、幾十もの大樹はコンクリートの柱として屋根を支えた。

ひとつの柱の陰からいま飛び立った鳥がいる、金色の鳳凰、誰かの卒業証書に刻まれた永遠の鳥が今、羽繕いをし、羽ばたいた黄金の羽の中から、ベンチが生まれ、エレベーターが象られ、キオスクが産声を上げ、鳳凰は空の彼方へ去った。

竜の歌などではない、あの懐かしい到着のメロディーが魂を急《せ》かすように鳴り響くホームに、少年は立っている。そこは人いきれの熱さえ感じるほどに、多くの人で溢れている。老人がいて、大人がいて、子どもがいる。歳月が流れても、あなたは、あなたたちは誰も、迷った旅人たちを忘れてはいなかった。

奇跡、その言葉でしか呼び表せない光景を前に、ただただ圧倒されて立ち竦《すく》む少年の、視界の端で、それは起こった。

白く巨大な竜から、鱗が一枚剝がれ落ちるかのごとく、身震いするような息を漏らしながら、のぞみの扉が開いたのだ。

少年はそちらに踏み出す、彼は確信している、そこに誰がいるのかを。

その瞬間を待ち侘びていたように、扉から飛び出した影があった。

制服姿の彼女は、見紛うはずもない鳶色の瞳、少年と隔てられた月日は、二千七百年なんて歳月に比べれば、きっと刹那みたいな時間だった、やがてわたしはあなたに向けて叫ぶだろう。

「ただいま、ハヤキ！」

解説

小説家
斜線堂有紀

――隣り合わせの独房に入れられ、壁をこつこつとたたいて通信し合う囚人ふたり。壁は、ふたりを分けへだてているものであるが、また、ふたりに通信を可能にさせるものでもある。

伴名練の小説を読む時、私はシモーヌ・ヴェイユの有名な言葉を思い出す。

私が考えるＳＦの魅力の一つに、日常では終《つい》ぞ意識することのない『隔たり』を想像させる、というものがある。

距離に隔てられた宇宙の果て、時間に隔てられたタイムトラベル、隔てられた文化と邂逅するファーストコンタクト……隔たりは人間の好奇心や恐怖を喚起させる。あるいは、どうしようもない寂しさを覚えさせる。それらは読者の心を揺り動かし、物語に引き込む力があるのだ。

伴名練の作品が何よりSFの王道を感じさせるのは、この隔たりが鮮やかに描かれているからだろう。『なめらかな世界と、その敵』は、それが顕著に表れている。

たとえば「なめらかな世界と、その敵」は、世界線の隔たりが描かれている。あるいは、自分達にとって当然であるものを持っていないマコトとの異文化交流という意味の隔たりもあるだろうか。

「ゼロ年代の臨界点」では、SFというジャンルの偽史――私達の知る歴史との隔たりが、「美亜羽へ贈る拳銃」では、愛というものに付き纏《まと》う隔たりが（あるいは、理解し合えない二人の人間の隔たりが）巧みに表現されている。

続く「ホーリーアイアンメイデン」で描かれているのは救済に対する価値観の隔たりであるし「シンギュラリティ・ソヴィエト」は対立する二国の隔たりが――人間と人工知能との隔たりが描かれており、そして最後を飾る「ひかりより速く、ゆるやかに」では、異なる時間の流れにより隔たれた人々が、そのまま描かれているのである。

だが、これらの隔たりは決して断絶ではない。むしろ、伴名練作品はこの隔たりから交流が生まれる。「なめらかな世界と、その敵」の隔たりは、最終的に葉月がマコトと同じようになめらかな世界を抜け出す、という信じられない結末を以《もっ》て解消される。

作中の言葉を借りるなら、葉月にとってマコトは『理解できない存在であり、恐怖の対象であり、何よりも世界の敵』である。だが、この隔たりが一転してかけがえのない繫《つな》がりになるのだ。

そう思うと「ゼロ年代の臨界点」は、架空の歴史が私達の知っている歴史とSFに繫がっていくし「美亜羽へ贈る拳銃」は美亜羽と実継が愛を巡って繫がりを得ようとする物語でもあるし、「ホーリーアイアンメイデン」の姉妹は隔たりによって命を賭した繫がりを得たとも考えられる。「シンギュラリティ・ソヴィエト」は人工知能と人間の隔たりを感じるからこそ、既に私達の世界と繫がり始めている人工知能との今の繫がりに思いを馳せることが出来、「ひかりより速く、ゆるやかに」は、時空に隔てられている天乃と速希が、そもそも才能をきっかけとしてのすれ違いから隔たっていたことが明らかになる。だが、二人が低速災害を乗り越えることで再び繫がる物語であるとも言える。となると、伴名練は隔たりを描くことで繫がりを描く作家なのかもしれない。

この『繫がり』が感じられるところが、伴名練作品がSFプロパーの読者以外にも広く届き、楽しませることが出来ている理由なのではないかと思っている。SFというジャンルが何か分からない／とっつきにくいと考えている読者でも、伴名練が書くSFは心にすっと入り込んでくる。私はSFというものに今から触れてみたい、という人にはこの『なめらかな世界と、その敵』をおすすめしていた。それは、SFの面白さにどっぷりと浸かれて、なおかつSFに親しんでいない読者でも物語を楽しめる作りだからである。一読して矛盾しているように見えるこの文を成立させる力が、伴名練作品にはある。その理由は有《あ》り体《てい》に言って、伴名練作品が――当世風に言えばエモいからである。

伴名練の作品はエモい。ハードなSFをやりながらも、紡がれる物語はどこまでもエモーショナルだ。自分と生きる為に乗覚《じょうかく》を捨てる女も、姉の慈愛によって殺されることで彼女の救済に飛ぶ一抹の染みになろうとする妹も、新幹線の内と外に隔てられてしまった人々も、私達の好きな『感情』の体現者だ。人と人との間に散る一瞬のきらめきは、私達の心に火傷のようなときめきを残す。

感情面で気に入っているのは、やはり「ホーリーアイアンメイデン」だ。伴名作品の書簡体小説といえば『SFマガジン』二〇一九年二月号に掲載された「彼岸花」という傑作も思い出される。伴名練の書簡体小説は二者間の強い感情を描くのに、非常に適しているのだ。（そういえば、手紙というのもある種の〝隔たり〟であり〝繋がり〟である）

「ホーリーアイアンメイデン」の鞠奈は、この残酷な世界にもたらされた一種の福音である。彼女が抱きしめたものはなんであれ、心を正されてしまう。それは混沌とした世界を幸福に導く術であり、恐らくは鞠奈の築いた新世界の前途は明るくなくとも穏やかである。

そんな中で、妹の琴枝だけが世界の異物として在ることを選ぶ。鞠奈の想定では旧世界の水準器となるはずだった琴枝が奇跡から逃れたものとして彼岸に立つのだ。それは、鞠奈が塗り替え、ある意味では鞠奈だけしか存在しなくなってしまった世界に、ただ一人別の生き物として立ってあげようという愛である。壁によって分かたれた囚人のように、私達は別々のものでなければ愛せない。

琴枝が最後に残した言葉はただ一言「お慕い申し上げております」だが、その言葉にはどれだけの愛が込められていただろうか。骨太なＳＦの中にある叙情的なラスト。細やかな感情とのコントラスト。それが、私達が強く伴名練作品に引きつけられる所以である。

読みやすくも深みのある文体で綴られた隔たりの物語は読者の頭にいつまでも残り、読む度に感情を揺さぶる。何故なら伴名練の描くＳＦ的隔たりが、囚人達を唯一繋ぎ合わせることの出来る壁だからだ。

私は物語というものが好きである。それは、自分とは違うものの見方を味わって嚙み砕き、自分を保ちながら他の人生を生きられるからである。ある意味で私は物語の中の隔たりを愛しているのだ。それでいて、私は物語中の人間と人間が強い感情を交わし合う物語も好きだ。愛だろうと憎しみだろうと、どんどん投げ合って反響し合ってほしい。

そんな私が伴名練作品に強く惹かれるのは当然だろう。隔たりの寂しさと、それが故に繋がっていく感情は、私の理想とする物語なのだ。なので私は、伴名練作品を読むといつも悔しい。

小説の上手さにおいては悔しいが、その才能がどんどん広がり、小説執筆だけに限らず発展していくことには、素直に驚嘆している。伴名練という才能は、ＳＦというジャンルの間口を広げている。いわば、伴名練はＳＦからの使者であったのかもしれない。

伴名練が面白いＳＦ小説を書く、二〇一〇年代、世界で最もＳＦを愛した作家であるということが知らしめられたことは、ＳＦというジャンルへの祝福だった。伴名練の作品が面白いから、伴名練が薦めているＳＦ作品を読もう、というムーブメントが生まれたからだ。

伴名練は『日本ＳＦの臨界点』シリーズ（ハヤカワ文庫ＪＡ）にて、アンソロジストとしても非凡な才能を発揮している。短篇集未収録の傑作を中心としたアンソロジーや、その作家の作品を網羅した上で編まれた作家別アンソロジーなど、今このアンソロジーを編めるのは伴名練だけだろうと思うような素晴らしいものばかりだ。

みんな、面白い小説を書く人間が一体何を読んでいるかは気になるものだ。もしくは、伴名練作品と同じくらい面白い小説を探すなら、伴名練が薦めているものを読むのが一番のショートカットだろうと見做されているのかもしれない。自分の好みのミステリを書いている作家が薦めたアガサ・クリスティーから読む、というのはミステリの世界でもよくある話だ。

小説家は自分が面白いと思わなかったら、自作を世に出そうとは思わない。それ故に、面白い小説を書く人間の『傑作』という言葉には重みがある。

先に述べた通り、伴名練は『日本SFの臨界点』シリーズにて、今の世には広く読まれていなかった傑作SFを復活させ、広く読まれるようにした。

これもまた、隔たりを繋ぎ直した伴名練の功績だ。伴名練の採録した小説はどれも面白く、伴名練がいなければこの傑作群が一所《いっしょ》に集められることはなかったのだと思うと、改めてその存在の大きさに感謝させられる。

そう考えると、伴名練作品の隔たり―繋がりのラインは、伴名練という存在そのものにも適用されるのかもしれない。伴名練作品を読んで確信したのだが、読者は従来のイメージよりもずっとSFが好きで、求めていたのではないだろうか。今この短篇集が文庫化し、更に広く読まれていくことで、きっと自分の読みたかった、あるいは書きたかったものはSFだったのか、と多くの人間に気づかせてくれるのではないだろうか。

その時、伴名練はまた一つ得難い〝繋がり〟を生むのである。

あとがきにかえて（二〇一九年八月ウェブ公開）

運が良かったのだと思う。

一九八八年生まれである私の小学生時代は、一九九四年の四月から二〇〇〇年の三月だった。この時期、子ども向けのSF叢書が新刊で刊行されることはなかった。

なぜそんなことが分かるかと言うと、ネット上に、「少年少女SF小説全集の興亡」という題名の、国際子ども図書館資料情報課長（平成二五年度当時）の西尾初紀氏がまとめたPDF資料が存在しており、そこに児童向けSF叢書の刊行年表が示されているからだ。その年表を見れば、一九六〇年代末から七〇年代前半にかけて、「SF」の名を冠したジュブナイル叢書が矢継ぎ早に刊行されていること、その波が八〇年代半ば頃から収まり、九二年まで刊行された《ペップ21世紀ライブラリー》から二〇〇一年の《星新一ショート

ショートセレクション》まで長期間、断絶する様が一目瞭然となる。そんな空白の時代だったから、新刊書店で「SF」を謳う児童書に出会うのは、難しい環境にあったと思う。

それでも、私は運が良かった。

小学二年生の学級文庫には、国土社の、今日泊亜蘭『シュリー号の宇宙漂流記』が収まっていた。世界中の誰も気づかないと思うが、私の作品「かみ☆ふぁみ！」の末尾に、書かれることのない次話予告めいた内容が載っているのはこの本の影響だ。小学校の図書室には、同じ《創作子どもSF全集》シリーズが揃っていた。これは六九〜七一年に刊行された叢書だが、私が読んだのは恐らく八一〜八二年に出た改装版だったのだろう。

矢野徹『孤島ひとりぼっち』、北川幸比古『日本子ども遊撃隊』、豊田有恒『少年エスパー戦隊』、福島正実『宇宙にかける橋』、光瀬龍『あの炎をくぐれ！』、三田村信行『遠くまでゆく日』、佐野美津男『だけどぼくは海を見た』……日本SFの第一世代作家と、児童文学作家が描いた物語は、日常からの決定的な遠さで、幼い私の心を強烈に引き付けた。それればかりでなくあの小学校の図書室には、恐ろしく年季の入った、鶴書房版の光瀬龍『明日への追跡』（七八年）や福島正実『リュイテン太陽』（七六年）が当然のように並んでいた。いつ除籍処分になってもおかしくないボロボロの本たちが、表紙に刻まれた「SF」の文字で私を呼び寄せた。

小学校から歩いて五分の、市の図書館の分室には、《SFこども図書館》（七六年）が並んでいた。私が人生で初めて手に取った海外SFである、シェリフ『ついらくした月』をはじめ、ガーンズバック『27世紀の発明王』（『ラルフ124C41＋』）、ウィンダム『深海の宇宙怪物』（『海竜めざめる』）、ハインライン『超能力部隊』（『深淵』）、ベルヌ『地底探検』、アシモフ『くるったロボット』（『われはロボット』）、ウエルズ『月世界探検』、バローズ『火星の王女』、ラインスター『黒い宇宙船』、ドイル『恐竜の世界』、スミス『宇宙の超高速船』（『宇宙のスカイラーク』）、クレメント『星からきた探偵』（『20億の針』）、クラーク『海底パトロール』（『海底牧場』）、ステープルドン『超人の島』（『オッド・ジョン』）、ジョーンズ『合成怪物』、ハミルトン『キャプテン・フューチャー』……NW《ニューウェーブ》以前のSFが小学二年生の私にほとんど総力戦を仕掛けてきたあの叢書、貪るように読み耽ったシリーズは、私が中学生になった頃に残らず廃棄された。

あの分室には、ミステリーと抱き合わせになっている叢書も並んでいた。国土社の《少年SF・ミステリー文庫》、表紙イラストの印象的な八二～八三年刊行版で、ベリャーエフ『地球の狂った日』、バローズ『ペルシダ王国の恐怖』、シャーレッド『タイムカメラの秘密』（「努力」）、ラインスター『宇宙大激震』が読めた。あかね書房《少年少女世界推理文学全集》には、シオドマク／ハインライン『人工頭脳の怪／ノバ爆発の恐怖』、アシモフ／ベリャーエフ『暗黒星雲／生きている首』が入っていた。

小学四年生の頃、人生で初めて手に取った『SF短篇集』も、同じ分室に存在していた横田順彌編による《ジュニアSF選》シリーズ（八七年）だった。その目次はこうだ。『月こそわが故郷』……矢野徹「CTA102番星人」、眉村卓「月こそわが故郷」、森下一仁「若草の星」、小松左京「危険な誘拐」、横田順彌「宇宙のファイアマン」。『呪われた翼』……光瀬龍「SOS宇宙船シルバー号」、津山紘一「恋するコンピュー太」、広瀬正「おねえさんはあそこに」、かんべむさし「ダイ君の変身」、山田正紀「呪われた翼」。『果てしなき多元宇宙』……福島正実「われは海の子」、森下一仁「もうひとつのルール」、筒井康隆「果てしなき多元宇宙」、星新一「所有者」、豊田有恒「霧の中のとびら」。『クロッカスの少年』……堀晃「ふるさとは宇宙船」、眉村卓「テスト」、今日泊亜蘭「次に来るもの」、横田順彌「クロッカスの少年」、豊田有恒「植民星アルテアⅣ」。『赤いさばくの上で』……矢野徹「フレンドシップ2」、福島正実「赤いさばくの上で」、梶尾真治「美亜へ贈る真珠」、平井和正「赤ん暴君」、筒井康隆「デラックス狂詩曲」。

元々児童向けに書かれた短篇から、SFマガジンに発表された短篇まで幅広く収録されたこのラインナップには、あまりに鮮烈な記憶を刻み、自分がデビュー以降に書いた小説に影響を及ぼしている作品さえ含まれている。「なめらかな世界と、その敵」で扱った平行世界テーマに初めて触れたのは「果てしなき多元宇宙」、「ひかりより速く、ゆるやかに」で扱った時間低速化テーマに初めて触れたのは「美亜へ贈る真珠」だった。

市民図書館に足を延ばせば、あかね書房《少年少女世界SF文学全集》——アシモフ『鋼鉄都市』、ベリャーエフ『両棲人間』、シェクリー『不死販売株式会社』、ウェルズ『宇宙戦争』、ハインライン『さまよう都市宇宙船』（『宇宙の孤児』）、ウィンダム『怪奇植物トリフィドの侵略』、そういった作品群が、私が早川書房の棚に辿り着くまでの時代を支えた。

長々と作品タイトルを書き連ねてきたのは、こうすれば伝わるだろうと思ったからだ。つまり前述のような傑作群が、小学校低学年から中学年の子どもに纏めて注ぎ込まれたという事実を知ったら、私の読書人生の始まりがとてつもなく幸福なものであったこと、九〇年代の後半を過ごした小学生にはあり得ないような幸運に支えられたものだったことが、恐らく伝わるだろう、ということだ。

『ＳＦ』と銘打つ児童向け叢書が刊行される時、そこには作家自身のモチベーションの他にも、編集者の意向、ブームに乗った出版社の商業的戦略、社会の関心など、様々な力学が存在しているだろう。

けれども多くの場合、「次の世代にもSFファンになって欲しい」という祈りはきっと込められているはずだ。その祈りが届いたかどうかは、十年先、あるいは二十年先まで分からないし、届いたと声高に表明できる場も少ないだろう。

だから私は、今ここで叫びたい。

私がSFを読み続け、作家になり、SF短篇集を出すことができたのは、小学生の頃、学校や地域の図書館に、背表紙や表紙に「SF」と大書された児童向け叢書が存在していて、私がそれらを読むうちに、「SF」と銘打たれた物語が面白い本だと信じるようになったからだ。多くの人の力のおかげで、私は今ここにいて、こうやって文章を書いている。

私の幸運の二つ目は、大学時代、SF研において多くの出会いに恵まれたことだが、どうしても私的な内容になってしまうので、ここでは省略する。ただ、大学時代からこれまで、たくさんの作品に巡り会えたこと、SF知識を増やせたこと、SFへの関心を持ち続けられたことは、SF研での繋がりによる部分が非常に大きいことは述べておきたい。

幸運の三つ目は、私が執筆を開始した時期が、大森望・日下三蔵編の《年刊日本SF傑作選》の発行期間と重なっていたことだろう。

デビュー後、特に執筆依頼が来るわけでもなく、出版社に原稿を送っても掲載されないという状態が続いていた私は、同人誌に短篇を発表しそれが《年刊日本SF傑作選》に再録されるのを祈るという手法で、何とかＳＦ界に少しでも作品が届くように活動を続けていた。それが報われたのは、大森・日下両氏が同人誌作品もチェックするという労力をかけていたからであり、傑作選の模範の一つとされた《日本ＳＦベスト集成》シリーズで、編者の筒井康隆が同じスタンスを取っていたからでもある。日本ＳＦ史で二度しかない、年次傑作選が編まれる時代に居合わせたことと、その編者が同人誌にも目を向けていたことが、私にとっては大いなる福音だった。本書収録作は、書き下ろしの一篇を除いて、全て同人誌初出である。

ＳＦに限ったことでもないが、「短篇」は散逸してしまう確率が、長篇以上に高い。一度歴史に埋もれてしまえば、誰かが雑誌などから発掘して一冊に纏めて出版するという作業が、長篇単体の復刊よりも手間がかかることが多いからだ。再録アンソロジーは、散逸への対抗手段としても大きな役割を果たす企画だが、日本ＳＦの歴史において、年次傑作選が刊行できていた期間は、それが叶わなかった期間より遥かに短い。

年刊のＳＦ傑作選からもう少し縛りを緩めると、八八年に刊行を開始した、日本文藝家協会編による短篇小説の年次傑作選《現代の小説》は、二〇〇一年に《短篇ベストコレクション――現代の小説》と改題して現在まで続いており、例年、ＳＦ作品を複数掲載している（たとえば一九八七年発表作を収録した第一巻には、筒井康隆「夢の検閲官」、川又千秋「あなたは　しにました」、その他SF作家の短篇群が収録されている）。傑作SF短篇をジャンル外の読者にも毎年読んでもらえる好企画である一方、全ジャンルの小説から収録作を選ぶため、ここへの収録は狭き門だ。

SFマガジン発表作に限っては、同誌の掲載作から精選した年次アンソロジーとして《S-Fマガジン・セレクション》が、八一年分から九〇年分まで刊行されている。大原まり子「ほうけ頭」、中井紀夫「死んだ恋人からの手紙」など、初出誌かこのアンソロジーでしか読めないような名作も多数収めているが、一方で、このアンソロジー自体も刊行から久しく、収録作が忘却されつつあるのも事実だ。

この辺りで、「作品が埋もれることが問題といっても、埋もれるからにはそれぞれの作品にクオリティ上の難があったからではないか」という反応もあるかもしれない。だから反証を一つ出させてほしい。

短篇集の日本SFオールタイムベストを選ぶなら必ず上位に食い込んでくるであろう、飛浩隆『象《かたど》られた力』の初刊は二〇〇四年。しかし、収録された四作品の初出はそれぞれ、「デュオ」（SFマガジン九二年十月号）「夜と泥の」（同八七年四月号）、「〝呪界〟のほとり」（同八五年十一月号）、「象られた力」（同八八年九、十月号）で、九二年の時点で短篇集が出せる状況だったにもかかわらず、商業的事情によってか、そこから十二年にわたってこれらの作品群は、ＳＦマガジンのバックナンバーか《Ｓ－Ｆマガジン・セレクション》（か、飛作品をファンがまとめた同人誌）を取り寄せる以外に読む手段がなかったのである。

日本ＳＦオールタイムベスト作品の一つである「象られた力」が、十五年近く読むことも困難で、新しくＳＦ読者になった者には存在さえ気づきにくいものだった、という事実を鑑みれば、埋もれさせてはならない作品が、今なお大量に埋もれている可能性を考慮せざるを得なくなる。

これに近い時代のＳＦ作家で、多くの短篇が雑誌に埋もれ再発見されないままになっている例を、一人挙げたい。

中井紀夫は奇想小説「山の上の交響楽」で日本ＳＦ史に長く記憶されている――中井作品の熱心なファンであれば、『なめらかな世界と、その敵』収録作のうちの一篇が、中井紀夫の短篇「暴走バス」の影響のもと書かれていることはお気づきだろう――その中井紀夫の、個人短篇集収録済作品が四十七作であるのに対し、未収録作品は四十本近くあり、しかもその中には、中篇「花のなかであたしを殺して」を始め、十本ほどのＳＦマガジン掲載作品も含まれている。中井紀夫のＳＦマガジン掲載作は、短篇集に入ったものより入らなかったものの方が多いのである。未収録の全短篇を読んだ者ならば、重要な作品のいくつかが短篇集に入っていないことや、『山の上の交響楽』が中井紀夫という才能の氷山の一角にすぎないことに気づくはずだ(注1)。

中井紀夫に限らず、この時代(八〇年代末から九〇年代半ばまで)のSFマガジンの中でさえ、作家側が連載を中断したというようなイレギュラーを除いても、大場惑、草上仁(注2)、東野司、橋元淳一郎、松尾由美、岬兄悟、水見稜、森下一仁などの短篇が、相当数、短篇集未収録の状態である。

《S-Fマガジン・セレクション》が途切れて以降のSFマガジンには、(遥か後年に年刊日本SF傑作選が始まったとはいえ)未だに個人短篇集に入っていない作品が多く眠っており、「奇跡の石」「ダーフの島」で二度のSFマガジン読者賞を受賞しているにもかかわらず紙の短篇集が未刊行の藤田雅矢をはじめ、(『SFマガジン700』収録作家を省いても)深堀骨、林巧、新城カズマ(注3)、小田雅久仁(注4)など二冊目の、あるいは一冊目の短篇集が編まれるべき作家が少なくない。普段は長篇を執筆しているがSFマガジンに初登場するために一度だけ短篇を書いたような作家の小説なども、やはり見過ごされやすく、既に膨大な数にのぼっている。

それでも、SFマガジン中心に活躍した作家の作品はまだましな方で、他の雑誌に目を向ければ、忘れられている短篇は更に増える。

〈奇想天外〉誌は、『てめえらそこをどきやがれ！――「奇想天外」傑作選』『奇想天外復刻版 アンソロジー』が編まれたのみで、短篇集が少なからず刊行された津山紘一でさえ現代の読者の知名度が非常に低いことからも分かるように、岸田理生や中原涼や宮本宗明や大和眞也といった作家の同誌初出作品は、改めて光を当てられなければ遠からずSF史から消えるだろう。

〈SFアドベンチャー〉誌でも、太田健一・鏡明・西秋生・柾悟郎・水見稜などの作品が放置されたままだ。同じ徳間書店の〈SF Japan〉でも、谷口裕貴（注5）や吉川良太郎や八杉将司ら日本SF新人賞作家の短篇が多数掲載されながら短篇集になっておらず、秋口ぎぐる（川上亮）、清涼院流水、森橋ビンゴなどのSF短篇も手付かずのままだ。〈小松左京マガジン〉掲載の、平谷美樹「五芒の雪」、機本伸司「エディアカラの末裔」など小松左京賞受賞作家の短篇も、（上田早夕里「ブルーグラス」を除いて）まだ短篇集に入っていない。

《異形コレクション》は『侵略！』『悪魔の発明』『月の物語』『宇宙生物ゾーン』『ロボットの夜』『進化論』などSFメインの巻も多いが、堀晃「ハリー博士の自動輪――あるいは第三種永久機関――」、野尻抱介「月に祈るもの」、谷口裕貴「貂の女伯爵、万年城を攻略す」など、世が世なら年刊傑作選に入っていただろう短篇集未収録作品に溢れている。

《SFバカ本》は全十二冊を数え、《NOVA》以前は日本最長だったSFアンソロジーシリーズで、牧野修「踊るバビロン」や森奈津子「西城秀樹のおかげです」などのオールタイムベスト作の初出媒体でもあるのだが、岡崎弘明や東野司などの、一読忘れがたい作品が眠っている。

〈獅子王〉や〈グリフォン〉といったSFジャンルに近い雑誌ならともかく、中間小説誌のSF特集号に至っては、後からだと存在を探ることさえ困難である。年刊日本SF傑作選刊行後なら巻末の概況で知れるが、〈小説NON〉の九八年三月号（谷甲州「ダンカイ先生」や薄井ゆうじ「眠れない街」などの初出）とか、〈小説すばる〉の二〇〇一年八月号（小林泰三「予め決定されている明日」や田中啓文「イルカは笑う」などの初出）が実質SF特集だったことなどに現代で気づくのは難しい。一時期の〈小説club〉に日本SF作家のショートショートが毎月のように発表されていたことを知っている人が、どのくらいいるだろうか。

オリジナルアンソロジー初出の作品も、他のアンソロジーへの転載が忌避されたり短篇集収録が後回しになったりするために、結果的に幻の作品になってしまうことが少なくない。近年のオリジナルアンソロジーの百花繚乱ぶりは喜ばしいが、アンソロジーが刊行されるごとに「その本を手に入れなければ読むことができない短篇」が増えるのだから、作品を評価し掬いあげるという課題はより重要になる。

WEB雑誌〈SFオンライン〉は休刊久しく、平文《ひらぶん》で書かれていた記事ページは未だにインターネットアーカイブから読むことができるが、小説作品はD《ダウンロード》L販売されていたために、（山本弘「ミラーガール」、野尻抱介「沈黙のフライバイ」、森奈津子「いなくなった猫の話」などの紙になった一部作品を除いて）読める手段がなくなり、小川一水「PLANETALINK」をはじめとする幾つかの中短篇がサルベージ不可能になっている。

電子媒体は他にも、SF作家の書店「PlanetariArt」で販売された、伊野隆之、片理誠、八杉将司の短篇はプラットフォームの終了によって入手不能になっているし、小松左京賞・日本SF新人賞の作家十三人が短篇を寄せた、電子雑誌〈月刊アレ！〉の二〇一三年二月号【日本SF作家クラブ50周年記念小説特集】も、廃刊後、読めなくなっている。

同人誌にもSF短篇は発表され続けている。日本SFで同人誌の傑作選が商業ベースで刊行されたのは『宇宙塵』と『パラドックス』『ネオ・ヌル』くらいだが、その三誌以外でも、山本弘「シュレディンガーのチョコパフェ」や小川一水「Live me Me.」、三方行成「竜とダイヤモンド」のように、同人誌初出の名作というのは数限りなくあるし、しかも同人活動しているSF作家は年々増え続けており、個人に追いきれる量ではなくなっている。

ここまで、日本のSF短篇の未回収ぶりを述べてきたが、ゼロ年代以降は、《年刊日本SF傑作選》の他にも、『贈る物語 Wonder』、《日本SF・名作集成》、『ゼロ年代SF傑作選』、《ゼロ年代日本SFベスト集成》、《不思議の扉》、『てのひらの宇宙 星雲賞短編SF傑作選』、《日本SF全集》、『SFマガジン700【国内篇】』、《日本SF短篇50》、『楽園追放 rewired サイバーパンクSF傑作選』、『誤解するカド ファーストコンタクトSF傑作選』、『revisions 時間SFアンソロジー』、《SFショートストーリー傑作セレクション》《巨匠たちの想像力》など、幾多の再録アンソロジーが世に送り出され続けており、状況は少しずつ改善に向かっていると言えよう。

特に、瀬名秀明の発案のもと、北原尚彦、日下三蔵、星敬、山岸真によって編まれた『日本SF短篇50』は、実作のみならず、作者紹介や各年のSF状況も掲載されており、日本SFの歴史を概観するうえで、長山靖生『日本SF精神史【完全版】』、日下三蔵『日本SF全集・総解説』などと並んで重要である。

こうして近年の再録アンソロジーの精華を並べてみると、多くが大森望・日下三蔵両氏の尽力によるものだということが歴然となる。大森氏は《NOVA》の刊行、日下氏は《ふしぎ文学館》をはじめとする日本作家の短篇集企画などでも、日本SF短篇への貢献は計り知れない。それゆえにこそ、この二人に頼り過ぎている現状は危ういとも感じる。

日本SFの歴史を紐解いてみると、作家としてSFを「書く」ことのある人間がアンソロジーを編むことも多かった。

福島正実は《SFエロチックス》シリーズなどで第一世代の作品を世にPRしたし、『S-Fマガジン・ベストNo. 2』に、海外短篇と一緒に筒井俊隆「消去」、高橋泰邦「宇宙塵」、山田好夫「地球エゴイズム」を収録したのも、雑誌掲載短篇を歴史から消失させまいという想いからだろう。石川喬司との共編『世界SF全集35　日本のSF（短篇集）現代篇』に、星新一・小松左京・光瀬龍・眉村卓・筒井康隆・豊田有恒・矢野徹・石川喬司・半村良・福島正実・平井和正・山野浩一・河野典生といった現代のジャンル読者にもお馴染みの作家の他、谷川俊太郎・北杜夫・倉橋由美子・安部公房・手塚治虫といった名前も並んでいるのは、SFというジャンルの守備範囲の広さを知らしめる意味もあったのだろう。

石川喬司・伊藤典夫編『夢の中の女　ロマンSF傑作選』では、第一世代の顔ぶれに混じって、鈴木いづみ「魔女見習い」、山川方夫「待っている女」、斎藤哲夫「卵」、戸川昌子「聖女」などが並んでいるが、ページ数的にも、藤本泉「十億トンの恋」をSFマガジン掲載のまま忘れられた作品にしないようにという意図が強くうかがえる。

野田昌宏は、私の世代には海外作品の紹介のイメージが強いが、半村良「誕生――マリー・セレスト号への挑戦」で始まり小松左京「お糸」を巻末に置く、トリッキーなコンセプトの『四次元への飛行――航空SF傑作集』を編んでいる。

SFの周縁部では、筒井康隆編『12のアップルパイ――ユーモア小説フェスティバル』のほか、日本ペンクラブ編のアンソロジーで、筒井康隆選『実験小説名作選』、眉村卓選『幻覚のメロディ』、半村良選『幻想小説名作選』、栗本薫選『いま、危険な愛に目覚めて』などで、文豪の短篇と、第一・第二世代SF作家の短篇が共演していた。

一時期SF作家が多く執筆していたコバルト文庫では、豊田有恒編『ロマンチックSF傑作選』『ユーモアSF傑作選』『ホラーSF傑作選』、豊田有恒・星敬編『恋する銀河ロマンチックSF傑作選』、星敬編『タイムトラベルSF傑作選』など立て続けにSFアンソロジーが刊行されていた。

二〇〇五年に刊行された、夢枕獏・大倉貴之編《日本SF・名作集成》全十巻は、大活字本という特殊な形態のため、SF読者の目に留まる率が低かったのではないかと思うが、中身のセレクションは、ベテランの名作に混じって、小林恭二「首の信長」、中島らも「日の出通り商店街いきいきデー」、景山民夫「地球防衛軍、ふたたび」など、発表時に年刊傑作選があったら収録されたかもしれない境界作家の短篇にも目配りがなされている。

二〇一〇年代の再録アンソロジー企画がごく一部の編者によってなされているのは、労力に対して編者の利益が――もしかしたら、出版社の利益も――少ないからだろうというのは承知している。だが、日本ＳＦの「書き手」が編者を務めた往年の再録アンソロジー群が、ＳＦシーンに大きな利益を生んでいたこともまた事実である。

随分長くなってしまった。私がここまで紙幅を使って言いたかったのは、現代のＳＦ作家にも、ぜひ、自分の好きな作品を集めて再録アンソロジーの企画を通して欲しい、ということである。そういった本を編む人間が増えれば、面白い作品が掘り起こされる機会も増えるだろう。それに私は単純に、他人の編むアンソロジーを読むのが好きなのだ。本当は、編者を務めて欲しいＳＦ作家を一人ひとり名指ししたい気持ちだが、それは自重する。

もちろん、日本で発表された全てのＳＦ短篇をサルベージして光を当てるべきだ、などと言っているのではない。雑誌に一度発表されたきりの作品は、作者自身が再録を望んでいないとか、そもそもが後世に延命させるつもりなどなく、発表された時代に最大瞬間風速を出すために書かれた物語というものも、当然存在するだろう（私の「ひかりより速く、ゆるやかに」もそういう瞬間風速を目指して書いたものである）。

それでも、本当に多くの、現代の読者にも届く傑作が、人目に触れる機会を得られていないと私は考える。その不備を少しでも解消していくために、ぜひ、力を貸してほしい。

そしてこういう提案をするからには、何の後ろ盾もない新人作家とはいえ、まず自分自身が先陣を切る必要があるだろう。

　私がこの原稿を早川書房に送った後、次に取り掛かる仕事は、特に早川書房側から依頼が来ている訳でもない、日本SFの再録アンソロジーの企画書を作成して、一方的に送り付けることである。恐らく簡単に企画は通るまいし、実現には長い年月もかかるだろう（注6）。それでも、自分の作品を書くこと以外に、そういった形でも恩返しをできるよう、可能な限り努力していきたい。

　願わくは、次の世代にも、幸運を。

注1　言及した短篇すべてを含んだ傑作選『日本SFの臨界点　中井紀夫　山の上の交響楽』が二〇二一年に刊行された。
注2　二〇一九年以降、短篇集『5分間SF』『7分間SF』『キスギショウジ氏の生活と意見』『大人になる時』が相次いで刊行された。
注3　『日本SFの臨界点　新城カズマ　月を買った御婦人』が二〇二一年に刊行された。
注4　中篇集『残月記』が二〇二一年に刊行された。
注5　「獣のヴィーナス」から始まる連作短篇集『アナベル・アノマリー』が二〇二二年刊行予定。

注6　二〇二〇年、アンソロジー『日本SFの臨界点［怪奇篇］ちまみれ家族』『日本SFの臨界点［恋愛篇］死んだ恋人からの手紙』として刊行された。前者には、谷口裕貴「貂の女伯爵、万年城を攻略す」の他、岡崎弘明や中原涼らの作品、後者には藤田雅矢「奇跡の石」の他、小田雅久仁や草上仁（和田毅）らの作品を収録している。

文庫版によせて

単行本『なめらかな世界と、その敵』が刊行されたのは二〇一九年八月であり、前項の「あとがきにかえて」も、刊行とほぼ同時にウェブ公開されたものである。

その時点からこの文庫版の刊行までに、世界規模の巨大な変化が起きたのはご承知の通りであり、それゆえに本書収録作も、単行本のままというわけにはいかなかった。

もともと二〇一九年の「最大瞬間風速」を目指した「ひかりより速く、ゆるやかに」については、コロナ禍を受けても、微細かつ応急処置的な修正に留めた。

しかし「シンギュラリティ・ソヴィエト」は最後まで修正に悩み、別作品との差し替えも検討した。本作は改変歴史SFとしては比較的オーソドックスなソ連テーマものである。しかし現実世界において、旧ソ連領土の再征服を目指す独裁者によってウクライナへの軍事侵攻が為されている二〇二二年春に、単行本時から一文字も変えないまま世に出すのは、ソ連の独裁者たち（引いては現代の独裁者）に賛意を示すものになりかねないと、細かい部分を改訂した。

たとえば単行本において、主人公が情報を得るニュースの放送局は、現実世界ではロシアのプロパガンダ通信社として知られる「スプートニク」だった。現実世界ではフェイクニュースを大量に流すプロパガンダ機関が、小説世界では自陣営の被害情報を正確に伝えているというストーリーによって、現実世界と小説世界の「遠さ」を示し、スプートニクがどういう会社か知っている人間にだけこの皮肉が通じればよいというものであった。しかし、二〇二二年に、国内の新聞がスプートニクの記事を引用してウクライナ侵攻を擁護する事例を見て、国内にさえスプートニクの伝える「もうひとつの現実」を信じる人々が想定していたよりも多いことに気づき、その報道内容への賛同ととらえられることを避けるため、「スプートニク」は「アルメニア・ラジオ」に変更している。

また、終盤で旧ソ連の地名が列挙される箇所からは、主要都市であるはずの「キエフ」を消した。現実世界で今まさに、民主主義国家として軍事侵略に抵抗する国の人々が拠り所とし、死守しようとしている首都キーウを、ロシア語読みで書いてあの箇所に淡々と並べることを躊躇したためである。

ただし、今回の侵略戦争で、再び原子力災害が発生する可能性がまだ残っているにもかかわらず、小説内でチェルノブイリに人工知能研究所が存在するという点は修正しなかった。これは、現実世界において「原子力災害の起きた場所」として一意的に語られることの多い土地に、小説中では別の意味を持たせたいという、発表当時からの祈りに近い動機によるものだ。

その他にも文章を細々と直したが、これらはいずれも早川書房ないし担当編集者から修正要求を受けたものではなく、私が二〇二二年三月の時点で保持している作家としての倫理観と責任によって自ら修正を試みたものであり、全ての批判は私の受けるべきものである。なお、本書紙版の、二〇二二年五月三十一日まで発行分の印税は全額、ウクライナ人道危機救援金に寄付される。一刻も早く、ロシア軍が撤退してこの戦争が終わり、戦火の中で命を脅かされている人々、傷ついた人々が救われることを祈っている。そして、この戦争の報道が加熱するまで私自身が注意を向けることも少なかった、世界各地の紛争に、改めて関心が寄せられることを、自省とともに願っている。

この三年間で世界にもたらされた変動と比べれば微々たるものだが、私の周囲で起きた変化も私個人にとっては大きく、歳月は目まぐるしく過ぎた。

二〇一九年に、大森望氏との共編で『２０１０年代ＳＦ傑作選』１・２巻を編んだ。十年分の日本ＳＦから１巻にはベテラン作家の、２巻には新鋭作家の短篇を精選しており、お読みいただければ飛躍を遂げた二〇一〇年代日本ＳＦシーンの一端を味わうことができるはずだ。

二〇二〇年には単独でアンソロジー2冊『日本SFの臨界点［恋愛篇］死んだ恋人からの手紙』『日本SFの臨界点［怪奇篇］ちまみれ家族』を編んだ。これはSF史の中で埋もれた傑作群を集めたアンソロジーであり、「あとがきにかえて」の末尾で宣言した内容の第一弾として実現することができた。また、さらに日本SFを知りたい方のために、［恋愛篇］の巻末には、SFが気になりはじめた人への、［怪奇篇］の巻末には、より深く日本SFを掘り進めたい人へのブックガイドを収録している。

二〇二一年には、［恋愛篇］［怪奇篇］に登場した作家の個人短篇集、『日本SFの臨界点　中井紀夫　山の上の交響楽』『日本SFの臨界点　新城カズマ　月を買った御婦人』『日本SFの臨界点　石黒達昌　冬至草／雪女』、計三冊を編むことができた。いずれも、今改めて光を浴びるべき作家の傑作を選び抜いた傑作集である。

また、SFマガジンにおいては、二〇二二年四月号より、作家紹介記事『戦後初期日本SF・女性小説家たちの足跡』の連載を開始した。これは一般に女性の活躍が少なかったとされる日本SFの第一世代・第二世代において、SF作品を発表した女性の書き手を再紹介し、知られざる傑作を掘り起こしながら、当時、女性小説家たちのおかれた環境を浮き彫りにする意図をもったものである。

過去の作品にスポットを当てるこれらの仕事の他に、［怪奇篇］巻末で夢想していた新鋭作家アンソロジーも、「二〇二二年三月時点でＳＦ作品としての単著がない作家の、二〇一六年以降に発表された短篇」を集めた一冊として、本年六月刊行予定で進めている。発売の折には、最も新しい作家たちによる鮮烈なＳＦ傑作選となるはずであり、「先物買い」の方、未来のＳＦを読みたい方にはぜひ手に取って欲しい。

ここまで私の願望が実体化しつつあるのは、『なめらかな世界と、その敵』及びそれ以降の編著を応援して下さった読者の方々のおかげであり、深く感謝を申し上げたい。またこうして次々に企画を通すことができるのは、（二〇一九年の段階と比べても更に）作家・出版社・ＳＦ関係者の活動が盛り上がり、日本ＳＦ界全体が活況を呈しているためでもあろう。

まず登場する新人の作家数が激増した。ハヤカワＳＦコンテストと創元ＳＦ短編賞の受賞作家が陸続と作品を発表し評価を得ているばかりでなく、ゲンロン大森望創作講座の受講者が相次いで様々な新人賞からデビューして鎬《しのぎ》を削っている。ＶＧ＋（バゴプラ）は「かぐやＳＦコンテスト」などで新人を発掘するだけでなく、その作品を海外への翻訳にも繫げている。日本ＳＦ作家クラブは「日本ＳＦ作家クラブの小さな小説コンテスト」（さなコン）を開催したり『ポストコロナのＳＦ』『２０８４年のＳＦ』（二〇二二年五月刊行予定）に多数の若手作家を登場させるなど新人起用に力を入れ始めた。その他、早川書房『異常論文』のような書き下ろしアンソロジーからのデビュー作家もいるし、電子書籍や同人誌で話題を集めるSFの新人・SF創作グループは、把握が難しくなりつつあるほど増えた。

出版社という区切りで日本SF界を見渡すと、早川書房や東京創元社を筆頭に、徳間書店、河出書房新社、竹書房、アトリエサードといった版元を中心に、SFの刊行が拡大している。〈文藝〉などの文芸誌や、〈小説すばる〉などの中間小説誌でも、SF的なテーマで特集が組まれたり、SF作家が登場することも激増しており、二〇二二年に私がこれまで発表した短篇は、〈文學界〉二月号のAI特集と、〈小説現代〉四月号の改変歴史特集に載せたものになっている（いずれも、私以外のSF作家も登場している）。また、二〇二〇年に私が初めて小説連載をもったのは一迅社の漫画誌である〈百合姫〉だった。これらの作品はSFというジャンル自体の発展なしには世に出し得なかったものである。

そんな風にSFが注目されつつある時代だからこそ、自作を発表しながら、埋もれた傑作やまだ広まっていない傑作を世に届ける仕事を続けたいと、いま改めて宣言しようと思う。編みたい本も書きたい物語もまだ無数にあり、応援を頂ける限りは形にしていきたい。

コロナ禍において、私がいつも心に留めていたSF作品が、小川一水の二〇〇八年発表の短篇「白鳥熱の朝《あした》に」だった。致死率の高いインフルエンザの世界的パンデミックが収束した後、復興に向かう最中の社会を舞台にした作品で、そこに描かれていたのは、パンデミック下で起きた差別と軋轢と喪失、それによって傷ついた人々の再生、そして希望であった。あの作品は、パンデミック拡大期、私の日々の行動と精神に大きな支えになった。現実が困難な時代において、フィクションは、陰謀論やプロパガンダ、フェイクニュースといった形で負の力を発揮することもある。その一方で、娯楽として人の心を救う力、あるいは未来への指針を示す力を持っていると、私は信じている。

読者の方、これまでのＳＦ界を築き上げた人々、現在のＳＦシーンで活躍する人々に、そして支えてくれる家族、友人に、改めて御礼を申し上げる。

初出一覧

「なめらかな世界と、その敵」『稀刊 奇想マガジン 準備号』カモガワSFシリーズKコレクション（二〇一五年十二月）／再録：『年刊日本SF傑作選 アステロイド・ツリーの彼方へ』創元SF文庫（二〇一六年六月）

「ゼロ年代の臨界点」『Workbook93 ぼくたちのゼロ年代』京都大学SF・幻想文学研究会（二〇一〇年八月）／再録：『年刊日本SF傑作選 結晶銀河』創元SF文庫（二〇一一年七月）

「美亜羽へ贈る拳銃」『伊藤計劃トリビュート』京都大学SF・幻想文学研究会 特殊検索群i分遺隊（二〇一一年十一月）／再録：『年刊日本SF傑作選 拡張幻想』創元SF文庫（二〇一二年六月）

「ホーリーアイアンメイデン」『年刊日本SF傑作選91〜99を編む パイロット版』カモガワSFシリーズKコレクション（二〇一七年十二月）／再録：『年刊日本SF傑作選

プロジェクト：シャーロック』創元SF文庫（二〇一八年六月）
「シンギュラリティ・ソヴィエト」『改変歴史SFアンソロジー　パイロット版』カモガワSFシリーズKコレクション（二〇一八年五月）
「ひかりより速く、ゆるやかに」単行本書き下ろし
「あとがきにかえて」『Hayakawa Books & Magazines（β）』（二〇一九年八月）

本書は、二〇一九年八月に早川書房より単行本として刊行された作品を文庫化したものです。

著者略歴　1988年生，作家　著書『少女禁区』（角川ホラー文庫），編著『2010年代SF傑作選（1・2）』（共編）『日本ＳＦの臨界点［恋愛篇・怪奇篇］』『日本ＳＦの臨界点　中井紀夫』『日本ＳＦの臨界点　新城カズマ』『日本ＳＦの臨界点　石黒達昌』（以上早川書房刊）

HM=Hayakawa Mystery
SF=Science Fiction
JA=Japanese Author
NV=Novel
NF=Nonfiction
FT=Fantasy

なめらかな世界《せかい》と、その敵《てき》

〈JA1518〉

二〇二二年四月二十五日　発行
二〇二三年八月二十五日　五刷
（定価はカバーに表示してあります）

著者　伴《はん》名《な》練《れん》
発行者　早川浩
印刷者　矢部真太郎
発行所　株式会社　早川書房
郵便番号　一〇一 - 〇〇四六
東京都千代田区神田多町二ノ二
電話　〇三 - 三二五二 - 三一一一
振替　〇〇一六〇 - 三 - 四七七九九
https://www.hayakawa-online.co.jp

印刷・三松堂株式会社　製本・株式会社フォーネット社

ISBN978-4-15-031518-4 C0193

本書は活字が大きく読みやすい〈トールサイズ〉です。